시하늑빌
스토리

시하눅빌

스토리

유
재
현

연
작
소
설

창비

차 례

솜산과 뚜이안 • 007

대마는 자란다 • 057

그래도 대마는 자란다 • 111

조선민주주의인민공화국에서 온 사나이 • 143

시하눅빌 러브 어페어 • 189

보헤미안 랩소디 • 233

해설 | 고영직 • 268

작가의 말 • 278

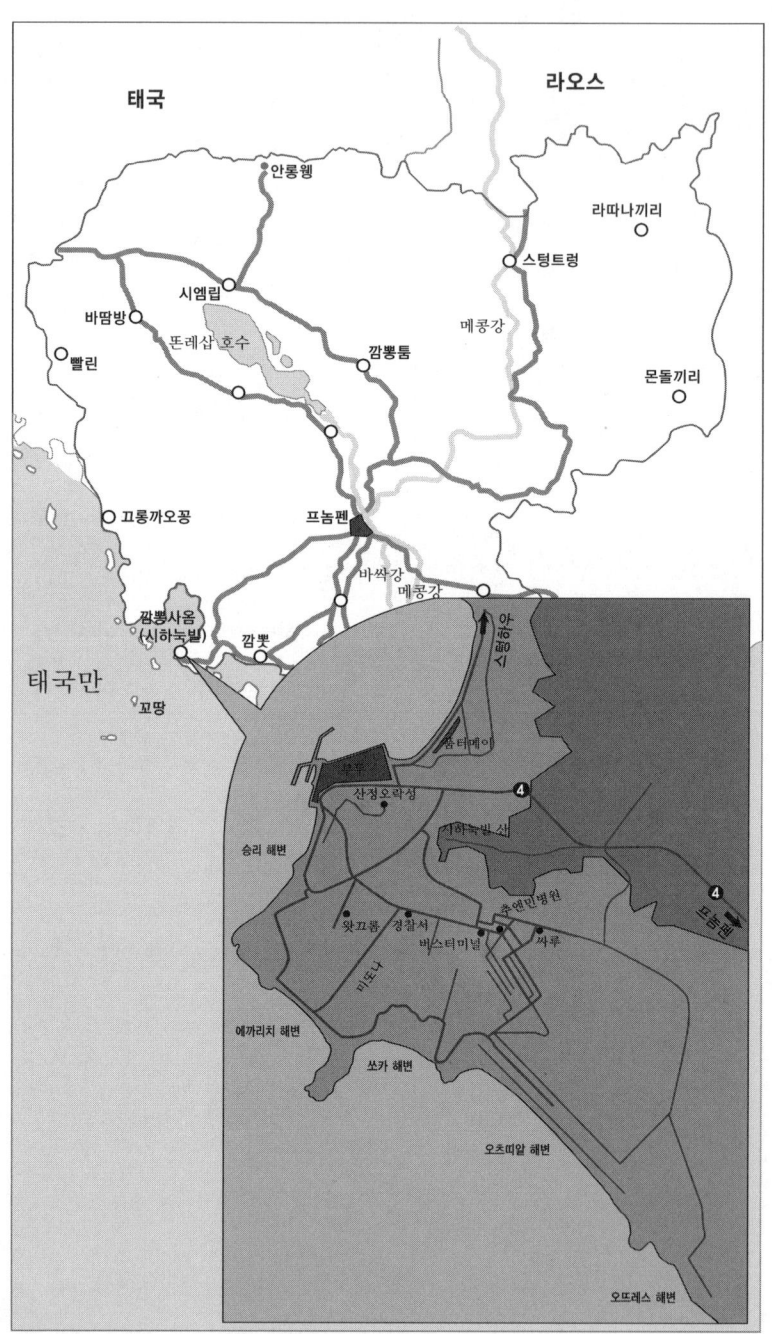

캄보디아 시하눅빌

솜산과
뚜이안

캄보디아 시하눅빌.

새벽 세시 반이 지나기 전에 시하눅빌의 모또택시(오토바이택시) 운전사 솜산은 시내 서편의 시장 싸루의 맞은편 골목에 있는 숫자 맞추기 도박판에서 마지막 이십 달러를 잃었다. 오른쪽 바지주머니를 더듬자 손때에 전 천 리엘(캄보디아의 제1통화)짜리 지폐 두 장과 이백 리엘짜리 지폐 석 장이 손에 잡혀 나왔다. 구겨진 작은 지폐들이 희미한 형광등 불빛 아래 초라하게 붉고 푸른 빛을 띠었다. 모두 합해야 일 달러도 되지 않는 구겨진 지폐들을 다시 바지주머니에 넣고 솜산은 아직도 도박꾼 십여명이 남아 있는 도박판을 뒤로했다. 싸루의 앞길에서 골목으로 새어들어오던 흙바람이 솜산의 힘없이 벌린 입 안으로 들어와 으적 씹혔다. 사흘 동안 솜산은 숫자 도박판에서 천 달러를 탕진했다. 한달에 백 달러를 버는 솜산으로서는 일년을 모아도 만지기

버거운 돈이었다.

골목을 빠져나와 싸루의 넓은 앞길에서 솜산은 무거운 발걸음을 멈추고 하늘을 보았다. 구름이 낮게 드리운 검은 하늘은 어둡고 무거웠다. 태국만에서 불어오는 눅눅한 바람이 솜산의 얼굴을 불쾌하게 어루만지는 동안 솜산은 우두커니 서서 아가리를 크게 벌린 고양이의 목구멍처럼 깊고 어두운 싸루의 입구를 바라보았다. 이따금씩 일어나는 흙먼지의 소용돌이가 솜산의 발목을 휘감고 돌아갔다.

솜산은 잠시 망설이다 인적이 사라진 길을 건너 거대한 검은 장막에 덮인 것처럼 보이는 싸루로 걸어 들어갔다. 좁은 미로와도 같은 길을 따라 걷는 동안 무거운 어둠속에 가라앉아 있던 시장 안의 정물들이 천천히 흐릿하게 떠오르기 시작했다. 오랫동안 익숙해져 마치 손바닥처럼 들여다볼 수 있는 길들이었지만 솜산은 싸루의 깊고 좁은 진창길에서 자꾸만 걸음이 엉켜 휘청거렸다. 솜산은 싸루의 한구석 길모퉁이, 어둠속에 무겁게 가라앉아 있는 사방 일 미터 남짓 되는 아버지의 좌판 앞에서 걸음을 멈추었다. 인도네시아의 감옥에서 풀려나와 시하눅빌의 아버지를 찾아왔을 때, 솜산의 아버지는 도둑이 들끓어 좌판 뒤에 해먹을 걸어놓고 밤을 지새우던 일을 솜산에게 넘겼다.

중국제 산양 오토바이 한대를 구해 모또택시 운전에 나설 때까지 솜산은 꼬박 일년을 싸루의 좌판 뒤에서 밤을 새웠다.

―도둑은 사람을 무서워하느니.

아버지는 좌판을 지켜야 하는 이유를 그렇게 말했지만 모든 도둑들이 그런 것은 아니었다. 솜산이 아버지의 좌판을 지키던 일년 동안 시장 상인 두 명이 총알에 구멍이 뚫린 시체가 되어 싸루를 나갔고 사람을 무서워하지 않는 도둑 중 한 명은 상인의 총에 맞아 싸루를 떠났다.

떠날 때에는 부시럭 소리에도 무시로 간담이 서늘해져 잠을 깨던 일이며, 우기에 비가 새어들어 온몸이 흙탕물에 흠뻑 젖던 일이며 하나부터 열까지 지긋지긋해져 다시는 돌아보지도 않으리라 했던 싸루였지만 그 뒤로도 솜산은 계모나 이복동생들과 다툰 날이거나 왠지 울적해지는 날이면 가끔씩 싸루의 이곳에서 밤을 지새우곤 했다. 무엇보다 솜산은 이곳처럼 완벽하게 어둠속에 파묻혀버릴 수 있는 장소를 시하눅빌에서는 찾지 못했다.

솜산은 담배 한개비를 꺼내 물었지만 불을 붙이지는 않았다. 이리저리 엇대놓은 두껍고 거친 판자와 녹슨 쇠사슬, 아이 머리통 크기의 자물쇠로 뒤덮인 진열대 뒤를 더듬어 작은 나무의자를 찾아냈다. 의자에 걸터앉은 솜산은 잠을 자지 못해 자꾸만 흐려지는 머리를 애써 다잡았다.

솜산의 내둘린 머리에 몇달 전부터 결혼을 보채던 뚜이안의 앙칼진 얼굴이 떠올랐다. 오래 전에 혼기를 놓친 서른살의 베트남 여자 뚜이안. 솜산의 아버지는 뚜이안의 이름이 나올 때마다 미간을 찌푸리며 고개를 가로저었다. 살아가는 것이 팍팍하기만 했던 민주캄푸치아 시절을 보낸 후 베트남과 인도네시아의 난민수용소 그리고 감옥에서 민주캄푸치아 시절보다 그리 나을 것도 없는 도합 십육년의 세월을 허송하느라 내세울 것이라고는 쥐뿔도 없는 솜산이었지만 아버지는 뚜이안을 받아들이지 못했다.

—왜 하필 유온이냐?

베트남인들의 다른 이름인 유온은 야만인을 의미했다. 수백년 동안 크메르 민족을 밀어내면서 영토를 넓혀온 비엣족은 크메르 민족에게는 야만적인 침략자였다.

—숲속으로 멀리 들어가 놀지 말아. 유온이 잡아간다.

유온이 잡아간다. 크메르 어머니들이 아이들에게 겁을 줄 때면 늘 하는 말이었다. 유온이라는 말에는 막연한 공포심과 그만큼의 증오심이 배어 있었다. 민주캄푸치아 시절에 유온은 제국주의와 자본주의, 그렇지 않으면 미국보다 하등 나을 것이 없는 인민의 적이었다.

민주캄푸치아가 무너졌지만, 모두들 유온이라면 노골적으로 드러내지는 않아도 내심으로는 벌레를 보는 것처럼 싫어했다. 베트남이 십만의 군대를 끌고 들어와 민주캄푸치아를 무너뜨리고 캄푸치아인민공화국을 세우고, 또 십년의 세월이 지나 군대를 이끌고 돌아가고 나서도 유온에 대한 크메르 사람들의 생각은 바뀌지 않았다. 그만큼 뿌리가 깊은 것이 유온에 대한 사람들의 백안시였다. 절반은 중국인인 솜산의 아버지에게도 그것은 마찬가지였다.

솜산의 유온에 대한 생각은 그저 그랬다. 좋을 것도 나쁠 것도 없었다. 솜산은 이십여년 전 베트남의 캄보디아 난민캠프에서 칠년을 지냈다. 열다섯의 나이였지만 숙모의 가족들이 오스트레일리아로 간다는 말에 솜산은 아버지의 만류를 뿌리치고 따라나섰다. 그러나 오스트레일리아 대신 쏭베의 난민수용소에 갇히고 말았다. 수용소 생활 칠년 만에 다시 프놈펜으로 돌아왔으니 허송세월을 한 것이나 진배없었다. 그 살벌한 내전통에 목숨을 건사했으니 다행이라고 스스로를 위로했다.

난민캠프 주변의 유온들은 처지가 캠프 안의 솜산보다 나을 것도 못할 것도 없었다. 간혹 유엔이나 국제적십자 따위의 기구들에서 구호물품이 그나마 절반이나 깎여 들어오는 난민캠프 생활을 부러워하는 유온들도 있었고 캄푸치아를 베트남의 식민지쯤으로 여기는 유온들도 있었다.

유온에 대한 뿌리 깊은 백안시말고도 솜산의 아버지에게는 뚜이안을 받아들일 수 없는 다른 이유도 있었다.

―몸 팔던 유온을 마누라로 데리고 캄푸치아에서 제대로 살아갈 수 있을 것 같으냐?

뚜이안은 몸 파는 베트남 여자였다. 시하눅빌의 베트남 여자는 대부분 몸을 팔았기 때문에 솜산이 이야기하지 않아도 솜산의 아버지 또한 그것을 알고 있었다. 하지만 돈이건 집이건 땅이건 쥐뿔도 가진 것이 없는 자신에게 올 캄보디아 여자는 또 어디 있단 말인가.

칠년을 베트남의 난민수용소에서 보낸 솜산은 유온이나 크메르나 별로 다를 것도 없다고 생각했다. 물론 캄푸치아를 베트남의 식민지 쯤으로 여기는 콧대 높은 유온들도 있었지만 좋은 사람과 나쁜 사람들은 어디에서나 함께 살아가는 법이니까 그닥 이상할 것도 없었다.

솜산은 침에 젖어 축축해진 필터 없는 담배를 바꿔 물고는 불을 붙였다. 성냥 불빛에 잠깐 동안 주변의 모든 것들이 환하게 드러났다가 이내 다시 무거운 어둠속에 묻혀버렸지만 검은 흙이 범벅이 된 싸루의 진창길과 진열대의 잿빛 판자를 얽어매고 있는 녹슨 쇠사슬의 잔영이 한참 동안 솜산의 눈에서 사라지지 않았다. 그 잔영 너머 싸루의 어둠속 어디에선가 해먹을 뒤척이는 소리가 한숨처럼 들려왔다.

솜산이 도박장에서 날린 천 달러. 그건 뚜이안의 돈이었다. 좀처럼 피우지 않던 담배의 연기가 폐부 깊숙이 파고들면서 솜산은 싸루의 진창 밑으로 끝없이 꺼져들어가고 있었다.

뚜이안은 시하눅빌의 다른 베트남 여자들처럼 몸을 팔았다. 그러나 베트남 여자들도 뚜이안처럼 서른이 넘도록 몸을 파는 일은 흔치 않았다. 대개는 스물다섯을 전후해 돈을 모아 베트남의 고향으로 돌아가거나 모은 돈을 밑천으로 그럴듯한 땅과 집, 가게를 마련해 시하눅빌에 눌러앉았다. 뚜이안에게도 오년 전쯤에는 그럴 기회가 있었다. 하지만 그녀가 버는 돈을 맡아두고 있던 뚜이안의 어머니가 프놈펜에서 돌아오는 길에 강도를 만나 총에 맞아 죽고 난 후에는 모든 것이 물거품이 되어버렸다. 이리저리 수소문을 해봤지만 뚜이안의 어머니가 프놈펜의 누구에게 돈을 맡겼는지 아무도 알지 못했고 돈을 맡은 쪽이 자청해 그녀에게 모습을 드러내는 일도 일어나지 않았다. 어림잡아 이만 달러에 가까울 것으로 짐작되는 그녀의 돈은 그렇게 흔적도 없이 어머니의 시신과 함께 화장터의 연기로 사라졌다. 다시 시작하기에 뚜이안은 나이가 너무 많았지만 선택의 여지가 없었다. 세월이 흐를수록 뚜이안을 찾는 사내들의 발길은 잦아들었고 이제 뚜이안이 머물고 있는 유곽에서 그녀는 퇴물이나 다름없었다. 그러나 서른이라는 나이에도 불구하고 뚜이안은 유곽의 붉은 불빛 아래에서는 여전히 아름다웠다. 그녀는 아직 적당하게 탄력 있는 가슴과 조금 처지기는 했지만 보기 드문 반 아름의 허리와 평평하지 않은 둥글고 푸짐한 엉덩이를 갖고 있었다. 뚜이안은 여전히 젊은 창녀들의 도도함과 불친절한 써비스 그리고 그네들의 성적인 무지함에 지친 나이 든 사내들을 이따금씩 손님으로 받을 수 있었다.

뚜이안은 십년을 넘긴 유곽 생활에 지쳐 있었다. 서른이 넘은 뚜이안이 유곽 생활을 계속한다는 것은 결국 마마상이 된다는 얘기였다. 뚜이안이 머물고 있는 유곽을 운영하는 마마상은 일생을 베트남과 태국 그리고 캄보디아에서 창녀와 마마상으로 지낸 여자였다. 마마상에게는 미군이 남베트남에 주둔하고 있던 1971년 사이공에서 만난 미군과의 사이에서 낳은 튀기 딸이 있었다. 지금은 미국의 텍사스 어딘가에 살고 있는 마마상의 유일한 혈육인 튀기 딸은 이제는 그녀가 살아 있는 유일한 이유인 듯했다. 마마상은 방안의 작은 불전 옆에 튀기 딸의 사진을 가둔 조그만 액자를 두고 있었다. 검은 머리에 푸른 눈을 가진 마마상의 딸은 한눈에도 미인이었다. 마마상은 그녀의 딸을 끔찍이도 사랑하고 있었지만 그녀의 딸은 그렇지 않았다. 십여년이 넘도록 마마상은 단 한장의 편지도 딸에게서 받지 못했다. 우기에 접어들어 장대 같은 빗줄기가 유곽 앞길의 커다란 웅덩이를 메울 때면 뚜이안의 마마상은 방의 창문에 걸터앉아 주름으로 늘어진 볼을 일그러뜨리며 딸이 보고 싶고 원망스러워 끅끅 흉물스러운 소리를 내며 울곤 했다.

뚜이안의 마마상은 때때로 유곽에 있는 젊은 창녀들의 손목을 담뱃불로 지지곤 했다. 마마상은 호텔이나 가라오케, 나이트클럽으로 유곽의 창녀들을 보내곤 했다. 그녀들은 돌아와서 손님들에게 받은 돈을 마마상에게 내놓곤 했는데 액수가 충분치 않으면 그녀는 이런 방법으로 어린 창녀들을 응징하곤 했다. 뚜이안은 이제 그런 일을 당할 나이는 아니었지만 짧은 대나무 막대로 발바닥을 맞거나 담뱃불로 지짐을 당하는 젊은 창녀들을 볼 때마다 몸서리를 쳤다. 뚜이안은 그런 마마상이 되고 싶지는 않았다. 그렇지만 아버지도 어머니도 없는 고향으로 돌아가고 싶지도 않았다. 그럴 만큼 충분한 돈도 없었다.

이제 십여년을 유곽에서 보낸 서른살의 뚜이안이 유곽 생활을 벗어나는 길은 결혼을 하는 것뿐이었다. 뚜이안은 결혼이 하고 싶었다. 그러나 뚜이안과 결혼하고 싶어하는 사내는 많지 않았다. 그나마 그들 중 대부분은 이미 한두 번의 이혼 경력을 갖고 있는 사내들이었고 뚜이안보다는 그녀가 어딘가에 숨겨두었을 얼마간의 돈에 욕심을 부리는 무능한 사내들이었다. 캄보디아 여자와 베트남 여자들이 모두 그렇듯이 뚜이안도 그런 사내들을 경멸했다.

솜산은 그런 사내들 중에서 뚜이안이 가장 마음에 두는 사내였다. 대단하진 않아도 솜산은 돈을 버는 데에 제법 수완이 뛰어났다. 늘 미국이나 호주 아니면 독일로 갈 수 있는 방법을 찾고 있는 것도 마음에 들었다. 베트남과 인도네시아의 캄보디아 난민캠프에서 십여년 이상을 보낸 솜산이기에 베트남말과 인도네시아말을 구사할 수 있었고 아버지가 중국인이었기 때문에 중국말, 그리고 인도네시아 자카르타의 감옥에서 조금씩 배우기 시작해 이제는 그럭저럭 의사소통이 되는 영어를 할 수 있는 것도 돈벌이에는 아주 유리한 능력이었다. 솜산은 적어도 한달에 이백 달러 이상을 벌었다. 한달에 백 달러를 벌기가 급급한 모또 운전사로서 이백 달러 이상을 손에 쥔다는 것은 이 사내가 남들보다 배 이상의 수완을 발휘하고 있다는 것을 의미했다. 대부분의 수완은 솜산이 프놈펜에서 출발하는 버스가 도착하는 버스터미널에 발을 디딘 외국인 관광객들의 등을 치는 데에서 발휘되었다. 솜산은 그들이 원하는 것은 간차(대마초)건 헤로인이건 여자이건 무엇이든 가능하게 해주는 대가로 언제나 커미션을 챙겼던 것이다.

뚜이안은 이런 솜산의 수완을 솜산의 몸에 흐르는 중국인의 피 탓으로 여기곤 했는데 뚜이안은 그 빌어먹을 중국인의 피 때문에 솜산이 도박의 유혹에 약하다는 사실을 간과하고 말았다.

싸루에서 넋을 잃고 귀신처럼 어둠속에 웅크리고 앉아 한시간쯤을 보낸 솜산은 싸루를 빠져나와 이제 막 희부옇게 동이 트기 시작한 거리에서 에까리치의 집으로 향했다. 구름이 낮게 깔린 새벽 하늘은 검고 어두웠다.

아버지와 계모 그리고 다섯 명의 배다른 형제들만으로도 비좁기 짝이 없는 판잣집의, 잡초가 무성한 마당에 발을 딛자 마당 한구석 어디에선가 쩌국 도마뱀이 울었다.

―비가 오려나.

도마뱀이 저렇게 울면 비가 온다. 솜산은 고개를 들어 하늘을 보았다. 때맞추어 빗방울 한점이 솜산의 이마를 때렸다. 솜산은 중국식 대나무 침상이 이리저리 놓여 있는 좁은 집안으로 들어가는 대신에 잡초가 무성한 뜰 한구석의 돌 위에 걸터앉아 윗옷 주머니에서 담배꽁초를 꺼내 입에 물고는 불을 붙였다. 쓰레기와 잡초들이 전부인 마당의 한구석에 코코넛나무 기둥을 세우고 판자를 잇댄 후 함석을 얹은 집은 솜산이 인도네시아의 감옥에서 돌아와 팔을 걷어붙이고 보수를 한 지 삼년 만에 다시 흉물스러운 몰골로 변해 있었다. 찢어진 함석지붕에서는 무시로 물이 떨어졌고 흙바닥은 이곳저곳이 패어 집 밖과 별반 차이가 없었다. 우기가 돌아오기 전에 손을 보지 않으면 집은 제구실을 못할 것이었다. 언제부터인지 솜산의 아버지가 하나둘씩 판자와 각목들 따위를 주워모아 뜰 한구석에 쌓기 시작한 것도 우기가 오기 전에 집을 손보기 위해서였다.

그러나 그렇게 손을 본들 그 집에서 얼마나 살 수 있을지는 의문이었다.

―이 땅이 내 땅이라면.

솜산은 담배연기를 한숨처럼 내쉬며 중얼거렸다. 지난 이년 동안 시하눅빌의 땅값은 천정부지로 뛰어올랐다. 한 변이 오십 미터쯤인 이 땅도 이제는 십만 달러를 호가한다는 소문이었다. 십만 달러. 맹세컨대 아버지라도 죽일 유혹에 시달릴 수 있는 돈이었다. 그러나 다행스럽게도 이 땅은 이제 솜산의 아버지 소유가 아니라 프놈펜에 사는 천(陳)이라는 중국인 소유였다. 그가 95년에 시하눅빌에 내려와 시내와 해변의 땅들을 사모을 당시에는 고작해야 몇천 달러, 아니면 몇 헥타르가 되는 땅도 만 달러가 넘지 않았다. 솜산의 집이 들어서 있는 이 땅을 솜산의 아버지는 오천 달러에 프놈펜의 중국인에게 팔았다.

솜산의 아버지가 이 땅을 마련한 것은 폴포트의 민주캄푸치아가 베트남군의 침공으로 무너진 후 내전이 격화되어가고 있던 북서부의 시소폰을 떠나 프놈펜을 거쳐 시하눅빌에 발을 딛은 직후였다. 강도에게 아들의 목숨을 빼앗기고 그래도 프놈펜이 나을 것 같아 떠난다는 땅주인에게 백만 리엘인가를 주고 산 땅이었다. 솜산의 아버지는 이 땅에 캄보디아식이 아닌 중국식 목조가옥을 짓고 살았다. 베트남의 난민수용소에서 캄보디아로 돌아온 솜산이 이리저리 수소문을 한 끝에 아버지를 찾아 돌아온 것도 바로 이 집이었고 마음을 잡지 못하고 인도네시아로 떠나 난민수용소와 감옥에서 칠년을 보내고 다시 돌아온 곳도 이 집이었다. 그럭저럭 이번에는 이 집에서 삼년을 지냈다.

솜산의 아버지는 프놈펜의 중국인에게 오천 달러를 받고 그가 새집을 건축할 때까지 이 집에서 계속 살아도 좋다는 조건으로 땅을 넘겼다. 소문에 사년 전에 아버지의 땅을 산 프놈펜의 중국인은 곧 이 땅에 호텔을 세운다고 했다. 그렇게 된다면 솜산의 가족은 이 집에서도 쫓겨날 판이었다.

솜산은 아버지가 이 땅을 프놈펜의 중국인에게 판 것을 이해할 수 없었다. 아버지도 절반은 중국인이 아니었던가. 온전한 중국인과 절반 중국인의 안목이 그리도 다를 수가 있다는 사실이 솜산은 못내 아쉽고 화가 났다. 십만 달러가 아니라 그 절반인 오만 달러만 손에 쥐고 있었더라도 솜산의 가족은 이렇게 구차하게 살지 않았을 것이다. 원한다면 솜산의 아버지는 아편을 피우면서 여생을 마칠 수도 있었다. 그러나 지금 솜산의 아버지는 싸루의 모퉁이에 붙은, 사방이 고작 일 미터인 점포에서 열쇠며 자물쇠, 일회용 라이터 따위를 팔면서 여섯이나 되는 가족들의 생계를 돌봐야 한다. 그나마 솜산은 계산조차 되지 않는 군식구였기에 여섯이다.

솜산은 손끝까지 타들어간 담배를 손가락으로 튕겼다. 잡초 사이로 떨어져 흔적이 사라질 때까지 붉은 불꽃은 긴 포물선을 그리며 어두운 허공을 날았다. 솜산은 집안으로 들어가는 대신 뜰 한구석의 코코넛나무에 매달아놓은 해먹에 몸을 실었다. 해먹의 흔들림이 멍한 솜산의 의식을 더욱 몽롱하게 만들었다. 툭, 빗방울 몇점이 솜산의 얼굴에 떨어졌지만 솜산은 꼼짝도 하지 않고 깊은 잠에 빠져들었다.

이른 아침부터 내리기 시작한 비는 늦은 아침까지 맹렬한 기세로 쏟아지다 잦아들었지만 여전히 오전 내내 굵은 빗발이 오락가락 흩뿌리고 있었다.

"솜산, 그 녀석 며칠 동안 호되게 당했는데 그 많은 돈이 어디서 났을까?"

유곽을 지나치다 잠시 비를 긋기 위해 들른 싸루 도박장의 고정 멤버인 말단 경찰 쪽트리가 마침 아침으로 국수를 먹고 국물을 들이켜고 있던 뚜이안 앞에서 비에 젖은 머리를 털며 혼잣말처럼 중얼거렸다. 쪽트리의 입에서 그 말이 떨어지자마자 뚜이안은 두어 번 눈을 깜빡거리고 나서는 쏙트리가 은근히 뱉어놓은 말이 뜻하는 바를 눈치챘다.

"이런 찢어죽일 놈!"

쏨산이 자신의 돈 천 달러를 도박장에서 탕진한 것을 알자 뚜이안은 용수철처럼 튀어나가 뒤뜰에서 작은 장작을 다듬는 칼을 집어들고 나섰다.

국수 그릇을 뒤엎으며 미친 듯이 뛰어나가는 뚜이안의 뒷모습을 보며 말단 경찰 쏙트리는 생각했던 대로라는 듯이 고개를 끄덕였다.

—이놈 이제 한번 요절이 나봐라.

쏙트리는 영어 좀 한다고 유세나 떨고 유온말을 한답시고 베트남 것들과 어울려 다니며 사람들 등이나 치고 돌아다니는 쏨산이 못마땅했다. 게다가 쏙트리가 보기에 쏨산은 지나치게 약았다. 간차나 헤로인을 팔고 여자 장사까지 하면서도 총을 들고 다니는 인간은 아니었다. 간사하면서도 비굴한 인간, 그것이 쏙트리가 보는 쏨산이었다.

뚜이안의 마마상도 잔뜩 독이 오른 뚜이안의 그 꼴을 보았다. 마마상은 팔짱을 끼고 얼굴에 잔뜩 주름을 잡으며 끅끅 소리를 내며 웃었다.

"내가 그랬지. 사내놈을 찾으려면 얼치기 중국놈보다는 온전한 캄푸치아놈을 찾으라고 말이야."

그러나 뒤뜰까지 뚜이안을 따라 나온 마마상은 칼을 든 뚜이안이 눈을 가로로 찢고 그녀를 쏘아보자 단박 안색이 창백해져서 입을 비죽거리며 유곽의 홀로 들어가버렸다.

칼을 허리춤에 찬 후 80씨씨 오토바이를 타고 유곽을 나선 뚜이안의 얼굴에 사정없이 굵은 빗발이 내리쳤다. 뚜이안은 쏨산에 대한 분노와 증오로 가슴이 끓어 연신 입으로 흘러들어오는 빗물을 내뱉으면서도 비가 온다는 사실조차 깨닫지 못했다.

— 이 망할 중국놈을 잡으면 그 자리에서 죽여버릴 테다.

뚜이안의 그 돈이 어떤 돈인지는 솜산이 더 잘 알고 있었다. 유곽의 젊은 베트남 창녀들은 모두 서양인들을 손님으로 받기를 꺼려했다. 생김새 때문이기도 했지만 에이즈가 운탁(UNTAC, 유엔캄보디아과도행정부)과 함께 들어온 서양인들에 의해 캄보디아로 전파되었다는 것이 정설이었기 때문에 서양인들은 이래저래 달가운 손님이 되지 못했다. 그러나 서른의 늙은 창녀인 뚜이안으로서는 이것저것 가릴 처지가 아니었다. 서양인들은 뚜이안의 나이를 가늠하지 못하거나 관심을 가지지 않았고 게다가 오 달러나 받을 수 있었다. 재수가 좋으면 십 달러를 놓고 가는 일도 종종 있었다.

먹고살기 위해서, 때로는 돈을 벌기 위해서 거리낌없이 행해지기는 하지만 몸을 파는 일은 어디에서나 명예로운 일이 아니었다. 그래서 뚜이안의 어머니도 뚜이안을 데리고 베트남을 떠나 이곳 캄보디아의 시하눅빌까지 오지 않았던가. 하물며 서양인들에게 몸을 파는 것은 몸을 파는 일 중에서도 가장 밑바닥에 깔리는 일이었다. 뚜이안이 솜산에게 건넨 천 달러는 그렇게 해서 번 돈이었다.

"이봐, 미또나에 삼천 달러짜리 집이 나왔어."

일주일 전에 솜산이 뚜이안에게 이렇게 말했을 때 뚜이안은 내심 가슴이 벅차올랐다. 미또나는 시내와 부두 사이에 있는 해변으로 가는 길이었다. 그 길의 왼쪽으로 이백여 미터 떨어진 구릉의 꼭대기에 이십여 가구가 사는 작은 빈민촌이 있었다. 길도 험했고 전기도 들어오지 않는 후줄근한 동네였지만 뚜이안은 유곽을 나올 수만 있다면 그것으로 족하다고 생각했다.

솜산이 천 달러가 부족하다고 했을 때 뚜이안은 집값이 몇년 안에 만 달러까지는 오를 거라는 이야기와 집의 명의는 뚜이안의 이름으로 해주겠다는 그의 말을 듣지 않았어도 그녀의 전재산이나 다름없는 천 달러를 선선히 내주었을 것이다.

"집을 사고 돈을 좀 모아서 반년쯤 뒤에는 결혼식을 올리자구."

뚜이안에게 천 달러를 챙긴 솜산은 뚜이안에게 이런 말을 남기는 것도 잊지 않았다.

뚜이안이 오츠띠알과 쏘카 해변이며 에까리치의 솜산의 집과 시내의 버스터미널, 부두 심지어는 훈센비치까지 시하눅빌 구석구석을 샅샅이 훑으며 솜산을 찾고 있을 때 솜산은 부두 옆 품터메이의 포네리 집에 숨어 있었다. 사흘을 뜬눈으로 새운 뒤 해먹에서 잠에 곯아떨어졌을 때 억수 같은 비가 쏟아지지 않았다면 솜산은 꼼짝없이 장작 패는 칼을 들고 설치는 뚜이안과 맞닥뜨려야 했을 것이다. 그러나 다행스럽게도 거세게 쏟아지는 빗줄기 때문에 잠에서 깬 솜산은 아무래도 뚜이안이 들이닥칠 것 같아 이른 아침에 품터메이로 숨어들었다.

품터메이는 솜산이 가끔씩 찾는 부두 옆의 창녀촌이었다. 포네리는 솜산이 손님을 데려다주는 집의 주인으로, 솜산은 한 명에 일 달러를 소개비로 받았다. 비가 내리는 날 품터메이는 시궁창보다도 못했다. 길은 진흙탕이나 다름없었고 생선 썩는 냄새가 온 거리에 진동을 했다. 솜산은 오토바이를 포네리의 집 뒤편에 숨겨놓고 판자로 얼기설기 막은 방에서 잠에 곯아떨어져 정오가 넘어서야 눈을 떴다.

눈을 뜨자 솜산은 배도 고프고 머리도 복잡했다. 미또나의 집을 산다는 것은 거짓말이 아니었다. 문제가 있다면 솜산에게는 애당초 이

천 달러가 없었다는 것이다. 더 나쁜 일은 솜산에게 재수가 없었다는 것이다. 재수만 있었다면 천 달러를 밑천으로 왜 삼천 달러를 만들지 못했겠는가.

나무판자로 엮은 지붕이 그대로 드러나 있는 허공에 힘없이 시선을 박고 있던 솜산은 거의 평생 동안 자신을 따라다닌 것처럼 느껴지는 불운에 절레절레 고개를 흔들며 한숨을 쉬었다.

크메르루주가 프놈펜으로 진격하던 해에 솜산은 겨우 여덟살이었다. 미군의 폭격이 심심치 않게 계속되던 어느 해에 들판에서 일하던 솜산의 어머니가 마침 B52가 떨어뜨린 폭탄의 파편을 맞고 그 자리에서 즉사했다. 그해 말에 고향인 따께오를 떠난 솜산의 일가가 프놈펜의 싸터메이(신시장) 근처에 자리를 잡고 그럭저럭 입에 풀칠을 하며 살고 있던 시절이었다.

프놈펜이 함락된 지 며칠이 되지 않아 새 정권은 프놈펜에 살던 사람들을 모두 소개하기 시작했다. 솜산의 가족은 몇날 며칠을 걸어 바땀방을 거쳐 태국 국경에서 멀리 떨어지지 않은 시소폰의 집단농장에서 살았다. 솜산의 고모 하나가 시소폰에서 영양실조로 죽었지만 프놈펜에서 시소폰까지 그 험한 길을 걸어가는 동안에도, 사람의 목숨 값이 물소 값보다 한참 밑바닥이었던 민주캄푸치아 삼년 반 동안에도 솜산의 가족은 모두 생명을 부지했다. 베트남군이 프놈펜을 거쳐 시소폰까지 들어왔을 때 솜산의 가족은 모두 프놈펜으로 돌아왔다. 프놈펜에서 솜산은 다섯달간 학교를 다녔고 그것이 서른다섯이 될 때까지 솜산이 받았던 유일한 교육이었다.

이듬해에 솜산의 가족 중 솜산과 배다른 형제 둘, 그리고 고모 둘과 할머니는 베트남의 사이공으로 향했다. 프랑스로 이민을 갔던 삼촌에게 연락을 받고 떠난 길이었다. 사이공에서 십개월을 보낸 후 솜산 일행은 모두 쏭베에 있던 난민수용소로 보내졌고 솜산은 그곳에서 칠년을 보내야 했다. 칠년 뒤에 아버지가 있던 시하눅빌로 돌아온 솜산은 다시 인도네시아를 거쳐 호주로 가려 했지만 갈랑의 난민수용소에서 다시 육년을 보내야 했다. 육년의 캠프 생활 끝에 캄보디아로 송환되기 직전 솜산은 수용소를 탈출하여 육개월 동안 칼리만딴의 이곳저곳을 헤매다 인도네시아 경찰에 붙잡혀 자카르타의 감옥에서 일년을 보낼 수밖에 없었다. 자카르타의 감옥에서 나와 다시 돌아온 곳이 시하눅빌이었다.

십오년의 세월을 난민수용소와 감옥을 전전하며 보내야 했으니 솜산은 역시 재수가 없었다고 생각했다. 쏭베의 난민수용소에 있던 솜산의 고모 중 하나는 지금 호주에 살고 있고 배다른 형제 하나는 프랑스에 살고 있다. 그러나 솜산이 돌아온 곳은 결국 캄보디아였다.

문틈으로 희미하게 빛이 들어오는 포네리의 좁은 방안에서 솜산은 조심스럽게 늘 허리띠 안쪽에 차고 다니는 작은 가방 속에서 여권을 꺼냈다. 붉은 표지의 캄보디아 여권. 이걸 만들기 위해 솜산은 무려 백 달러를 써야 했다. 이십 달러의 뇌물을 주고 아이디 카드를 만들었고 프놈펜에까지 올라가 이틀을 머물면서 팔십 달러를 썼다. 프랑스에서 인쇄한 여권은 깨끗하고 튼튼해 보였다.

반년 전 프랑스에서 온 베트남인이 이틀 동안 솜산의 모또를 이용했다. 마르쎄이유의 의류 도매상에서 매니저로 일하고 있다는 그는 두달 전에 솜산에게 편지를 보내왔다. 사장이 마르쎄이유에 있는 의류 매장의 점원을 구하고 있는데 그 일을 하고 싶으면 솜산을 초청하겠노라고. 얼마나 믿어야 할지 몰랐지만 솜산은 다음날로 그렇게 해주면 분골쇄신 일을 하겠노라고 편지를 보냈고 일주일 뒤에는 여권을 만들었다. 마르쎄이유의 베트남인에게서는 아직 답장이 오지 않았다.

점원이 필요없어진 걸까? 한달에 천 달러를 받을 수 있다고 했는데.

솜산은 여권의 첫 장을 펼쳐들어 자신의 사진과 적힌 내용을 찬찬히 훑어보았다. 여권에 적힌 솜산의 이름은 중국식 이름인 핑(乎)이었다. 솜산의 가족 중에 핑이란 이름을 가진 그의 숙모와 조카가 미국으로 이민을 가서 살고 있기 때문에 솜산이 바꾸어 적은 이름이었다. 그 이름을 볼 때마다 솜산은 이번만큼은 캄보디아를 떠날 수 있으리라는 믿음이 조금씩 충만해져오는 것을 느꼈다. 전직 크메르루주인 절름발이 포네리가 문을 열고 들어선 것은 솜산이 여권을 쓰다듬으며 왠지 울적한 기분을 달래고 있을 그때였다.

"너 이제 큰일났다."

문을 열고 들어선 포네리는 눈을 부라리며 큰소리로 고함을 치듯 외쳤다.

"이놈, 베트남 계집의 돈을 도박으로 날려버리다니 정말 대단한 놈 아니냐? 그것도 천 달러씩이나 말야. 방금 뚜이안이란 계집이 널 찾는다고 품터메이를 먼지 털듯이 털고 갔다. 허리춤에는 칼을 차고 말야. 내가 만약에 네놈이 여기 있다고 알려주었으면 넌 지금 이 세상 사람이 아니야."

포네리는 솜산이 누워 있던 침대 한쪽 모서리에 털썩 걸터앉아 어이가 없다는 듯이 이제 막 몸을 일으키는 솜산의 뒤통수를 철썩 쳤다.

예상하지 못한 일은 아니었지만 솜산은 갑자기 뒷골이 지끈거리고 빈속이 더욱 메슥거려왔다. 그런 솜산의 눈에 부처의 사진을 모셔놓은 손바닥만한 제단이 들어왔다. 솜산은 주머니에서 천 리엘짜리 지

폐를 꺼내 제단에 올려놓고 향로의 타다 만 향에 불을 붙이고는 손을
모아 기도했다.

시하눅빌은 좁은 동네였다. 품터메이에 숨어 있는 것도 길어야 이
틀이었다. 이틀이면 누군가 뚜이안에게 고자질하기에 충분한 시간이
었다. 솜산은 머리가 복잡해졌다.

"이놈아 부처님이 널 봐주겠냐, 아니면 그 개만도 못한 유온 계집이
널 봐주겠냐? 게다가 네놈은 예수인지에게까지 고개를 숙였던 놈 아
니냐?"

부처의 제단 앞에 손을 모으고 있는 솜산을 보고 포네리가 어이가
없다는 듯 빈정거렸다. 행여 뭐라도 나올 게 없을까 싶어 외국인이 운
영하는 시내의 교회들을 기웃거렸던 걸 가지고 이죽거리는 것이었다.

솜산은 대꾸하지 않는 대신 문득 예수한테 빌어볼까 생각했다. 부
처든 예수든 무슨 상관이란 말인가. 이 봉변에서 벗어날 수만 있다면
예수나 부처가 아니라 무함마드에게도 머리를 조아릴 터였다.

"그 계집도 유온인데 네놈을 그대로 놔둘 성싶냐?"

베트남군의 칼리니코프 소총 탄알에 무릎뼈가 부서진 포네리였다.
그나마 빗겨갔으니 망정이지 하마터면 의족을 달아야 했을 것이다.
이년 전 포네리가 다리를 절며 빨린에서 시하눅빌로 돌아왔을 때 저
간의 사정을 모르는 사람들은 발목지뢰를 밟은 것쯤으로 여겼다. 포
네리가 크메르루주였다는 것을 아는 사람들은 그저 침묵을 지켰다.

─두고봐라. 유온놈들을 다 몰아내지 않으면 십년 안에 캄푸치아는
흔적도 없이 사라질 것이다.

포네리는 늘 이렇게 떠들고 다녔다. 지난번 총선에서 베트남인들이
현 정부에 몰표를 준 것이나 지금 정부의 수상이 베트남이 세운 괴뢰

정권 출신이라는 것을 보면 일리가 없는 말도 아니었다.

"그럼 어쩌면 좋겠소?"

솜산은 한껏 비굴한 표정으로 포네리를 바라보았다.

"어쩌긴 이놈아. 지금 당장이라도 프놈펜으로 가든지 아니면 바땀 방에라도 가든지, 어쨌든 여길 뜨는 게 상책이지."

하긴 시하눅빌을 뜨면 모든 것이 해결될 수 있었다. 캄보디아 제일 의 도시인 프놈펜도 넓었고 두번째로 큰 도시인 바땀방도 넓었다. 뚜 이안이 아무리 찾고 싶어도 찾을 수는 없을 것이었다. 뚜이안이 살아 있는 동안 시하눅빌로 돌아오지만 않는다면 솜산은 평생 뚜이안과 부 딪히지 않고 살아갈 수 있었다.

"……늦기 전에 말야."

포네리가 솜산의 마음을 헤아렸는지 한마디를 덧붙였다.

프놈펜이건 바땀방이건 시하눅빌을 빠져나가는 길은 외길이었다. 그 외길에 검문소가 두 군데 있었다. 만약 뚜이안이 그 길을 지키는 경찰과 헌병들에게 미리 손을 써놓았다면 솜산이 오토바이를 타고 그 길을 빠져나가는 것은 쉬운 일이 아니었다. 재수가 없으면 경찰이나 헌병의 총에 맞아 그 길로 저세상 사람이 될 수도 있었다.

오토바이만 없다면 시하눅빌을 빠져나가는 것쯤은 그리 어려운 일 이 아니었지만 솜산의 일제 혼다 125씨씨 오토바이는 물경 천 달러에 가까운 돈을 치르고 장만하지 않았던가. 오토바이도 없이 불알 두쪽 과 주둥이 하나만 가지고는 프놈펜을 가든 바땀방을 가든 아니면 시 엠립을 가든 살아가는 것 자체가 요령부득이었다.

"어때, 네 오토바이는 내가 사백 달러를 쳐주지……"

포네리가 넌지시 솜산의 의중을 찔렀다.

"프놈펜까지 가는 차편도 알아봐주고 말야."

—빌어먹을 크메르루주놈.

솜산은 내색하지 않았지만 포네리의 이 음흉한 제의에 이를 갈았다. 사백 달러라니, 지금 당장 내다 팔아도 칠백 달러는 충분히 받을 수 있는 물건이 아닌가. 차라리 뚜이안에게 오토바이를 내주는 게 백 배는 나을 것이다.

오랜만의 깊은 잠에서 깨어나 한결 머리가 맑아진 솜산은 자신이 막다른 골목으로 내몰리고 있다는 것을 깨달았다. 뚜이안이 그렇게 설치고 다녔으니 시하눅빌에서 솜산의 이야기는 모르는 사람이 없을 터였다. 심지어는 쌤삭 호텔의 스티브며 '쌤과 토니의 카페'의 쌤도 알게 되었을 것이다. 이제 보는 놈마다 솜산의 오토바이에 눈독을 들이고 공갈을 쳐댈 것이 뻔했다.

솜산은 늦기 전에 결정을 해야 했다. 이대로 뚜이안의 성깔을 잠재우지 못하고 시하눅빌에서 시간만 보낸다면 말마따나 골로 가는 것은 시간문제였다. 제일 꺼림칙한 상대는 뚜이안의 단골 중 하나인 홀아비 군인 잔톤이었다. 뚜이안이 눈물이라도 흘리면서 애원을 할라치면 당장이라도 자리를 박차고 나와 눈에 보이는 대로 솜산의 머리통에 AK-47 소총을 갈겨댈 위인이었다.

잔톤뿐이겠는가. 뚜이안의 유곽은 물론 여자들이 몸을 파는 모든 집들은 경찰과 군인들에게는 돈을 받지 않았다. 보호의 대가였다. 솔직히 말해서 유곽들이 맺고 있는 경찰이나 군대와의 유대에 비한다면 솜산은 아무것도 아닌 피라미였다. 다행스럽게도 뚜이안이 지금 칼을 들고 설쳐댄다는 것은 아직까지는 솜산을 죽일 생각이 없거나 생각이 미치지 못하고 있다는 것을 의미했다. 정말 솜산을 없애고 싶다면 뚜이안으로서는 아주 간단한 방법이 많았던 것이다.

—그럼 어떻게 한다……

포네리가 열어놓은 문으로 오후의 햇볕이 따갑게 밀려들어오고 있었다. 비는 그친 모양이었다. 퀴퀴하게 생선 썩는 냄새가 포네리의 방 안을 무겁게 흘러다녔지만 솜산은 그 냄새를 맡을 수 없었다.

시하눅빌에서 이십여 킬로미터나 떨어진 스텅하우에서 이제 막 돌아온 뚜이안은 유곽 이층 방의 침대에 걸터앉아 맞은편 거울을 보고 있었다. 빗물에 젖고 바람에 날려 형편없이 엉클어진 머리가 그녀의 이마와 볼을 어지럽히고 있었다. 오토바이를 몰고 너덧 시간을 돌아다니고 나니 온몸은 황토 먼지로 붉게 물들어 있었고 웅덩이의 물이 튀어 하반신은 흙으로 범벅이 되어 있었다.

귀신이나 다를 바 없는 자신의 몰골을 바라보던 뚜이안의 눈에서 툭 눈물방울이 떨어졌다.

—찢어죽일 중국놈.

무슨 신세가 이렇단 말인가. 고작 몸을 팔러 고향을 떠난 지 벌써 십이년, 열여덟 꽃다운 나이에 고향을 떠난 뚜이안이었다. 남들은 똑같이 몸을 팔았어도 벌써 시하눅빌 시내에 버젓한 건물을 사기도 했다. 뚜이안도 어머니만 변을 당하지 않았다면 일찌감치 몸 파는 생활을 청산하고 남들 보기에 떳떳한 생활을 할 수 있었을 것이다. 그러나 스물다섯에 어머니가 돌아가셨을 때 뚜이안은 몸을 팔 줄은 알았지만 돈을 모으고 간수하는 방법은 알지 못했다. 어머니가 죽자 뚜이안은 끈 떨어진 연이었다. 마마상도 뚜이안을 홀대하는 눈치가 역력했고 이런저런 핑계를 대 뚜이안에게 돌아가야 할 돈을 빼돌렸다. 먹여주고 재워주는 것만도 감지덕지하라는 기세였다. 그나마 조금씩 돈을 만지기 시작한 것은 스물여덟이 되어서였다.

고향에 아버지만 있었어도 뚜이안은 어머니가 없는 시하눅빌을 떠나 빈손으로라도 어떻게든 고향인 하띠엔으로 돌아갔을 것이다. 기실 캄보디아와 베트남 국경에 접해 있는 하띠엔은 이틀이면 갈 수 있는 거리였다. 그러나 고향에 돌아가도 뚜이안을 반겨줄 사람이 없었다. 뚜이안의 어머니가 뚜이안을 낳던 해에 농사꾼이던 아버지는 미군이 떨어뜨린 폭탄에 맞아 형체도 없이 사라졌다. 뚜이안의 어머니가 찾은 것은 폭탄이 만든 거대한 웅덩이 근처에 떨어져 있던 남편의 찢어진 호찌민 쎈들뿐이었다. 솜산에게 왠지 마음이 끌렸던 것도 솜산의 어머니가 뚜이안의 아버지처럼 미군의 폭탄에 맞아 죽었다는 동병상련 때문이었다. 게다가 따께오와 하띠엔은 그렇게 멀리 떨어져 있지도 않았다.

뚜이안은 거울 속의 흐트러진 머리를 손으로 쓸어 뒤로 넘겼다. 비를 맞은 탓에 비릿한 물비린내가 코를 찔렀다. 긴 머리를 손으로 말아 틀어올리면서 뚜이안은 입술을 악물었다.

―내 손이 아니라도 넌 누구 손에라도 죽는다.

천 달러도 천 달러였지만 믿었던 솜산에게 배신을 당한 것이 더 억울하고 분했다. 어차피 운이 없어 제대로 못 풀린 인생이었다. 쥐뿔도 없는 절반 중국놈 하나 죽이는 것쯤이야 거리낄 것이 없었다. 뚜이안은 유곽을 드나드는 경찰과 군인들 중 몇몇을 떠올렸다. 아무라도 이십 달러만 주면 뚜이안의 소원쯤은 쉽게 들어줄 것이었다. 돈이 아니라도 눈웃음을 치거나 눈물을 훌쩍거리며 사정해도 들어줄 것이었다.

―넌 이제 죽은 목숨이다.

악문 뚜이안의 입술이 거울 속에서 시퍼렇게 핏기를 잃어갔다.

뚜이안은 늦기 전에 그들 중 하나를 찾아나섰다. 솜산이 걱정했던 대로 뚜이안은 홀아비 군인인 잔톤을 먼저 떠올렸다. 잔톤이 근무하는 헌병대는 오츠띠알 해변의 초입에 있었다.

뚜이안의 마마상은 유곽 홀의 흔들의자에 앉아 뚜이안이 이층에서 내려와 홀을 뛰쳐나가는 것을 보았다. 언제 그랬냐는 듯이 하늘은 깨끗하게 개어 있었고 햇볕이 코코넛나무 사이로 새어들어 마마상이 앉아 있는 흔들의자 바로 앞을 달구고 있었다.

"영락없이 미친년 꼴이네."

마마상은 삐걱이며 돌아가는 실링팬 밑에서 이제 막 나른한 오수에 빠질 참이었다. 이제 육십을 넘긴 그녀는 가끔씩 머리가 흐릿해지는 탓에 뚜이안이 무슨 이유로 저렇게 끔찍한 꼴을 하고 유곽을 뛰쳐나가는지 이해하지 못했다. 마마상은 어쨌든 이제 막 잠에 빠져들고 있는 중이었다.

뚜이안이 오츠띠알의 헌병대로 찾아가 잔톤을 만나고 있는 그 시간에도 솜산은 품터메이의 포네리 집에 머물면서 시하눅빌을 떠날지 말지를 망설이고 있었다. 천 달러 때문에 지난 오년 동안 시하눅빌에서 쌓아온 기반을 버리고 도망간다는 건 아무래도 억울했다. 게다가 프놈펜에서든 어디에서든 처음부터 다시 시작해야 하는 것에 대해 솜산은 자신이 없었다. 또 마음 한구석에는 뚜이안이 몹시 화는 났겠지만 솜산을 죽이고 싶어하기야 하겠느냐는 믿음도 있었다.

하지만 솜산의 기대와 달리 잔톤은 조금 귀찮기는 했지만 뚜이안의 부탁을 들어주기는 주어야겠다는 쪽으로 생각이 기울고 있었다. 뚜이안이 눈물을 글썽이며 부탁을 하는 것도 그랬지만 잔톤은 솜산이라는 새앙쥐 같은 중국놈에 대해서 마음이 곱지 않았다. 기분 나쁘게 찢어진 눈하며 벗겨진 이마, 툭 불거진 입술도 가관이거니와 도박판에서 언젠가 잔톤의 돈을 물경 백 달러나 축낸 놈이었다. 그렇지 않아도 언젠가는 한번 뜨거운 맛을 보여주어야겠다고 작심하고 있던 차였다.

　—재수없는 중국놈.

　하지만 잔톤은 솜산의 머리에 총알을 박는 것에 대해서는 조금 주저하지 않을 수 없었다. 누가 뭐래도 사람은 한번 죽으면 그만이다. 총알이 머리에 박히면 그 누구라도 여간해선 다시 살아나기 어렵다. 솜산이 뚜이안에게 저지른 짓은 잔톤이 보기에도 죽어 마땅하지만 잔톤에겐 해가 지날수록 누군가의 머리에 총알을 박는 것이 조금씩 골치 아픈 일이 되고 있었다. 자칫 잘못하여 누군가의 눈에 띄기라도 한다면, 그래서 시내의 리카도(Licardo, 캄보디아 인권단체) 놈들의 귀에라도 들어가 인권이네 뭐네 하고 떠들어대는 재수없는 일이라도 벌어진다면 군복을 벗어야 할지도 몰랐다.

　잔톤은 이를 갈았다. 이 군복이 어떤 군복인가. 어린 나이에 호구지책으로 론놀 정권의 군인이 된 것까지는 그렇다 해도 그 때문에 민주 캄푸치아 시절 내내 하루살이만도 못한 목숨을 부지하느라 삼년 반 동안을 매일매일 앙카라(캄푸치아 공산당원)의 죽창에 찔리거나 총알이 머리를 뚫는 악몽에 시달리며 살았던 것을 생각하면 크메르루주놈들을 모두 갈기갈기 찢어도 시원치 않았다.

　79년 베트남군이 몰려와 크메르루주를 몰아낸 후 이제 목숨은 건졌다고 안도의 한숨을 몰아쉬면서 잔톤은 죽는 한이 있어도 군인은 하지 않겠다고 맹세했다. 고향인 시하눅빌 근교의 오짬나로 돌아왔지만 그야말로 목구멍에 풀칠을 하는 것이 살아가는 유일한 목적이었다. 베트남군이 들어왔지만 크메르루주는 여전히 남아 있었고 북부보다 심하지는 않았지만 남부에서도 심심치 않게 싸움이 벌어지고 있었다. 베트남의 식량원조가 있었다고는 하지만 잔톤은 쌀 한톨 구경해보지 못했다. 베트남군이 철수하던 89년 무렵까지 잔톤은 민주캄푸치아 시절의 집단농장보다 사정이 더할 것도 덜할 것도 없이 지냈다. 그 무렵 잔톤은 누군가가 소개해준 주인 없는 땅에 농사를 지었지만 추수를 할 때 제 땅, 아니 정확하게는 제 사촌의 땅이라고 우기는 군복을 입은 놈이 총을 들고 나타나 모든 것을 빼앗기고 말았다. 잔톤은 얼마 뒤에 다시는 군인이 되지 않겠다는 자신의 맹세를 깰 기회가 생긴 것에 대해 부처에게 감사드리고 주저없이 다시 군복을 입었다. 그나마 론놀 정부군의 군인으로 있을 때 잔톤의 상관이었던 바나바가 죽지 않고 살아남아 시하눅빌의 헌병대 장교로 있었기 때문에 가능한 일이었다. 한달 월급은 이십 달러를 주마 했다. 홀몸이라고 해도 살아가기 빠듯한 월급이었지만 잔톤은 두말하지 않았다. 군복을 입을 수 있고 총을 들 수 있다면 어떻게든 살아갈 수 있을 것 같았다. 그런 잔톤의 생각은 맞아떨어졌다. 처음에는 돈이 있는 중국인 집 앞에서 야간 경비를 서고 한달에 오십 달러를 받았다. 돌아가는 물정을 익히고부터는 이권에 손을 대기 시작했다. 군용 트럭을 동원해 모래나 골재를 채취해 건자재상들에게 넘기기도 했고 빚을 대신 받아주거나 뒤가 꿀린 사람들을 찾아가 공갈을 치기도 했다. 땅주인이 애매한 땅을 물색해 말뚝을 박아놓고 제 땅으로 만들었다. 잔톤은 이제 한달에 육백 달러의 수입을 거뜬히 올리는 것은 물론 시내 외곽에 번듯한 벽돌집까지 가지고 있었다

그런 잔톤인만큼 아무리 뚜이안의 부탁이기는 해도 무보수로 해주기엔 어쩐지 마음 한구석이 섭섭했다. 그래서 시원한 대답 없이 공연히 헛기침을 하며 오츠띠알 해변의 먼 하늘만 쳐다보고 있는 잔톤의 속셈을 뚜이안이 헤아리지 못할 리 없었다.

입맛만 다시던 잔톤의 손목을 넌지시 부여잡고 뚜이안은 낮은 목소리로 말했다.

"잔톤, 앞으로 넉달 동안 아무 때라도 찾아주세요."

솜산에게 천 달러를 날린 뚜이안에게 남은 것이라고는 그녀의 몸뚱어리밖에 없었다. 경찰과 군인들에게는 늘 공짜라고는 하지만 대개는 일주일에 한번 이상은 곤란하다는 것이 관행이었다.

잔톤은 어림잡아 뚜이안의 제안을 값어치로 환산해보았다. 일주일에 세 번쯤 뚜이안을 찾는다면 한번에 이 달러씩 육 달러. 한달이면 이십사 달러, 넉달이면 구십육 달러였다. 또 적당히 뚜이안과 나눌 수 있는 솜산의 오토바이도 있지 않은가.

"한데 그놈이 아직 시하눅빌에 있을까?"

잔톤은 그럭저럭 섭섭하지는 않다고 생각하며 뚜이안에게 물었다.

"그건 걱정하지 마세요. 오늘밤까지는 도망가지 않을 거예요."

뚜이안이 표독스러운 표정을 지으며 잔톤에게 대답했다.

"어쨌거나 시하눅빌에 없다면 나도 어쩌지 못하네."

"걱정하지 마세요. 아직 시하눅빌에 있다니까요."

한두 번 살을 섞은 사이가 아니었다. 뚜이안은 솜산이 이런 상황에서 하루 만에 결정을 내리는 사내가 아니라는 것을 직감으로 알고 있었다. 더구나 오토바이 때문에라도 솜산에게는 시간이 필요했다.

"이제 그만 돌아가고 입단속이나 잘하게. 마마상한테도 쓸데없는 이야기는 하지 말아."

잔톤은 엉덩이를 털며 자리에서 일어나 뚜이안의 어깨를 슬쩍 껴안았다. 아직까지는 탄력을 잃지 않은 뚜이안의 가슴이 잔톤의 손끝에 뭉클하게 전해져왔다.

해가 질 무렵 품터메이의 솜산은 예기치 못한 곳에서 해결책을 찾고 있었다.

"얼마?"

"세 명에 천 달러를 준다는데……"

궁하면 통한다고 했던가. 헝클어진 머릿속이 한꺼번에 풀리면서 솜산의 눈앞에 빛이 보였다.

품터메이의 솜산에게 찾아온 것은 부두 앞 언덕의 산정오락성(山頂娛樂城) 카지노에서 일하는 모노롬이었다. 산정오락성은 프놈펜의 중국인이 지은 카지노 호텔로, 지금은 손님보다 직원 수가 더 많은 형편이지만 수상 훈센이 수도인 프놈펜에서 이백 킬로미터 내에 있는 카지노들의 영업을 금지한 올해 초부터는 전망 하나로 버티는 호텔이었다. 시하눅빌은 프놈펜에서 이백삼십 킬로미터 떨어져 있다.

산정오락성의 모노롬이 전한 소식은 말레이시아에서 온 세 명의 중국인이 세 명의 처녀를 구한다는 것이었다. 도박을 즐기는 중국인의 오래된 믿음 중 하나는 처녀와 관계를 가지면 도박운이 좋아진다는 것으로 도박을 하고 있는 중국인이 처녀를 구하는 일은 종종 있었다. 시하눅빌만 해도 처녀 딸을 비싼 값에 팔 베트남 부모들은 널려 있었기 때문에 중국인들이 재수를 위해 처녀를 사는 일은 그리 어렵지 않았다. 솜산은 때때로 도박장에 오는 중국인들이나 섹스 관광에 나선 일본인과 유럽인들에게 처녀를 알선하곤 했다. 그때마다 솜산은 삼백 달러를 받아 이백 달러나 이백오십 달러를 처녀들의 부모에게 주고 나머지를 챙기곤 했다.

"한데 베트남 처녀는 싫고 캄푸치아 처녀를 달라네."

뜸을 들이던 모노롬이 슬쩍 말을 흘리면서 솜산의 눈치를 살폈다.

캄푸치아 처녀? 솜산은 콧방귀를 뀌며 대꾸 없이 모노롬에게 다시 물었다.

"얼마?"

"천 달러?"

솜산은 느긋한 표정으로 모노롬을 바라보았다. 모노롬의 시선이 흔들리는 것을 솜산은 놓치지 않았다. 캄보디아 속담에 마음을 보려면 얼굴을 보라고 했다. 상대가 산정오락성의 고객이라면 문제가 달랐다. 모르긴 해도 지난 며칠 동안 꽤 많은 액수를 날렸을 것이고 그 액수가 싸루의 허름한 도박장하고는 단위가 틀릴 것이었다. 산정오락성의 고객들이 처녀를 찾을 때라면 한 명에 삼백 달러가 아니라 천 달러도 내놓을 수 있는 일이었다. 더구나 돈을 잃은 중국인들은 지금 당장 운을 위해 처녀를 원하고 있었다. 누가 그들의 요구에 맞추어 처녀들을 제공할 수 있을 것인가? 모노롬이 힘들게 품터메이의 포네리 집에 숨어 있는 솜산을 수소문해 찾은 이유는 솜산이 중국인들뿐만 아니라 일본인이나 미국인 그리고 유럽인들까지 폭넓게 상대한다는 것을 소문으로 익히 알고 있었기 때문이다. 또한 중국인들이 여간 보채지 않고 있다는 것을 의미했다.

게다가 중국인들이 원하는 것은 캄푸치아 처녀였다. 어느 크메르인 부모가 딸을 내놓는단 말인가. 아무리 헐벗고 굶주려도 그건 크메르인의 사고방식이 아니었다. 그 때문에 말레이시아 중국인들은 비상한 재수를 위해 크메르 처녀를 찾고 있을 것이었다.

"천오백 달러를 주면 내일 오전까지 준비해주지."

코를 만지작거리던 솜산은 천천히 침대에서 몸을 일으키며 모노롬에게 입을 열었다.

"천오백 달러?"

모노롬의 얼굴이 슬그머니 일그러졌다. 옆에서 이야기를 듣고 있던 절름발이 포네리도 눈을 껌벅이며 입을 벌리고 모노롬과 솜산의 얼굴을 번갈아 보고 있었다.

모노롬이 성난 표정으로 고개를 저었다.

"그럼 딴 데 가서 알아봐."

솜산은 다시 침대에 몸을 뉘었다.

그렇게 다시 오간 흥정은 십분 만에 천이백 달러에 끝났다.

"아침 여덟시에 출발할 테니까 그리 알아."

솜산이 방을 나서는 모노롬에게 일렀다. 모노롬이 고개를 끄덕였다. 누가 뭐래도 솜산이 모노롬보다는 한수 위였다. 포네리는 입맛을 다셨다.

"천이백 달러. 한데 네놈은 하룻밤 만에 어떻게 처녀들을, 그것도 세 명이나 구할 수 있지?"

솜산은 포네리의 말은 들은 척도 하지 않고 분주히 집을 나섰다.

"저놈 말을 믿어?"

바람을 일으키며 방을 나가는 솜산의 뒷모습을 불쾌한 표정으로 바라보던 포네리가 모노롬에게 넌지시 물었다.

"글쎄요?"

여전히 쓴 입맛을 다시던 모노롬도 고개를 모로 꼬았다.

―재수없는 중국놈.

솜산이 사라진 방문을 향해 포네리가 침을 뱉었다.

하룻밤에 세 명의 처녀?

솜산은 포네리의 집 뒤뜰에 숨겨놓은 오토바이에 앉아 시동을 걸면서 고개를 흔들었다. 솜산이 아니라 부처가 나서도 그것은 불가능한 일이었다.

설령 처녀들을 구할 수 있다 해도 이렇게 급한 경우에는 한 명당 삼백 달러 이상을 치러야 했다. 급하게 서두를수록 비용은 급격하게 오르는 법이다. 그렇게 해서 일, 이백 달러를 벌 수 있다면 평소 같으면 족한 일이었지만 이번에는 경우가 달랐다. 솜산은 일, 이백 달러로는 해결되지 않는 곤경에 빠져 있었다.

오토바이를 몰고 시하눅빌 시내로 들어가면서 솜산은 쉴새없이 분주하게 머리를 굴렸다. 오전 내내 비가 내렸던 때문인지 부두에서 불어오는 저녁 바람이 차갑고 싱그러웠다. 솜산의 머리는 시내가 가까워질수록 맑고 명료해졌다.

승리기념탑을 지나는 언덕길을 내려가자 저 멀리 시하눅빌 시내의 불빛이 보였다. 뚜이안에게 선물로 받은 솜산의 모조 카시오 시계는 이제 일곱시를 가리키고 있었다. 넉넉한 시간이 아니었다. 서둘러야 했다.

동이 트기 직전에 솜산은 미또나에 살고 있는 마약상인 뼈의 집에 들렀다. 뼈는 나무집의 모기장 안에서 정신없이 잠들어 있었다. 몇번을 흔들었지만 깨는 기색이 없어 솜산은 어둠속을 더듬어 물병을 찾아 삐의 얼굴에 부어야 했다.

잠에서 깨어난 삐는 잔뜩 화가 나서 왼손으로 흥건하게 젖은 얼굴을 훔치며 솜산의 얼굴을 노려보았다.

"누구야?"

삐는 당황하지 않고 어둠속의 솜산을 노려보며 낮은 목소리로 물었다.

솜산이 재빠르게 자신의 정체를 밝히지 않았다면 삐는 머리맡의 베개 밑에서 38구경 중국제 권총을 재빨리 꺼내 방아쇠를 당겼을 것이다.

"죽고 싶어?"

불의의 침입자가 솜산임을 확인하고 삐는 잔뜩 볼이 부은 목소리로 툴툴거리며 여전히 권총을 쥔 채로 집 밖의 기척에 귀를 기울였다. 삐는 아무도 없다는 것을 확인한 후에야 권총을 허리춤에 감추고 입맛을 다시며 배터리에 연결된 전등의 스위치를 올렸다. 작은 형광등이 푸른 빛을 내며 삐의 더럽고 초라한 나무집 안을 밝혔다.

솜산은 아무 말도 하지 않는 대신 십 달러짜리 두 장을 삐에게 내밀었다.

"간차?"

이십 달러를 받아든 삐가 솜산에게 물었다. 솜산이 고개를 젓자 삐는 고개를 끄덕이며 일어나 방안 한구석에 던져두었던 바지를 꿰차고는 나무집 계단을 내려갔다. 솜산은 삐가 올 때까지 사분쯤을 기다렸다. 돌아온 삐는 작은 비닐봉지에 넣은 흰색 분말을 솜산에게 내밀었다. 삐는 여전히 화가 풀리지 않은 목소리로 툴툴거렸다.

"다음부터는 이 시간에 오지 마. 정말이지 넌 오늘 운이 좋은 줄 알

아. 다음엔 그냥 쏴버릴 거야."

삐는 솜산의 관자놀이를 손가락으로 가리키며 노려보았다. 솜산은 손을 모아 캄보디아식 작별인사를 하고 나무집을 나왔다.

솜산은 종종 강도가 나타나곤 하는 미또나의 숲길을 걸어 오토바이와 뚜이안이 기다리고 있는 독립 해변의 작은 공원으로 향했다. 동이 트기 전의 검푸른 서편 하늘 아래 코코넛나무 잎들이 무성한 숲길을 빠져나와 해변이 보이는 작은 길로 접어들 때 뚜이안이 어둠속에서 모습을 드러냈다.

"좀 일찍 올 수 없어."

팔짱을 낀 채 뚜이안은 여전히 퉁명스러운 목소리로 솜산을 대했다.

솜산은 지난밤 일을 떠올리며 뚜이안이 눈치 채지 못할 만큼 낮게 한숨을 내쉬었다.

솜산이 남들의 이목을 피해 숲속에 오토바이를 세워놓고 고양이 걸음으로 유곽 이층 뚜이안의 방문을 열고 들어섰을 때 뚜이안은 마치 귀신이 나타난 듯 소스라치게 놀랐다. 홀아비 군인 잔톤에게 솜산을 죽여달라고 부탁한 뚜이안이 제풀에 오금이 저려 솜산의 귀신이 나타난 게 아닐까 생각한 것도 무리는 아니었다.

"십분만 내 말을 들어주면 그 다음엔 네 손에 죽어도 좋아."

그런 뚜이안 앞에서 솜산은 뚜이안의 발밑에 무릎을 꿇고 유곽 뒤뜰에서 가져온 장작을 다듬는 칼을 내밀었다. 혼이 빠질 정도로 놀란 뚜이안은 곧 솜산이 귀신이 아닌 것을 알고는 불같이 화가 치밀어 솜산이 내민 칼을 잡아 낚아챘다.

"뻔뻔스런 중국놈."

칼을 잡은 뚜이안의 손이 부들부들 떨리지만 않았어도 칼은 솜산의 몸 어디에라도 박혔을지 몰랐다. 화를 못 이긴 뚜이안이 털썩 침대에 주저앉는 것을 놓치지 않고 솜산은 재빠르게 두 팔로 뚜이안의 어깨를 감싸안고 몇번이고 이렇게 말하는 것을 잊지 않았다.

"내일 오전이면 천 달러가 나와. 오전이면 나온다구. 부처님께 맹세할 수 있어."

"이 찢어죽일 중국놈이⋯⋯"

뚜이안은 여전히 온몸을 부들부들 떨었지만 솜산이 어깨를 감싸안고 있었기 때문에 칼을 휘두를 수는 없었다.

"정말이야. 내일 오전이면 천 달러가 나온다니까."

뚜이안은 느닷없이 닥친 일이 그저 어지럽기만 해서 가쁜 숨을 몰아쉬다 제풀에 지쳐 그만 정신이 빠져버린 것처럼 멍해졌다.

솜산은 그런 뚜이안의 손에서 조심스럽게 칼을 빼앗아 침대 밑에 밀어넣고는 뚜이안의 어깨를 토닥거리며 기색을 살폈다. 허를 찔렸기 때문에, 그리고 어깨를 껴안은 솜산에게서 낯익은 살냄새가 코끝에 묻어나면서 뚜이안은 조금씩 자신도 모르게 솜산에 대해 가졌던 격한 증오와 살의를 상실하고 있었다.

시간이 흐르자 뚜이안은 숨을 고를 만큼 안정을 되찾았다. 그러자 뚜이안은 원수와도 다를 바 없는 솜산이 코앞에 있는데도 불구하고 칼 한번 제대로 휘두르지 못한 자신이 부끄럽고 미워졌다. 솜산이 나타나기 전까지만 해도 뚜이안은 잔톤의 총알로 벌집이 된 솜산의 시체에서 그 얄밉게 찢어진 눈을 도려내고 배를 열어 간을 꺼내는 자신의 모습을 몇번이고 머릿속에 그리지 않았던가. 아직도 마음 한구석 어딘가에 정이라도 남아 있었던 것일까. 뚜이안은 그런 자신이 너무도 분하게 여겨져 그만 솜산이 눈앞에 있는 것도 개의치 않고 후두두 눈물을 뿌리고 말았다.

솜산은 눈물을 흘리는 뚜이안의 얼굴을 보고 적이 안심이 되었지만 그래도 경계심을 늦추지 않고 뚜이안의 방안 구석구석을 신중히 살펴보았다. 혹시 흉기라도 될 만한 물건이 있다면 뚜이안의 손이 닿지 않는 곳에 치워버리는 것이 상책이었다. 태생이 악한 여자는 아니었지만 워낙 성질이 급해 화가 돋으면 닥치는 대로 들고 휘두르는 버릇이 있었다.

"말해봐, 더러운 중국놈아. 어떻게 내일 오전에 천 달러를 주겠다는 거야?"

눈물로 얼룩진 얼굴도 훔치지 않은 뚜이안이 먹다 남은 앙코르 비어를 바닥까지 비운 다음에 눈에 쌍심지를 돋우고 솜산을 다그쳤다.

한 고비를 넘긴 솜산이 속으로 한숨을 내쉬고 딴에는 애처로운 웃음을 짓는다고 지었을 때 뚜이안은 그 얄미운 꼴에 다시 분이 치밀어 올랐는지 솜산의 뺨을 쉬지 않고 서너 대나 올려쳤다. 눈앞에서 서너 차례 청천벽력 같은 불이 오간 솜산은 보기 좋게 침대 아래로 나동그라져야 했다.

"네 말대로 내일 오전까지 천 달러가 내 손에 들어오지 않으면 넌 죽은 목숨이야."

뚜이안은 침대 아래 솜산에게 가쁜 숨을 몰아쉬며 내친김에 휘두를 게 없나 하고 방안을 둘러보았다. 방바닥에 내동댕이쳐진 솜산은 냉큼 뚜이안의 기색을 눈치 채고 아픈 볼을 비빌 틈도 없이 용수철처럼 일어나서 뚜이안의 손을 잡았다.

"이봐 뚜이안, 그렇지 않았으면 내가 지금 널 찾아왔겠어? 다 수가 있으니까 찾아온 것 아니야?"

"수는 무슨 수? 네놈의 그 알량한 수라는 게 다 나 같은 년 등쳐먹는 수 아냐?"

뚜이안은 솜산의 손에서 자신의 손을 빼내려고 했지만 그럴 수가 없었다. 솜산의 억센 손이 이번에는 뚜이안의 가는 팔목을 부러질 만큼 힘세게 그러쥐고 있었기 때문이다.

"이 손 놓지 못해."

뚜이안이 몸을 비틀었다.

"얌전히 있으면 놔주지."

"……이 더러운 중국놈이."

어쩔 수 없이 뚜이안이 고개를 끄덕이자 솜산은 뚜이안의 손을 놓아주고 그제서야 아직도 얼얼한 자신의 볼을 쓸었다.

"그년의 손맛, 참 독하기 짝이 없구나."

그 저녁에 솜산이 뚜이안을 이해시키는 데에는 오랜 시간이 필요하지 않았다. 얇고 작은 입술을 잘근거리며 솜산의 말에 귀를 기울이던 뚜이안은 오래 고민하지 않고 솜산의 제안을 받아들였다. 솜산에게도 뚜이안에게도 선택의 여지가 없었다.

"돼지 같은 놈. 더러운 일은 모두 나한테 시키는구나."

표독스러운 눈으로 솜산을 쏘아보던 뚜이안은 침대 머리맡에 붙은 거울을 보면서 대충 얼굴을 정리하고는 솜산에게 꼼짝 말고 방에 있으라고 이르고는 오토바이 키를 집어들고 방을 나섰다.

뚜이안이 황망하게 떠난 방은 이제 막 전투가 끝난 전쟁터와 같았다. 구겨진 침대보와 방바닥 여기저기 나뒹굴고 있는 화장품들, 그리고 바닥을 더럽히고 있는 흙 묻은 발자국들이 그날 하루 뚜이안이 어떻게 보냈는지를 여실히 말해주고 있었다.

솜산은 긴 한숨을 내쉬고 뚜이안의 침대에 길게 몸을 뉘었다. 피곤이 온몸을 덮어와 눈꺼풀이 무거웠지만 솜산은 잠들기 전에 방문을 잠그는 것을 잊지 않았다. 뚜이안은 그날 저녁 내내 시하눅빌의 나이트클럽과 가라오케, 유곽 그리고 품터메이를 조심스럽게 헤집고 다니면서 열여섯이나 열일곱, 열여덟 먹은 어린 창녀를 찾았다. 그것도 캄푸치아크롬(캄보디아 남동부 지역 출신의 크메르인)으로 그중에서도 마침 생리중인 아이를 찾아야 했으므로 뚜이안은 밤 열한시가 다 되어서야 겨우 세 명을 찾아낼 수 있었다. 마마상들은 뚜이안을 이상하게 여겼지만 가끔씩 그런 아이들을 찾는 변태 외국인들이 있었기 때문에 아이들을 내주면서도 하나같이 뚜이안에게 다짐을 받는 것을 잊지 않았다.

"혹시나 애들이 다치면 모두 네 책임이야. 그런 애들을 찾는다면 분명히 정상적인 놈들은 아닐 거야."

뚜이안은 미간을 찌푸리며 별 걱정을 다한다는 표정으로 마마상들에게 타박을 주면서 각각 십 달러씩을 주고 어린 창녀들을 시내에서 외진 꼬포 호텔로 데려다놓았다. 두 명은 열여섯, 다른 한 명이 열아홉이었다. 다행히도 아이들은 모두 이제 막 베트남에서 시하눅빌로 온 어린아이들이었기 때문에 그다지 낯이 익지도 않았고 모두 캄보디아말을 못했다. 중국말을 못하는 것은 두말할 나위도 없었다.

뚜이안이 유곽의 이층 자기 방으로 돌아왔을 때 솜산은 잠에서 깨어 뚜이안을 기다리고 있었다. 솜산은 뚜이안이 자신이 맡은 일을 모두 해놓은 것을 알았다. 나머지 일은 모두 솜산의 몫이었으므로 솜산은 자정이 가까워지면서 바쁘게 움직였다.

솜산은 우선 시하눅빌 근교의 작은 마을들 중에서 세 집을 골랐다. 빠떼랑과 림, 그리고 스텅하우에 집 하나씩을 빌려 세 아이들을 옮겨놓았는데, 바람같이 서둘렀어도 길이 험했기 때문에 꼬박 네시간이 걸렸다. 집주인들과 어린 창녀들에게는 주의사항을 단단히 일러두었고 그 대가로 삼 달러씩을 주었다.

부두를 지나 이십여 킬로미터를 가야 하는 스텅하우는 길가에 철사줄을 늘여놓고 달리는 오토바이를 넘어뜨린 뒤 오토바이와 돈을 터는 강도들이 나타나는 것으로 유명했다. 길도 여기저기 웅덩이가 패어 있어 여간 험하지 않았다. 그래서 저녁 여덟시가 넘으면 어지간해서는 시하눅빌의 모또 운전사들도 고개를 절레절레 흔드는 길이었다. 무엇보다 그 철사줄에 목이 걸리면 꼼짝없이 목이 잘려나갔기 때문에 해가 지면 아무도 그 길을 기웃거리려 하지 않았다. 그러나 솜산의 지금 처지로는 가끔씩 강도가 나타나는 림이나 빠떼랑으로 가는 길도 그랬지만 스텅하우조차도 가릴 바가 아니었다. 새벽 내내 뚜이안은 그러지 않아도 좋으련만 솜산을 혼자 내버려두지 않았다.

"뚜이안, 스텅하우에 가는 길은 나 혼자 다녀올게."

위험하기도 하고 다른 곳으로 통하지도 않는 막다른 외길이 스텅하우였다. 시하눅빌로 돌아 나올 수밖에 없는 스텅하우라 솜산은 뚜이안을 위해 그렇게 타일렀지만 뚜이안은 듣지 않았다.

"죽이게 되면 너부터 죽이겠지."

뚜이안은 막무가내로 오토바이에 올라앉아 솜산의 허리를 붙들고 늘어졌다. 솜산은 이 표독스럽고 막무가내인 유온 계집에게 넌덜머리가 나기 시작했다.

솜산이 삐의 집에 들러 에까리치 해변으로 나왔을 때 모든 준비는 완료된 셈이었다. 시계는 이제 곧 아침 여섯시를 가리킬 것이었다. 동이 트고 있었고 서편 하늘도 조금씩 희부옇게 물들어가고 있었다.

솜산과 뚜이안은 유곽으로 돌아가 일곱시가 될 때까지 함께 머물렀다. 온 밤을 오토바이를 타고 길을 헤맨 솜산과 뚜이안은 모두 물먹은 솜처럼 지쳐 있었지만 늦추어지지 않는 팽팽한 긴장감이 솜산과 뚜이안의 머리와 정신을 투명하고 맑게 지탱하고 있었다.

유곽의 뚜이안 방으로 돌아와서 솜산과 뚜이안은 늘 그랬던 것처럼 나란히 침대에 누웠다. 그러나 늘 그랬던 것처럼 서로를 탐하는 대신에 그 둘은 그저 나란히 누워 가끔씩 서로의 얼굴을 보았다. 분명히 뚜이안의 얼굴에는 애증의 기운이 서려 있었다. 솜산은 때때로 뚜이안의 표정에서 그것을 확인할 수 있었다. 그럴 때마다 솜산은 어색한 미소를 지었다. 얼마간의 시간이 흐른 후 솜산은 슬며시 뚜이안의 손을 잡았다. 뚜이안은 그런 솜산의 손을 매섭게 뿌리쳤지만 그런 일이 너덧 번쯤 계속되자 뚜이안은 지친 듯이 솜산에게 자신의 손을 맡겨두었다. 피곤하다는 듯이.

아침 일곱시에 유곽을 나온 솜산은 마지막으로 추엔민 병원에 들러 산부인과 의사인 렁을 만났다. 오십대 후반의 의사 렁은 프놈펜이 크메르루주에게 함락되기 반년 전에 의사로 일하고 있던 깜뽓에서 베트남으로 도망간 눈치 빠른 중국인으로 십여년 전에 캄보디아로 돌아와 시하눅빌에 추엔민 병원이 세워지면서부터 산부인과 의사로 일하고 있었다. 청진기를 목에 건 렁은 금테 안경 너머로 혼탁한 흰자위를 굴리며 말없이 고개를 끄덕였다. 렁은 솜산이 내민 이십 달러를 받아 바지주머니에 구겨넣었다. 렁에게도 처음 있는 일은 아니었다.

지금까지 모든 일이 잘 풀리고 있었다. 추엔민 병원의 현관문을 열고 나서던 솜산은 대수롭지 않았지만 약간의 현기증을 느꼈다. 일주일 동안 솜산이 제대로 눈을 붙여본 것은 품터메이의 포네리 집에 머물렀던 반나절뿐이었다. 그동안 변변히 배를 채운 일도 없던 솜산은 뚜이안의 유곽에 들러 배를 채우고 산정오락성으로 향했다.

뚜이안은? 물론 유곽을 나오면서부터 솜산과 함께였다.

날씨는 맑고 쾌청했다. 하늘은 눈이 부시도록 맑았고 햇볕은 이제 막 본격적으로 시하눅빌의 높고 낮은 언덕의 갈대들과 시리도록 흰 해변의 모래들을 달구기 시작했다. 태국만에서 불어오는 바람은 약하지만 도로변의 코코넛나무 잎들을 살랑살랑 흔들 정도는 되었다. 솜산은 천천히 부두를 향하는 두 개의 언덕을 넘어 산정오락성이 있는 언덕으로 접어들었다. 산정오락성의 붉은 기와 지붕이 보이는 비탈길에서 솜산은 오토바이를 멈추고 뒤를 돌아보며 뚜이안에게 말했다.

"뚜이안, 네가 있으면 중국인들이 이상하게 볼지 몰라."

솜산의 허리춤을 잡은 뚜이안은 말이 없었다.

"네가 날 못 믿는다면 그건 할 수 없는 일이지만, 만약 너 때문에 일이 잘못되면 그땐 날 탓하지 말아."

묵묵부답인 뚜이안에게 볼멘 목소리를 던진 솜산이 오토바이의 기어를 넣으려고 할 때 뚜이안이 나지막이 말했다.

"내려."

"뭐?"

솜산은 뚜이안의 목소리가 너무 낮았기 때문에 금방 알아듣지 못했다.

"오토바이에서 내리란 말야, 중국놈아."

뚜이안은 자근자근 씹는 목소리로 다시 한번 냉랭하게 말했다.

뚜이안이 솜산의 오토바이를 타고 유곽으로 돌아갔기 때문에 솜산은 언덕 밑에서부터 언덕 꼭대기에 지어진 산정오락성까지 걸어가야 했다.

―독한 베트남년.

오토바이를 가져가겠다는 뚜이안의 속셈이야 이해하지 못할 바는 아니었지만 기왕지사 산정오락성 언덕 밑에까지 왔으니 꼭대기까지 태워다줄 수도 있는 일 아닌가. 솜산은 터덜터덜 비탈길을 걸어 올라가면서 뚜이안에게 욕을 퍼부었다. 따가운 햇볕이 내리쬐는 비탈길은 그늘 한점이 없어 솜산의 등판은 금세 축축한 땀으로 젖기 시작했다.

모노롬은 솜산이 도착하기 전부터 산정오락성의 긴 지붕이 덮인 현관 앞에 나와 앉아 솜산을 기다리고 있다가 솜산을 보더니 엉덩이를 털며 일어섰다.

"어떻게 됐어?"

모노롬이 의심에 가득 찬 얼굴로 솜산의 얼굴을 살폈다.

솜산은 대답 없이 미간에 주름을 잡으며 고개를 끄덕였다. 이마의 땀을 훔치자 얼굴에 붙어 있던 흙먼지가 한움큼 손등에 묻어나왔다. 그제야 솜산은 지난 며칠 동안 목욕은커녕 얼굴 한번 제대로 씻지 않았다는 걸 깨달았다.

기실 솜산의 꼴은 사람의 몰골이 아니었다. 해진 셔츠와 바지는 구겨질 대로 구겨진데다 흙으로 범벅이 되어 있었고 시커멓게 그을린 얼굴은 그나마 시커멓기 때문에 얼굴의 땟국과 흙먼지를 조금이라도 감출 수 있었다. 모래가 어적어적 씹히는 입 안을 대충 침으로 헹구어

뱉은 솜산은 모노롬에게 중국인들의 행로를 설명했다.

"틀림없는 거지? 돈은 일이 다 끝난 후에야 받을 수 있는 거야."

못내 의심스러웠던지 모노롬은 몇번이고 다짐을 받고서야 말레이시아에서 온 중국인들을 모시러 자리를 떴다.

중국인들은 십분쯤 지나서야 나타났다.

한눈에 보아도 중국인인 그들은 하나같이 흰색 셔츠와 검은 바지를 입고 있었다. 살집이 좋은 풍채들이었지만 얼굴은 며칠 동안의 도박으로 부옇게 떠 있었으며 이마에 깔린 우울한 그늘과 신경질적인 눈매가 그동안 제법 돈을 많이 잃었다는 것을 말해주고 있었다. 그들은 솜산을 보자 어이가 없다는 듯이 입맛을 다시며 허리에 손을 얹고 모노롬을 바라보았다.

"손님들께서 워낙 급하게 찾으시던 터라 밤새 일을 준비하느라 차림새가 이 모양입니다."

솜산이 중국인들의 눈치를 살피며 꽝뚱어(廣東語)로 넌지시 말을 전했다.

"꽝뚱어를 하는군……"

중국인들 중 하나가 입을 이죽거리며 물고 있던 담배를 땅바닥에 뱉으며 다른 두 명의 중국인들을 향해 말했다.

"자, 그럼 가지. 시간 허비할 게 뭐 있나. 돌아와서 좀 쉬기도 해야 하고."

'山頂娛樂城'이라는 붉은 글자를 새긴 한국산 승합차는 이미 현관 앞에 대기중이었다. 솜산이 먼저 조수석에 올라타자 모노롬이 허리를 굽신거리며 중국인들을 뒷좌석에 태우고 자신도 올라탔다.

솜산 일행이 먼저 간 곳은 시하눅빌에서 사십분쯤을 가야 하는 스팅하우였다. 마을을 감싸고 흐르는 강의 다리를 넘자마자 차를 세운 솜산은 큰길에서 조금 떨어진 허름한 나무집으로 중국인들을 인도했다. 스팅하우로 가는 험한 길에 질렸는지 중국인들은 내내 말이 없었다.

솜산은 그 집에서 대기하고 있던 어린 창녀를 중국인들에게 보였다. 중국인들 중 하나가 고개를 끄덕였다. 새벽에 들러 이른 대로 집주인은 슬픈 표정으로 어린 창녀의 머리를 쓰다듬으며 배웅했다. 중국인들은 말없이 얼굴을 모로 돌리고 늙은 아버지와 어린 처녀의 작별을 외면했다.

문제는 모노롬이었다. 캄보디아말을 모르는 어린 창녀의 입에서 베트남말이 튀어나왔다가는 눈치를 챌 터였다. 그 때문에 한마디도 입 밖에 내어서는 안된다고 신신당부를 해놓기는 했지만 솜산은 그것이 못내 불안했다. 다행스럽게도 어린 창녀는 솜산이 주의를 준 대로 승합차가 시하눅빌에 도착할 때까지 단 한마디도 입 밖에 내지 않았다. 오는 도중에 모노롬이 시덥잖은 농을 던지기는 했지만 어린 창녀는 창밖을 보고 대꾸조차 하지 않았다. 사정이 사정인지라 모노롬도 그것을 이상하게 여기진 않는 눈치였다.

시하눅빌에 도착한 승합차는 서지 않고 곧바로 빠떼랑으로 향했다. 빠떼랑에서도 솜산의 일행은 어린 창녀를 태웠다. 마지막 목적지인 림에서 어린 창녀를 태우고 승합차는 정오가 훨씬 넘어 시하눅빌로 돌아왔다. 그렇게 네시간을 돌아다니는 동안 중국인들은 별다른 말 없이 꾸벅꾸벅 졸기만 했고 솜산은 모노롬이 엉뚱한 짓을 못하도록 내내 쓸데없는 이야기로 주의를 끌어야 했다.

시하눅빌로 접어든 승합차는 두시가 가까웠기 때문에 곧바로 추엔민 병원으로 향했다. 솜산은 중국인들과 어린 창녀들을 데리고 산부인과 의사 렁을 찾았다. 어린 창녀들이 세 명인 것을 알고 렁은 금테 안경 너머로 솜산을 바라보며 보일 듯 말 듯 고개를 흔들었다.

　—젠장.

　솜산은 단박에 렁의 뜻을 헤아릴 수 있었다. 정신이 어질어질했던 탓에 솜산은 렁에게 검사를 받을 처녀가 세 명이라는 것을 확실히 해 두지 못했던 것이다. 솜산은 애처로운 표정으로 렁을 바라보며 중국 인들과 모노롬이 눈치 채지 못하게 검지를 들어 코를 쓰다듬었다.

　렁은 이런 일을 해줄 때 한 명에 십 달러를 받았다. 세 명이라면 삼 십 달러였지만 솜산은 이십 달러로 깎기로 내심 작정을 하고는 그만 그것을 렁에게 이야기조차 하지 않았던 것이다. 솜산은 머리 뒤꼭지 가 형편없이 쪼그라드는 기분이었다. 여기서 십 달러 때문에 산통이 깨진다면 그야말로 지난밤의 모든 수고가 물거품이 되는 것은 물론이 요 솜산은 오토바이도 뚜이안에게 빼앗긴 채 빈손으로 시하눅빌을 떠나 야 했다. 그나마 목숨을 부지하고 떠날 수 있을지도 의문이었다. 솜산 은 왜 그런 실수를 저질렀는지 산부인과 진찰실 벽에 머리를 마구 박 고 싶은 충동을 느꼈다.

　—제발, 렁 선생님. 렁 의사님, 렁 부처님, 렁 하나님.

　솜산은 등뒤가 식은땀으로 축축이 젖어오는 것을 느끼면서 억지로 태연한 채 렁의 안경 너머 눈을 바라보았다. 솜산은 온몸의 기운이 한 꺼번에 발바닥으로 빠져나가 진찰실 바닥을 흥건히 적시는 것 같았다.

　한 겁처럼 느껴지는 삼십초가 지났을까, 늙은 산부인과 의사 렁은 검지를 들어 코를 비비면서 고개를 끄덕이고는 커튼이 쳐진 진료실로 어린 창녀 하나를 불렀다. 솜산은 하마터면 힘이 풀린 무릎이 꺾여 진 찰실 바닥에 주저앉아버릴 뻔한 것을 가까스로 참아내야만 했다.

세 명의 어린 창녀들이 모두 진찰을 끝내자 중국인들은 렁의 주변으로 모여들었다.

"처녀올시다."

렁의 대답은 무성의하고 간단했다. 그러나 중국인들에게 렁의 무성의한 태도는 중요하지 않았다. 중국인들에게 중요한 것은 솜산이 제공하는 여자들이 처녀인지 아닌지일 뿐이었다. 다행스럽게도 솜산의 어린 창녀들은 모두 처녀였다. 중국인들의 무표정한 얼굴에 옅은 미소가 스쳤다. 솜산과 중국인 일행은 다시 어린 창녀들을 태우고 산정오락성으로 돌아갔다. 산정오락성의 로비에서 중국인들이 모노롬에게 돈을 지불하는 것을 솜산은 로비의 의자에 앉아 멀찌감치 바라보고 있었다.

중국인들이 각각 한 명씩의 어린 창녀들을 데리고 객실로 올라간 후에야 모노롬은 솜산에게로 걸어와 천이백 달러를 내밀었다. 돈을 내미는 모노롬의 얼굴에 못내 아쉬움이 스쳤다. 모두 깨끗한 백 달러짜리 지폐였다.

"이번엔 촉박해서 그랬지만 다음에도 이러면 거래 못해."

솜산은 아무래도 좋았기 때문에 고개를 끄덕이고 모노롬의 어깨를 두드렸다. 이런 일엔 솜산이 모노롬보다는 훨씬 선배였던 것이다.

솜산은 돈을 받아들고 현관으로 나와 분주한 걸음으로 언덕을 내려와 지나는 모또를 잡아타고 뚜이안이 기다리는 유곽으로 향했다. 건기로 접어드는 이른 오후 시하눅빌의 날씨는 바람이 불기는 했지만 습하고 세상 만물을 태울 듯이 무더웠다.

솜산은 싸루의 술가게에서 냉장되어 있던 앙코르 맥주 두 병을 사들고 뚜이안의 유곽으로 들어섰다. 천장이 높은 유곽의 홀에서는 마마상이 흔들의자에 앉아 꾸벅꾸벅 졸고 있었다. 마마상의 창녀들은 이 시간에는 모두 방에 틀어박혀 빌어먹을 낮잠을 자고 있을 것이었다. 솜산은 홀의 안쪽에 있는 주방에서 유리컵 두 개를 꺼내 그중 하나에 삐에게서 받은 작은 비닐봉지의 분말을 털어넣었다. 이십 달러를 주었으니 삐는 솜산에게 일 그램 정도의 헤로인을 주었을 것이다. 솜산은 흰색 분말이 바닥에 깔린 컵에 약간의 물을 넣었다. 물을 먹은 분말은 곧 투명하게 녹아 컵은 그저 물이 마르지 않아 바닥이 젖어 있는 것으로 보였다.

유곽의 이층 자기 방에서 뚜이안은 솜산을 기다리고 있었다. 솜산은 중국인들에게서 받은 천이백 달러를 모두 뚜이안이 누워 있던 침대에 던졌다. 푸르스름한 녹색의 깨끗한 백 달러짜리 지폐 열두 장이 뚜이안의 침대에 흩어졌다.

"솜산."

뚜이안은 떨리는 손으로 침대에 흩어진 백 달러짜리 지폐들을 하나씩 집어들고는 장수를 헤아리기 시작했다. 그 사이에 솜산은 손에 든 컵을 창문 앞의 작은 선반 위에 올려놓고 앙코르 맥주를 가득 채웠다.

"모두 천이백 달러야."

뚜이안은 솜산을 바라보았다. 솜산은 아무 말 없이 얼굴 가득히 웃음을 띠고 뚜이안에게 시원한 맥주가 담긴 컵을 내밀었다. 뚜이안이 떨리는 손으로 컵을 받아들었을 때 솜산은 서양식으로 가볍게 쨍 소리가 날 정도로 뚜이안의 컵에 자신의 컵을 부딪히고는 단숨에 들이켰다. 솜산은 뚜이안의 얼굴에서 이제 막 그윽하게 애정이 담기기 시작한 크고 둥근 눈을 보았다.

품터메이의 포네리에게서 솜산이 이제 막 시하눅빌을 떠났다는 연락을 휴대폰으로 받았을 때 잔톤은 마침 자신의 오토바이를 타고 림의 해군기지를 떠나 시하눅빌로 돌아오고 있는 중이었다. 포네리의 연락이 제대로 된 것이라면 잔톤은 솜산이 4번 국도에서 림으로 꺾어지는 갈림길에 도착하기 전에 솜산과 마주칠 수 있었다.

해가 지고는 있었지만 아직도 사람들의 왕래가 끊이지 않은 4번 국도인 것이 마음에 걸렸지만 잔톤은 여하튼 뚜이안과의 약속을 지킬 셈이었다. 게다가 일을 치른 후에는 솜산의 오토바이를 뚜이안과 나눌 생각이었으므로 잔톤은 한결 넉넉한 마음이었다.

잔톤은 어느 곳이 적당할지 곰곰이 생각한 끝에 채석장 근처의 언덕으로 결정했다. 언덕의 꼭대기이면서 커브길이기도 했기 때문에 눈에 잘 띄지 않았다. 서둘러 가면 자리를 잡고 솜산을 기다릴 수 있을 것이라 생각하면서 잔톤은 허리춤에 꽂은 중국제 권총인 하뿌온(K54)의 둥글게 닳은 손잡이를 쓰다듬었다. 십년이 넘은 낡은 권총이기도 했고 처음부터 잘 만들어지지 않아서 명중률이 형편없었지만 잔톤은 이 총을 조준하는 법을 잘 알고 있었다. 실수는 있을 수 없었다.

같은 시각에 솜산은 이제 막 시하눅빌을 빠져나가고 있었다. 솜산은 산정오락성의 중국인들에게 받은 천이백 달러와 뚜이안의 방을 뒤져 나온 삼백 달러를 가지고 있었다. 빨리 달리면 너무 늦지 않게 프놈펜에 도착할 수 있었다. 프놈펜에서 하루나 이틀을 묵은 후 솜산은 시엠립으로 갈 작정이었다. 앙코르와트가 있는 시엠립이라면 솜산의 수완으로 자리를 굳히기 쉬울 것이었다.

솜산으로서는 어쩔 수 없는 선택이었다. 처녀를 구하면 이틀이나 사흘을 함께 지내는 관행으로 볼 때 뚜이안이 구한 어린 창녀들의 정체가 발각나는 것은 시간문제였다. 처녀를 사고자 했던 중국인들보다도 산정오락성 쪽에서 먼저 솜산을 가만 두지 않을 일이었다. 산정오락성이 체면과 고객에 대한 신용을 내세워 나선다면 시하눅빌에서 솜산은 그대로 죽은 목숨이나 다름없었다.

바다를 향해 내리박히듯 달음질하다 급하게 멈춘 형세의 시하눅빌을 빠져나가는 길은 가파른 언덕길이었다. 부두로 가는 길과 시내로 가는 길의 갈림길에 있는 검문소를 무사히 지난 솜산의 오토바이는 경쾌한 엔진 소리를 내며 이제 막 가뿐하게 그 길을 오르고 있었다. 잘 다듬어진 혼다 오토바이의 엔진 소리가 허벅지를 통해 솜산의 귀에까지 기분 좋게 울려왔다.

─자정이 되기 전에……

솜산은 자정이 되기 전에 프놈펜에 도착하리라 마음먹었다. 잘 닦인 4번 도로라도 오토바이로는 무리였지만 솜산은 개의치 않았다.

고개 너머로 이제 막 붉게 물들기 시작하는 서편 하늘이 보였다. 그 길을 오르면서 솜산은 자신이 혼다와 함께 하늘을 향해 날아가고 있다는 착각에 사로잡혔다. 솜산은 문득 뚜이안이 죽었는지 살았는지 궁금해졌다. 일 그램의 헤로인이 사람을 죽일 수 있는지 없는지 솜산은 알지 못했다. 뚜이안을 해치고 싶은 생각은 없었다. 그러나 그렇게 하지 않으면 이 궁지에서 빠져나올 수가 없었다.

─그깟 유온 계집, 재수가 있으면 살고 없으면 죽겠지.

마음 한구석이 먹먹해왔지만 솜산은 고갯마루에 다다르기 전에 뚜이안에 대한 생각을 툭툭 털어버렸다. 어쩔 수 없는 일이었다.

고개 끝에서 솜산의 눈 아래 낯익은 시하눅빌의 바다가 펼쳐졌다.

수평선 위를 솜처럼 부드럽게 떠 있는 뭉게구름 아래로 짧은 노을이 지고 있었다. 바다 위로 어둑어둑하게 그늘이 깔리기 시작했다.

솜산은 조금은 섭섭한 마음으로 그 검은 바다에 마지막으로 작별을 고했다.

대마는
자란다

프놈펜의 자가용 택시운전사 뚜옥이 벙깍(깍 호수)의 게스트하우스 클라우드 나인으로부터 전화를 받은 것은 새벽 두시였다. 잠에 빠졌던 뚜옥이 그의 까만 노키아 휴대폰을 머리맡에 벗어놓은 바지의 주머니에서 쉽게 꺼내지 못해 허둥지둥하고 있을 동안 호주머니에서는 날카롭고 이상하기 짝이 없는 서양 멜로디가 쉼없이 흘러나왔다. 소리를 바꿀 수도 있지만 뚜옥은 그 방법을 알지 못해 그대로 참고 있었다.
　어둠속에서 간신히 노키아를 찾아 단추를 누르자 소리는 멈추었다. 노키아에서 흘러나온 형광의 연녹색 불빛이 뚜옥의 튀어나온 광대뼈에 부딪혀 볼과 턱으로 흘러내렸다. 전화를 끊자 노키아의 엘씨디는 두시 십분을 가리키고 있었다. 신통한 물건이었다. 이백 달러라는 거금을 쏟아붓고 노키아를 손에 쥘 때까지 뚜옥은 몇번을 주저했는지 모른다. 하나 골백번을 생각해도 잘한 일이었다. 지금까지 노키아가

물어다준 돈이 물경 얼마였던가.

뚜옥은 바지를 꿰차고 컴컴한 방을 빠져나왔다. 발을 잘못 디뎌 옆에서 자던 셍이란 놈의 허벅지를 밟았다. 어둠속에서 짧고 묵직한 신음소리가 들렸지만 셍은 몸을 한번 뒤척이고는 그만이었다. 복도에도 모기장을 치고 몇놈이 널브러져 있었다. 끄라마(캄포디아 전통 스카프)로 겨우 치부만 가린 모기장 안의 녀석들은 로비에서 새어든 불빛 아래 서로 엉켜 볼만했다. 뚜옥은 호텔 사장의 먼 친척의 아들이라는 요싸의 엉덩이를 힘껏 걷어찼다. 이제 스물도 안된 녀석이 사장의 친척이라는 이유로 거만하게 놀았다. 깊은 잠에 빠졌는지 요싸란 녀석은 반응이 없다. 카운터에 얼굴을 처박고 세상모르고 코를 골며 자고 있는 또다른 녀석은 뒤통수만으로는 누구인지 알 수 없었다. 뚜옥은 로비를 지나 소리없이 호텔의 현관문을 열고 시소왓 거리로 나섰다.

"누구야?"

경비를 위해 호텔 앞 평상 위에서 자고 있던 서너 명 중의 한 명이 어둠속에서 뚜옥의 기척에 부스럭거리며 고개를 들고 낮은 목소리로 물었다.

"뚜옥입니다요."

누구의 목소리인지 알아차린 뚜옥은 서둘러 자신의 신분을 밝혔다. 몽둥이로 일격을 당하고 싶지 않으면 일초라도 지체할 일이 아니었다. 성질 급하기로는 훈센(캄보디아 수상)을 뺨친다고 소문이 난 쏘카였다. 오죽하면 별명이 훈쏘카였겠는가. 뚜옥은 길가에 세워놓은 자신의 차를 살폈다. 철사줄로 묶어놓은 싸이드 미러도 타이어도 트렁크도 모두 제자리에 붙어 있었다. 뚜옥은 길게 기지개를 편 후 똔레삽 강에서 불어오는 바람을 크게 한번 들이마시고는 차문을 열고 자리를 잡았다.

벙깍으로 차를 몰면서 뚜옥은 담배 한개비를 꺼내 물고 성냥불을 댕겼다. 창문으로 들어오는 바람에 불은 버티지 못하고 꺼졌다. 뚜옥은 차를 멈추는 대신에 핸들을 잡았던 손으로 바람을 가렸다. 러시아 동맹로(路)에서 뚜옥의 차는 잠시 비틀거렸다.

클라우드 나인에 도착하는 데에는 오분이 채 걸리지 않았다. 벙깍변에 부교를 띄워 만든 식당에는 뚜옥에게 전화를 걸었던 치하이와 낯선 서양인이 있었다.

"깜뽕사옴(시하눅빌)에 데려다줘."

뚜옥을 본 치하이가 의자에 앉은 채로 말했다.

"깜뽕사옴? 이 시간에?"

치하이가 무표정한 얼굴로 고개를 끄덕였다.

"자정에 두 놈이 방을 부술 것처럼 대판 싸우더니 한 놈이 가겠다고 나선 거야."

뚜옥도 더는 말하지 않았다. 그러나 삼십 달러를 주지 않으면 버텨볼 심산이었다. 무엇보다 새벽이었고 길이 좋다고는 하지만 깜뽕사옴은 남쪽 끝이었다.

"자네 이젠 뽕쉐나 잉글리시는 좀 하는가?"

"………"

뚜옥은 이제 막 의자에서 일어선 치하이가 뱉은 말에 대꾸 없이 눈만 껌벅였다. 뽕쉐는 뭐고 잉글리시는 뭐란 말인가.

"자네도 그 장사 오래 해먹으려면 파랑(외국인)들 말이나 배워둬."

치하이가 둥글게 말린 지폐를 내밀었다. 한눈에 십 달러짜리였다.

─한 장은 빠져 있을 텐데.

뚜옥은 슬쩍 지폐를 비벼 장수를 확인했다. 두 장이었다. 뚜옥은 버텨볼 요량으로 찌푸린 표정을 짓고 치하이의 얼굴을 바라보았다.

"시간이 이런데……"

"왜, 싫어?"

치하이가 손에 든 노키아의 안테나로 콧구멍을 후볐다. 치하이의 노키아는 번호판 위에 덮인 뚜껑이 위아래로 미끄러지는 물건으로 뚜옥의 노키아보다 훨씬 비싼 최신형이었다. 뚜옥은 더이상 버티기를 포기했다. 하긴 이십 달러면 족한 길이었다. 새벽이 무슨 대수란 말인가. 이십 달러면 충분했다. 게다가 돌아오는 길에 꽉꽉 채우면 최소한 삼, 사만 리엘은 건질 수 있지 않은가. 새벽이면 길도 막힐 리 없고, 외려 좋지. 섭섭한 마음을 접고 이십 달러를 바지주머니에 조심스럽게 집어넣은 뚜옥은 그제야 치하이와 함께 일어나서 마당에 나와 있던 서양인을 살폈다.

머리털은 노랗고 키는 뚜옥보다 머리 하나는 컸지만 대가리는 새처럼 작은 백인이었다. 어두운 밤인데도 불구하고 검은 썬글라스를 끼고 있었기 때문에 인상이 어떤지는 알 수 없었다. 하긴 상관없는 일이지만.

"깜뽕사옴에 도착하면 쏘카 해변으로 가서 적당한 데 떨궈."

문 앞까지 따라나온 치하이가 뚜옥에게 건성으로 이르고는 백인을 향해 손을 모으고 고개를 숙였다. 백인이 치하이에게 무어라 말을 했지만 뚜옥은 알아들을 수 없었다. 뚜옥은 주머니에서 노키아를 꺼내 시간을 확인했다. 세시를 막 넘기고 있었다.

뚜옥은 마침 저녁에 휘발유를 꽉 채워놓았으니 다행이라고 생각하며 시동을 걸었다. 조금 졸렸기 때문에 뚜옥은 프놈펜을 벗어나자 전

속력으로 차를 몰았다. 오토바이건 자동차건 눈꺼풀이 무거우면 개구리가 파리를 채듯이, 뱀이 개구리를 채듯이 번개처럼 달려야 한다. 그래야 정신이 바짝 들게 마련이었다.

덕분에 뚜옥의 차는 여섯시가 되기도 전에 깜뽕사옴, 그러니까 시하눅빌로 들어서는 언덕 초입을 눈앞에 두고 있었다. 사방에 퍼지기 시작한 동편 햇살 아래 시나브로 아침 안개를 벗고 있는 시하눅빌과 좀체로 구경하기 어려운 바다가 한눈에 펼쳐지자 뚜옥은 밤새 몸에 켜를 이룬 피곤이 한꺼풀 떨어져나가는 기분이었다. 뚜옥의 눈에 희끄무레한 물체가 언뜻 들어온 것은 이제 막 언덕길을 상쾌하게 내리달리던 참이었다. 뚜옥은 오른발을 브레이크에 얹고 지그시 힘을 주었다. 백 미터 앞의 나무 위에 앉아 있는 새의 발톱까지 볼 자신이 있는 뚜옥의 눈에 반대편 고랑에 처박혀 있는 물체가 들어왔다. 그것은 사람이되, 미동도 하지 않는 것과 고랑의 둔덕을 제법 넓게 덮은 검붉은 흔적으로 보아 이미 혼이 빠져나간 시체가 분명했다.

—에그.

속도를 줄여 고랑의 허연 물체가 시체인 것을 확인한 뚜옥은 잠시 차를 멈추고 두 손을 모았다. 그대로 지나쳐도 좋겠지만 하루가 시작하는 아침이었다. 게다가 저렇게 고랑에 처박혀 죽었으니 십중팔구는 억울한 원혼이 근처에서 서성거리고 있을 것이 분명했다. 모른 척 지나치다가는 혹여 죽은 사람의 화를 살지도 몰랐다. 뚜옥이 차를 멈추고 잠시 부처님께 비는 동안에도 프놈펜을 벗어날 때부터 잠에 빠진 뒷좌석의 백인은 여전히 가늘게 코를 골고 있었다.

전날 저녁.

뚜이안에게 헤로인을 먹이고 돈을 챙긴 솜산은 오토바이를 몰고 시하눅빌을 빠져나가던 중이었다. 포네리에게 연락을 받은 잔톤 역시 언덕 위의 굽이길 바위 뒤에서 솜산을 기다리고 있었다. 오토바이를 타고 달려오는 인간이 솜산이란 걸 확인한 잔톤은 단단히 쥐고 있던 38구경 권총의 방아쇠를 당겨 솜산에게 연속으로 두 발을 날렸다. 첫번째 총알은 가까스로 솜산을 비껴나갔지만 불행히도 두번째 총알이 솜산의 목을 꿰뚫고 지나갔다.

솜산은 오토바이와 함께 나뒹굴었다.

─돌부리에라도 걸려 넘어진 것일까?

뭔가 뜨거운 기운이 목에서 술술 새어나가고 있는 것을 알았지만 솜산은 자신에게 무슨 일이 벌어졌는지 이해할 수 없었다. 고랑으로 처박힌 솜산이 안간힘을 다해 고개를 들었을 때 솜산의 눈에는 길바닥에 쓰러져 있는 자신의 혼다 오토바이가 들어왔다. 솜산은 몸을 일으키려 했지만 도무지 말을 듣지 않았다. 누군가 오토바이를 향해 걸어가고 있는 것이 보였다.

혼다 오토바이를 일으켜 세운 잔톤은 기어를 풀고 시동을 걸었다. 길바닥을 미끄러져 돌기는 했지만 혼다는 아주 깨끗하게 시동이 걸렸다. '역시 일제가 좋다니까'라고 잔톤은 생각했다. 기어가 들어가는 느낌도 좋았다. 잔톤은 불현듯 이 오토바이를 줄곧 타고 싶은 욕망에 휩싸였지만 곧 포기했다. 이 오토바이가 솜산의 것임을 눈치 챌 인간들이 너무 많았다. 게다가 뚜이안이 있지 않은가. 잔톤은 혼다 오토바이를 몰고 품터메이의 포네리 집으로 향했다. 오토바이를 맡기고 다시 돌아와 길 옆의 갈대 사이에 숨겨둔 자신의 대림 오토바이를 치워야 했기 때문에 잔톤은 마음이 바빴다.

솜산은 가까스로 몸을 움직여 길을 향해 엎어질 수 있었다. 그는 잔톤이 오토바이를 일으켜 세우는 것도, 시동을 거는 것도, 그리고 오토바이를 몰고 시내로 사라지는 것도 모두 보았지만 손가락 하나 움직일 수 없었다. 뜨거운 액체가 목구멍에서 거꾸로 솟구쳐올라와 소리조차 낼 수 없었다. 솜산은 주변을 흥건하게 적시고 있는 것이, 목과 입에서 끊임없이 울컥거리며 흘러나오고 있는 것이 자신의 피라는 것을 알았다. 형언할 수 없는 공포가 솜산의 뒷덜미를 급하게 짓눌렀다. 이제 솜산은 마구 고함치며 울고 싶었지만 그조차 마음대로 되지 않았다. 뜨거운 액체는 이제 기도로 새어들어 솜산을 참을 수 없이 고통스럽게 했지만 다행스럽게도 솜산은 조금씩 의식을 잃어가고 있었다. 솜산은 무의식중에도 윗주머니에 넣어두었던 천사백 달러를 힘껏 움켜쥐었다.

거의 같은 시각에 뚜이안의 생명도 빛을 잃어가고 있었다.

솜산은 정확하게 알지 못했지만 앙코르 맥주에 섞인 일 그램의 헤로인은 뚜이안의 호흡을 멈추게 하기에 충분했다. 맥주를 들이켠 후 오분이 지나지 않아 뚜이안은 쇼크 상태에 빠져들었다. 솜산이 떠난 방에서 뚜이안의 호흡은 조금씩 느려져갔다. 누군가 도왔다면, 뚜이안이 재수 좋게 스스로 들이켠 맥주를 모두 토해냈다면 목숨을 건질 수도 있으련만 그런 행운은 찾아오지 않았다. 헤로인으로 느려진 호흡은 천천히 뚜이안의 뇌에 공급되는 산소를 줄였다. 그리고 마침내 뚜이안의 뇌는 기능을 정지했다. 심장은 그 뒤에도 약하게나마 뛰고 있었지만 그마저도 곧 멈추었다.

숨을 멈춘 뚜이안의 왼손에는 찢어진 백 달러 지폐 한장이 쥐어져 있었다. 정신을 잃어가면서도 뚜이안은 그 백 달러 지폐를 놓지 않아 솜산은 결국 포기하고 뚜이안을 떠나야 했다. 어쨌든 뚜이안이 죽을 때까지 놓지 않았던 찢어진 백 달러도, 솜산이 챙겨갔던 천사백 달러도 둘에게는 이제 소용이 없는 돈이었다. 유곽 이층의 뚜이안은 4번 도로변의 고랑에 처박힌 솜산보다 조금 늦게 숨을 거두었다. 뚜이안의 죽음은 솜산의 더디고 고통스러운 죽음보다는 나았지만 서른 해의 짧지도 길지도 않은 생애를 뒤돌아볼 기회조차 주어지지 않았던 그녀의 죽음 역시 쓸쓸하고 헛되기는 매한가지였다.

고랑에 처박힌 시체의 명복을 빌어준 후 다시 차를 몰고 언덕을 내려가던 뚜옥은 다급하게 브레이크를 밟았다. 얼마나 급히 세웠는지 차는 중앙선을 넘고 절반을 돌아서 반대편 언덕 위를 향하고 나서야 멈추었다. 타이어가 타는 지독한 냄새가 뚜옥의 코를 찔렀다. 오른쪽으로 쏠려 의자 아래로 구겨진 뒷좌석의 백인은 잠에서 깨어나 비명을 질렀다. 뚜옥은 백인의 비명 따위는 아랑곳하지 않고 언덕 위를 향해 내달려 솜산이 처박힌 고랑에서 십여 미터 떨어진 곳에 차를 세우고 튀어나갔다. 뚜옥은 사방을 살폈다. 밝아오기 시작한 도로의 주변은 한적했고 길에는 도마뱀 한마리 눈에 띄지 않았다. 뚜옥은 고랑으로 시선을 돌렸다. 상반신을 도로에 걸친 시체는 마치 고랑에서 빠져나오려고 안간힘을 쓰는 것처럼 보였다. 뚜옥은 왠지 머리끝이 쭈뼛해졌지만 크게 숨을 들이쉬고는 허리를 굽히고 지레 사방을 두리번거리며 도로와 고랑 사이의 흙길을 걸어 시체에게 다가갔다. 언덕 위를 향해 비스듬히 엎어진 시체는 다행히도 얼굴을 바닥에 파묻고 있었다. 그러나 목에서 흘러나와 고랑 둔덕을 타고 흐른 피는 사람 하나에서 나왔다고는 믿기 어려울 만큼 흥건하게 사방을 적신 후 굳어 있었다. 뚜옥은 마른침을 삼키고는 시체의 오른손이 쥐고 있는 물건을 살 폈다. 역시 뚜옥의 눈은 틀림없었다. 시체가 쥐고 있는 물건은 그 색깔 만으로도 의심할 바 없이 달러 지폐였다. 뚜옥은 시체 앞에서 무릎을 꿇고 숨을 돌렸다. 마음은 조급했지만 뚜옥은 선뜻 시체에 손을 대지 못했다. 잠시 망설이던 뚜옥은 어금니를 악물고 이미 굳어진 시체의 손아귀에서 지폐를 빼내기 시작했다. 지폐는 생각처럼 쉽게 손아귀에 서 빠지지 않았다. 뚜옥은 쉴새없이 사방을 살피며 손을 벌리려고 애 썼지만 솜산의 손아귀는 마치 철로 만든 덫처럼 틈을 보이지 않았다.

뚜옥의 이마에서 후두둑 땀방울이 흐르기 시작했다. 그 순간 꿈적도 하지 않던 솜산의 손가락이 우두둑 소리를 내며 벌어졌다. 서둘러 그 손에서 지폐를 꺼내 쥔 뚜옥은 후들대는 무릎을 짚고 일어서 차를 향 해 뛰었다. 언뜻 눈에 들어온 지폐는 무이로이[100], 백 달러짜리였다.

백인은 차에서 내려 팔짱을 끼고 길가에 서 있었다. 뚜옥은 손에 쥔 지폐를 바지주머니에 구겨넣으며 뛰었다. 까짓 새 대가리의 백인이야 타든지 말든지 뚜옥은 차를 몰고 떠날 참이었다. 낌새를 눈치 챘는지 백인은 뚜옥이 운전석으로 뛰어들기도 전에 뒷좌석에 올라탔다. 뚜옥 은 가쁜 숨을 고르며 흘낏 백미러 속의 백인을 보았다. 백인은 썬글라 스를 벗고 있었다. 대가리처럼 얼굴도 작고 눈도 작았다. 게다가 눈두 덩이 하나는 시퍼렇게 부어 있어 가관이었다. 잠시 망설이던 뚜옥은 급하게 차를 돌려 시하눅빌 시내를 향했다.

뚜옥이 떠난 지 한시간 뒤쯤 다시 솜산을 발견한 것은 시하눅빌 산 옆에 자리잡은 앙코르 주조공장의 여공 쎌라이였다. 언제나처럼 쎌라 이는 사람보다 느린 고물 산양 오토바이를 타고 공장으로 향하고 있었다. 시체를 발견한 셍라이는 비명을 지른 것까지는 좋았는데 오토바이를 타고 있다는 걸 깜빡 잊고 두 손으로 얼굴을 가리는 탓에 그만 오토바이와 함께 길바닥에 나뒹굴었다. 불운하게도 그녀는 솜산이 처박힌 바로 그 고랑 속으로 굴러들어갔다. 잠시 후 정신을 차렸을 때 셍라이의 눈앞에는 솜산의 피에 젖은 엉덩이가 솟아 있었다. 그 상황에서 셍라이가 기절하지 않았던 것은 완전히 얼이 빠진 그녀의 머리가 공포를 제대로 해석할 수 없었기 때문이다. 셍라이는 정신없이 고랑에서 뛰어나와 맨발로 언덕을 뛰고 또 뛰어 공장 정문 앞에 와서야 무너지듯 주저앉았다. 숨이 턱에까지 차오르고 입에서는 단내가 피어오르는 셍라이를 다그쳐 언덕 아래 도로변의 고랑에 시체가 있다는 말을 들은 공장 경비는 경찰서로 전화를 걸었다. 신고를 받은 경찰서에서는 시체가 4번 국도변에 너부러져 있다는 것을 알고 재빨리 픽업트럭을 보내 솜산을 짐칸에 실어 경찰서로 옮겼다. 왕래가 빈번한 국도변이라 혹여 높으신 어른의 눈살을 찌푸리게 할 수도 있기 때문에 오래 둘 수는 없었던 것이다. 솜산을 옮겨온 지 한시간도 되지 않아 이번에는 유곽의 뚜이안이 죽었다는 신고가 들어왔다. 연달아 두 건의 시체가 신고된 것은 시하눅빌 경찰서에서도 흔한 일이 아니었다.

　그러나 시하눅빌 경찰서는 전혀 당황하지 않고 신속하고 냉정하게 이 두 건의 사건을 수사하기 시작했다. 시하눅빌 경찰서의 경찰들이 가장 먼저 착수한 조사는 이 두 명의 죽음과 금전적인 이익 간의 상호관계였다. 조사 결과 솜산의 아버지는 쥐뿔도 가진 것이 없는 싸루의 라이터 가게 주인이라는 것이 밝혀졌다. 게다가 여섯 명의 식솔이 있기 때문에 어떤 경우에도 시하눅빌 경찰서에 성의를 표시할 가능성은 희박하다는 결론이 나왔다. 뚜이안의 경우에는 더 말할 것도 없었다. 유곽의 마마상에게서 창녀가 죽었다고 뭐가 나오겠는가.

서너 명의 민완 경찰이 경찰서 마당의 야자나무 아래 모여 담배를 태우면서 진지하게 수사를 진행한 결과 시하눅빌 경찰서는 아쉬운 대로 수사를 종결할 수 있었다. 솜산의 죽음은 종종 일어나는 오토바이 강도의 소행이었다. 오토바이는 이미 살인자와 함께 시하눅빌을 벗어났을 것이므로 시하눅빌 경찰서의 소관 밖이었다. 유곽의 뚜이안은 정확히는 알 수 없었지만 무엇인가를 잘못 먹어 탈이 나 죽은 것이 분명했다. 따라서 이것도 시하눅빌 경찰서가 개입할 문제가 아니었다.

그네들은 우선 유곽의 뚜이안은 마마상이 그동안의 정리를 생각해서 시하눅빌 산의 중국인 묘지 근처에 묻어주도록 권유하기로 했다. 마마상이 뚜이안의 화장과 장례에 들어갈 비용을 댈 리가 만무했기 때문이다. 솜산의 시체는 에까리치의 아버지에게 보내기로 의견을 모았다. 물론 솜산의 살인사건은 엄밀하게는 아직 미제 상태였으므로 솜산의 아버지에게는 그 점을 주지시키기로 했다. 시하눅빌 경찰서는 범인을 잡기 위해 혼신의 힘을 다하고 있는 것이었다.

정오가 되기도 전에 솜산의 시체는 아버지에게 돌아갔다. 솜산의 시체를 싣고 갔던 말단 경찰 쪽트리는 돌아오는 중에 뚜이안의 유곽에 들러 마마상에게 시체가 부패하기 전에 빨리 매장하는 것이 좋다고 알려주었다. 그리고 원한다면 십 달러에 자신이 직접 시하눅빌 산의 중국인 묘지 아래에 묻어줄 수 있다고 말했다. 마마상은 마지못해 그 제안을 받아들였다.

경찰 수사가 이렇게 마무리되는 동안 시하눅빌은 물론이고 인근 마을에까지 솜산과 뚜이안의 사건 소식이 파다하게 퍼져나갔다. 그 결과, 시하눅빌 경찰이 솜산의 시체를 아버지에게 돌려주기 위해 픽업 트럭에 싣기 한시간 전인 오전 열한시경에는 이 사건에 대해 모르는 사람은 어린아이들과 관광차 시하눅빌에 들른 외지인들뿐이었다.

늦은 아침에야 솜산이 죽었다는 소문을 들은 미또나의 마약상 삐는 뒤가 켕겼다.

헤로인을 가져간 바로 그날 죽었기 때문에 삐는 시내를 기웃거리며 들려오는 소식에 귀를 쫑긋 세웠다. 다행히도 삐가 준 헤로인 이야기는 어디에서도 나오지 않았지만 아무래도 뚜이안이 죽은 것이 미심쩍었던 삐는 캐나다인 릭을 찾아갔다. 캄보디아에서 팔년을 지낸 릭은 크메르말이 유창했다. 이처럼 언어에 천부적인 재능을 지닌 릭은 프놈펜에서 줄곧 영어강사를 하다 육개월 전에 시하눅빌로 내려왔다. 시하눅빌에서도 그는 시내의 화교학교에서 영어를 가르쳤다. 서른두살인 릭은 토론토 대학 교육학사 학위증을 소지하고 있었는데 물론 가짜였다. 그렇지만 토론토 대학 부설인 토론토 고등학교를 일년 다녔으므로 릭이 토론토 대학과 완전히 무관한 것은 아니었다.

릭은 부두와 정유소 사이 훈센 해변에 접한 나무집을 얻어 살고 있었다. 어부인 보라의 집이었는데 한달에 육십 달러를 주겠다는 릭의 제안에 보라의 식구들은 주저없이 시내 소픽몽골의 산 아래 있는 집을 이십 달러에 세를 얻어 이사갔다. 훈센 해변의 나무집은 바닥에서 일 미터쯤 올려 세운 가로가 육 미터, 세로가 사 미터인 깐텡(캄보디아 전통 나무집)으로 릭이 혼자 살기에는 그만이었다. 보라의 깐텡은 바다 쪽으로 창문이 없는 것이 흠이었다. 릭은 보라에게는 한마디도 하지 않고 멋대로 베트남인 목수를 불러 바다 쪽으로 길이가 무려 사 미터

70

나 되는 창문을 내고 바깥으로는 올리고 내릴 수 있는 덮개를 매달았다. 덮개는 질 좋은 쁘놈말라이산(産) 통나무로 만들었는데 어찌나 무거웠는지 보라의 깐뗑이 덮개가 매달린 바다 쪽으로 기울어지지 않을까 걱정스러울 정도였다.

삐가 릭을 찾았을 때 릭은 오전 수업을 마치고 학교에서 돌아와 창문 덮개를 내리고 책상 앞의 의자에 앉아 대마 한대를 말아 피우려던 참이었다. 릭은 서랍에서 검은 비닐봉지에 담긴 대마를 꺼냈다. 그리고 마른 줄기와 씨만 가득해 태우면 신문지나 진배없을 대마를 보고 화가 머리끝까지 뻗쳤을 때 마침 삐가 들어왔다. 대마는 삐가 가져다준 것이었다.

"이 대마씨처럼 씹어먹어도 시원치 않을 깜뿌치야."

"리끄."

삐는 방으로 들어서자마자 화를 내고 있는 캐나다인 릭에게 손에 들었던 흰 비닐봉지를 내밀었다. 한 봉지에 십 달러도 족히 받을 수 있는 질이 극도로 좋은 대마였다. 릭은 잠자코 삐가 내민 봉지를 받아 쿵쿵거리며 냄새를 맡았다. 냄새를 맡을 것도 없었다. 씨가 여물기 전 약발이 무럭무럭 오른 암대마의 꼭지를 추려 잘 말린 물건이었다. 릭의 얼굴에 슬그머니 미소가 퍼졌다. 릭은 두 손을 모아 삐에게 삼피(크메르식 인사)를 보냈다. 삐도 릭과 삼피를 나누었다.

봉지에서 엄지와 검지로 한 대 분량의 풀을 꺼내 담배종이 위에 부스러뜨린 다음 솜씨 좋게 만 릭이 불을 붙여 한모금 빨자 방안은 금시 강한 대마초 연기로 가득 찼다.

"나이스, 베리 나이스……"

릭은 고개를 끄덕이며 중얼거렸다.

물건이 어찌나 좋은지 냄새만 맡은 삐도 머리가 어질어질했다.

"리끄, 오 달러만 줘."

삐가 릭에게 넌지시 손을 벌렸다. 릭은 두말없이 십 달러 한 장을 삐에게 건넸다. 거스름돈이 없다고 삐가 말했지만 릭은 턱을 뾰족하게 세우고 삐를 향해 까닥거렸다. 가지라는 뜻이었다. 삐는 묵묵히 십 달러를 바지 뒷주머니에 넣고는 릭에게 물었다.

"리끄…… 헤로인 말이야, 사람을 죽일 수도 있나?"

뜬금없는 삐의 질문에 릭은 고개를 갸웃거렸다.

"주사로? 아니면 먹여서? 죽을 때까지 연기를 마시는 놈은 있을 것 같지 않고."

릭은 폐 깊숙이 연기를 몰아넣고 잠시 숨을 참다 내뱉었다.

삐는 생각해보았다. 솜산이 헤로인은커녕 대마초도 피우지 않는 뚜이안에게 주사기를 들이밀었을 것 같지는 않았다. 뚜이안이 어떤 여잔데 주사기를 들고 덤비는 놈에게 팔뚝을 내밀었을 것인가.

"먹여서."

"헤로인을 먹는다? 그놈은 필시 돈이 많은 놈이겠군."

한참을 낄낄거리던 릭이 대마 한모금을 더 빨고는 삐의 질문에 대해 생각해보았다.

그냥 쓴다고 하자. 주사라면 이십 밀리그램이면 충분하고 피운다고 해도 삼십 밀리그램이면 족할 텐데. 먹으면? 역시 삼십 밀리그램이면 충분하겠지? 그러니 죽으려면?

참았던 연기를 내뿜은 릭이 단정적으로 말했다.

"오백 밀리그램이 넘으면 위험할 것 같은데."

―빌어먹을 중국놈.

삐는 솜산이 일 그램의 헤로인을 모두 뚜이안에게 먹였다고 확신했
다. 씁쓸하게 입맛을 다신 삐는 솜산에게 받은 돈 중에서 절반은 뚜이
안을 위해 왓끄롬에 시주하기로 마음먹었다. 비록 베트남 여자였지만
그렇게 하기로 마음을 먹자 삐는 마음이 편해졌다. 아니면 릭이 내뿜
는 대마초 연기 때문에 삐의 마음이 편해진 것인지도 몰랐다.

"이봐, 삐. 간차(대마초) 안 피우겠어?"

나무바닥에 내려앉아 벽에 기댄 릭이 삐에게 물었다.

해가 떠 있을 때에는 여간해서 대마를 피우지 않는 삐는 고개를 흔
들고 이제 가겠다고 두 손을 모았다. 릭이 고개를 끄덕였다. 릭은 카
나비놀에 푹 젖은 듯한 질 좋은 대마의 기운을 만끽하고 있었다. 오랜
경험으로 릭은 대마의 기운에 완벽하게 자신의 몸을 내맡겼다. 몸과
마음의 긴장이 풀리면서 릭은 하이(high) 상태에 젖었다.

문을 열고 나무계단을 내려오면서 삐는 발을 헛디뎌 하마터면 보기
좋게 굴러떨어질 뻔했지만 용케 균형을 잡고 풀쩍 뛰어 계단을 내려
왔다. 해는 아직 많이 남아 있었지만 수평선 쪽으로 조금 기울어 있었
다. 방안에 가득 찼던 대마초 연기 때문에 머리가 약간 어질했던 삐는
허리를 숙이고 깐텡 아래 그늘로 들어가 기둥에 등을 기대고 앉았다.
릭이 매달아놓은 해먹이 있었지만 그보다는 흔들리지 않는 땅바닥에
앉아 있는 편이 나았다.

바다에서는 쉴새없이 바람이 불어왔다. 고개를 든 삐의 눈에 널빤
지로 잇댄 깐텡의 바닥이 들어왔다. 지랄같은 집이었다. 아무리 어부
라지만 무슨 집을 바닷가에 짓는단 말인가. 우물을 파봐야 짠물밖에
나오지 않는 이런 집을 좋다고 한달에 육십 달러나 주고 있는 릭이란

녀석도 참으로 어리석었다. 물론 삐가 살고 있는 깐텡도 보라의 것과 별반 다르지 않았지만 주변의 야자나무와 바라밀나무 잎들이 시원한 그늘을 만들어주었고 우물의 맑고 시원한 물은 건기에도 여간해서는 마르지 않았다.

삐는 전쟁 전에 부모와 함께 살던 뜨란무이로이(백 가지의 뱀) 산 기슭의 롱두옹을 떠올렸다. 깐텡과 달리 양쪽이 반듯하게 마무리된 큼직한 지붕에 네 줄의 기둥이 있는 롱두옹의 뒤편에는 두옹(쌀로 반죽한 회)으로 두텁게 칠한 마루가 있었다. 그 시절 삐의 집은 네 식구가 먹고살기에 걱정 없을 만한 농토를 갖고 있었다. 한해 소출은 이듬해 흉년이 들어도 버틸 수 있을 만큼 넉넉했다. 좋은 시절은 미군 폭격기가 날아들어 마을과 농토를 쑥밭으로 만들어놓자 거짓말처럼 끝이 났다. 졸지에 집과 농토를 모두 잃어버린 삐의 부모들은 몹시 낙담했지만 용기를 잃지는 않았다.

"망가지긴 했어도 땅이 어디로 가겠느냐. 우기가 지나면 다시 농사를 지을 수 있을 테니 조금만 참으면 된다."

그러나 폭격은 멈추지 않았다. 이듬해도 삐의 아버지는 농사를 짓지 못했다. 삐의 형은 마을의 다른 청년들처럼 혁명군(크메르루주군)을 찾아가겠다며 집을 나섰다. 어린 삐를 포함해 모두들 건기에는 뜨란무이로이 산을 헤집고 다니며 산짐승과 뱀을 잡거나 야생 과일들로 연명했다. 우기에는 물을 따라 들어온 물고기를 잡아 간신히 목숨을 부지했다. 뜨란무이로이 산은 이름처럼 손바닥에 올려놓을 수 있는 색색의 작은 뱀부터 아름드리 나무를 칭칭 감을 수 있는 큰 뱀까지 뱀이 숱하게 많았다. 여느 시절이라면 사람들이 뱀을 피해 다녔을 테지만 그 시절엔 모두들 뱀을 찾아 눈을 밝히고 다니며 뜨란무이로이의 그 많던 뱀들의 씨를 말렸다.

그런 험한 세월에도 안간힘을 다해 삐를 굶기지 않았던 아버지는 어느날 아침 싸늘한 주검으로 발견되었다. 그 무렵 흔하던 아사였다. 아버지가 숨을 거둔 지 한달도 되지 않아 어머니도 뒤를 따랐다. 삐가 여덟살이 되던 해였고 크메르루주가 삐의 마을에 들어와 집단농장을 세우던 해였다. 아버지와 달리 어머니는 죽기 전에 삐에게 마지막 말을 남겼다.

"형을 찾아라, 형을⋯⋯"

삐의 어머니는 그 말을 남기고 숨을 거두었다. 어린 아들을 험한 세상에 혼자 남겨야 했던 어머니는 눈도 감지 못했다. 삐는 천애고아가 되긴 했지만 며칠 뒤에 혁명군이 마을에 들어와 집단농장으로 갈 수 있었다. 혁명군의 누군가는 기다려보라고 했지만 형은 끝내 돌아오지 않았다. 집단농장에서도 식량이 부족하기는 매일반이어서 역시 굶어죽는 사람들이 줄을 이었지만 삐는 살아남을 수 있었다. 삐의 형이 혁명군 게릴라였던 것을 알고 있던 공산당원들이 어린 삐에게 죽지 않을 만큼의 식량을 나누어주었다.

삐는 그렇게 혼자 살아남았다. 혁명군이 들어오고도 사정은 별로 나아지지 않았다. 모두들 죽기로 일을 했지만 먹을 것은 여전히 부족했다. 폭격으로 황폐해진 농토는 쉽게 복구되지 않았다. 도시에서 소개된 사람들까지 밀려들어와 식량이 부족한 집단농장에서는 굶어죽는 사람들이 속출했다. 살아남는 것이 요행인 세월이었다. 그러곤 베트남군이 쳐들어와 혁명군은 다시 산으로 들어가야 했다. 삐는 그네들을 따라 언젠가 형이 그랬던 것처럼 산으로 들어갔다. 열한살이 되던 때였다.

삐는 고향인 깜뿟에서 멀리 떨어진 뿔샷의 끄라반 산에서 스무살이 되었다. 베트남군이 캄보디아에서 물러갔다는 소식이 전해졌다. 전쟁이 끝난 것은 아니었지만 삐는 곧 전쟁이 끝나리라 생각했다. 어차피 베트남군이 캄보디아를 침략하면서 시작된 전쟁이었다. 침략군이 물러갔으니 전쟁은 끝나지 않겠는가. 뒤이어 평화협상이 시작되었고 협정은 체결되었다. 그런데 총선을 한다고 했지만 베트남이 남겨두고 간 괴뢰정부도 참여한다고 했다.

"베트남이 물러갔는데도 괴뢰정부를 인정한단 말입니까?"

이해하기 어려운 협정이었지만 안롱웽의 당 중앙에서 결정한 것이라 했다.

"중국도 태국도 이젠 우리를 지원하지 않아. 미국도 말이야. 그렇다면 계속 싸우기가 어려워. 어쩔 수 없지만 선거에서 이기면 되지 않겠나."

끄라반의 앙카라는 그렇게 말했지만 상황은 불리해졌다. 괴뢰군이 그대로 남아 있었기 때문에 끄라반의 혁명군도 산에서 내려갈 수 없었다. 산에서 내려갈 수 없으니 선거에도 손을 놓고 있을 수밖에 없었다. 결국 선거가 임박해서 당 중앙은 선거 보이콧을 선언했다. 전투는 다시 시작되었지만 전세는 평화협상 전보다 불리했다. 총선에서는 혁명군과 함께 싸웠던 왕당파가 승리했지만 괴뢰정부의 수상이었던 자와 함께 연립정부를 세우는 데에 합의했다는 소식이 들렸다. 물자와 식량 보급은 날이 갈수록 줄어들더니 마침내 감감무소식이었다. 물자와 식량뿐 아니라 연락도 원활하지 못했다. 서남부의 부대들이 투항하고 있다는 소문이 들려오기 시작했다. 끄라반의 삐의 부대도 분분한 논란 끝에 산에서 내려가기로 결정했다. 여단의 결정이 있었던 것도 아니었고 부대장의 독단적인 결정이었다.

"난 안롱웽으로 가겠네."

삐와 같은 뜨란무이로이 출신이면서 끄라반으로 온 후 오랜 친구이자 전우였던 비세쓰는 부대가 산을 내려가기 전에 삐에게 말했다. 비세쓰는 서북(西北)의 빨린과 안롱웽에서는 아직도 혁명군이 싸우고 있다고 했다.

"자네도 가겠는가?"

비세쓰가 삐에게 안롱웽으로 함께 가자고 했지만 잠시 고민하던 삐는 고개를 저었다.

"어쨌든 베트남은 물러갔으니 이젠 산에서 내려가보려네."

비세쓰와 헤어지는 것은 섭섭한 일이었지만 삐는 이제 산이 아닌 아래 세상에 나가보고 싶었다. 철이 들고는 줄곧 산에서 총을 들고 지냈던 삐였다. 삐가 알고 있는 한 혁명군의 전쟁은 베트남을 캄보디아에서 몰아내기 위한 것이었다. 비록 괴뢰군이 남아 있기는 했지만 세상은 혁명군의 뜻대로 바뀐 것이 아닌가. 삐에게는 그 이상의 정치의식은 존재하지 않았다. 그리고 아무도 없는 아래 세상이었지만 혹시 고향인 뜨란무이로이로 돌아가면 형이 돌아와 있을지도 모른다는 생각이 마음 한구석에 자리잡고 있었다.

산에서 내려온 삐는 뿔삿의 정부군에 편입되는 것을 택하는 대신 뜨란무이로이로 돌아왔다. 십오년 만에 돌아온 고향에는 아무도 아는 사람이 없었다. 수소문을 하고 돌아다녔지만 삐의 형을 본 사람은커녕 알고 있는 사람조차 없었다. 역시 형은 해방되기 전 어느 산속에서 죽은 것이라고 삐는 마음을 다부지게 먹었다. 기억을 더듬어 집이 있던 곳을 찾아갔지만 낯선 사람들이 깐뗑을 짓고 살고 있었다. 삐의 아버지가 농사를 짓던 논도 이미 다른 사람들의 농토가 되었다. 하늘 아래 삐는 혼자였고 가진 것은 아무것도 없었다.

삐는 다시 산으로 들어갔다. 그러나 이번에는 혁명군이 아닌 뜨란무이로이 산의 대마농장 일꾼으로였다. 그 무렵 뜨란무이로이 산에는 서너 개의 대마농장이 들어서고 있었다. 먹고살 길이 막막했던 삐에게 그나마 오다가다 대마농장에서 일할 수 있는 기회가 주어진 건 행운이라면 행운이었다.

화전을 일구던 터를 넓혀 만든 대마농장은 한해에 두 번 수확을 했다. 물이 부족했고 산이라 토질이 척박했기 때문에 그 이상은 가능하지 않았다. 농장에서는 한철에 수십 톤의 대마를 거두었지만 일은 크게 힘들지 않았다. 대마란 놈은 씨만 뿌리면 제가 알아서 쑥쑥 컸으므로 베고 말리고 나르는 일이 전부였다. 다만 섬유나 씨를 얻기 위한 농사가 아니었던 까닭에 추수할 때를 잘 맞춰주어야 했다. 대마는 씨를 뿌린 지 석달이면 사람의 키를 훌쩍 넘어 자랐다. 서른이 될 때까지 산에서 총을 벗삼아 지낸 삐에게 농사는 익숙한 일이 아니었다. 하지만 화약 냄새와 피비린내를 맡아야 하는 전투보다는 땀을 흘리는 농장일이 살가웠다. 시간이 지날수록 삐는 대마의 곧은 줄기와 사람 손바닥을 닮은 잎들, 그리고 작은 꽃들을 좋아하게 되었다. 끄라반 산에서 더없이 메마르고 거칠어졌던 삐의 마음도 대마농장에서 조금씩 부드러워지고 여유를 찾을 수 있었다.

농장에서 일하기 시작한 뒤에야 알게 되었지만 농장의 실질적인 주인은 깜뽓의 군인들이었다. 삐는 그저 모르는 체하고 지냈다. 삐가 혁명군이었던 것을 아는 사람도 없었고 군인들이 농장에 오는 일도 드물었다. 수확이 끝나고 다듬어 말려진 대마들은 대개 시하눅빌로 운반된 후 배에 실려 어디론가 떠났다. 태국이나 유럽으로 실려 가는 것이라고 했다. 군인들의 비호가 없다면 할 수 없는 일이라고도 했다.

농장에 도둑들이 들지 않았으면 삐는 좀더 오래 농장에 남아 있었을 것이다. 여덟 명의 도둑들은 추수가 끝나고 말린 대마가 자루에 담겨 창고 가득히 쌓여 있는 틈을 타서 트럭을 몰고 농장에 들어왔다. 딴에는 소총에 권총 그리고 수류탄까지 들고 왔지만 무전 연락을 받고 이십분 만에 들이닥친 군인들의 기관총 세례에 대마 자루를 실어 옮기던 도둑들은 한 명도 살아남지 못했다. 대마 도둑들은 살아나가려고 했으면 최소한 기관총과 B-40 로켓포 정도는 가져왔어야 했고 농장에 들어서자마자 무전기부터 부숴야 했다. 군인들의 지시로 다른 일꾼들과 함께 창고 앞에 널브러진 시체들을 끌어내 가솔린을 붓고 태우던 삐에게 끄라반에서의 기억이 되살아났다. 정부군의 공격으로 정신없이 산을 타고 오르던 날 밤에는 어디선가 매캐한 가솔린 냄새가 바람을 타고 산중으로 흘러들었다. 군인들이 돌아가고 농장에 다시 적막이 찾아들면서 해가 저물었다. 거처로 사용하던 창고 구석의 짚단 위에서 삐는 대마농장을 떠나기로 마음먹었다. 끄라반에서 비세쓰를 따라 안롱웽으로 가지 않았던 것도, 산을 내려와 정부군복을 입지 않고 고향으로 돌아왔던 이유도 어쩌면 십년을 넘게 쉬지 않았던 전투와 피비린내가 지긋지긋해졌기 때문이지 않았는가.

며칠 뒤 삐는 대마를 운반하는 트럭을 따라 시하눅빌로 왔다. 별다른 대책이 없었던 삐는 트럭을 운전하던 시청 운수과 공무원의 도움으로 트럭을 따라다니며 등짐을 졌다. 공무원들이 자갈이든 건자재든 대마든 가리지 않고 실어주고 운임을 챙기는 시청 소유의 트럭이었다. 그들은 일한 대가로 삐에게 먹을 것 대신 돈을 주었다. 돈을 처음 본 것은 아니었지만 익숙할 리 없었던 삐는 시간이 지날수록 돈의 위력에 놀라지 않을 수 없었다. 돈이면 무엇이든 가질 수 있었고, 돈이 없으면 아무것도 가질 수 없었다. 심지어는 돈을 주면 여자도 품에 안을 수 있었다. 삐는 차츰 돈맛을 알아 돈을 버는 일에 대해 고민하기 시작했다. 그러나 가진 것이라곤 불알 두쪽과 맨손뿐인 삐에게 돈이란 그림의 떡이었다. 트럭을 따라다니며 등짐을 지는 대가로 받는 돈으로는 입에 거미줄 치는 일만 간신히 면할 뿐이었다. 오토바이라도 한대 있었으면 모또택시 운전이라도 하련만 그걸 사려면 엄두도 낼 수 없는 돈이 필요했다. 으슥한 곳을 지키고 있다가 오토바이를 타고 지나가는 놈을 덮칠 생각도 전혀 없었던 건 아니었지만 피를 보는 일이 내키지 않았고 그나마 권총 한자루와 총알 몇발을 살 돈조차 삐의 수중에는 없었다. 그런 삐에게 천운처럼 돈을 벌 수 있는 일이 제 발로 굴러들어왔다.

삐가 온 후 시하눅빌에는 조금씩 외국인들의 발길이 늘었다. 그들은 예외 없이 대마를 찾았다. 외국인들을 가장 먼저 상대하는 모또택시 운전사들도 대마를 찾았지만 막대한 양의 대마가 시하눅빌에 모였음에도 불구하고 정작 소매용 대마를 구할 길은 없었다. 모또택시 운전사들 중에서 제법 오지랖이 넓은 솜산은 삐가 대마농장에서 일했다는 것을 알고 삐에게 대마를 부탁했다. 어려울 것도 없었다. 삐는 뜨란무이로이의 농장에 다녀오는 길에 한자루의 대마를 가져와 몇줌을 꺼내 손바닥 두 개 크기의 비닐봉지에 넣어 솜산에게 주었다. 별 기대를 한 것도 아니었는데 벌이는 그럭저럭 괜찮았다. 농장의 창고에 가면 지천으로 쌓여 있는 대마를 겨우 몇줌 넣었을 뿐인데도 이 달러나 삼 달러에 팔렸으므로 삐는 신기할 뿐이었다. 삐는 한봉지에 일 달러를 받았다.

　뜨란무이로이의 농장에서 몇푼을 집어주고 대마를 한보따리씩 가져오는 것은 백지장을 들기보다 쉬웠다. 트럭으로 가져가는 것도 아니었고 고작 오토바이 뒤에 실어오는 정도였으니 뒤통수에 총알이 박힐 리도 없었다. 농장에 가기가 어려우면 시하눅빌로 온 트럭의 짐칸에서 자루 하나 분량을 덜었다. 물론 눈을 감아주는 조건으로 운전사에게 대가를 치렀다. 그러나 시하눅빌로 온 트럭의 대마를 축내는 일은 군인들 때문에 지극히 위험했으므로 자주 손댈 일은 아니었다.

　시하눅빌의 버스터미널에 외국인의 발길이 조금씩 늘어나면서 삐의 수입도 많아졌다. 물론 삐는 직접 그들을 상대하지 않았다. 삐의 고객들은 솜산과 같은 모또택시 운전사들, 게스트하우스와 호텔의 종업원들 그리고 품터메이의 펨푸들이었다. 이렇게 뜨내기들은 직접 상대하지 않았지만 시하눅빌에 적을 두고 살고 있는 사람들과 외국인들 중 일부는 삐와 직접 거래를 했다. 이들은 무엇보다 질을 중요하게 생각했으므로 대마에 대해서 아무것도 모르는 모또 운전사나 호텔 종업원들과 거래하기를 좋아하지 않았다.

　삐도 대마를 피웠으므로 그들이 무엇을 원하는지 잘 알고 있었다. 사실 삐가 모또 운전사들 따위에게 주는 물건은 질이 보장되지 않았다. 그도 그럴 수밖에 없는 것이 보따리를 털어서 되는 대로 한줌씩 쑤셔넣은 것들이었다. 이런 물건들은 재수가 좋으면 보기에도 탐스러운 연한 초록색의 작은 잎들이 오종종 매달린 좋은 봉지가 걸릴 수도 있지만 그렇지 않으면 굵은 가지에 시커멓고 넓기만한 잎들이 매달린, 건초나 진배없는 하급이 걸리게 되어 있었다. 삐가 농장에서 가져온 물건은 품질관리 따위는 하지 않았다. 이런 물건은 주로 프놈펜의

시장에서 팔렸다. 무게에 따라 가격이 정해지기 때문에 그나마 왕줄
기가 들어가지 않으면 다행이었다. 어쨌든 뜨내기들은 잘해봐야 일주
일이면 시하눅빌을 떠나기 마련이었으므로 불만이 있더라도 별문제
는 되지 않았다. 이렇게 일년이 지나자 삐는 낡은 오토바이 하나를 장
만했고 미또나에 월 삼십 달러짜리 깐텡을 얻을 수 있었다. 그럭저럭
쓸 만한 남찐(중국제 권총) 한자루를 구한 것도 그때였다.

　깐텡 아래 나무 기둥에 기대 있던 삐는 바닥에서 일어나 해먹에 몸
을 실었다. 바다에서 불어오는 시원한 바람이 부드럽게 해먹을 흔들
었다. 파도는 잔잔했지만 이제 조금씩 서쪽으로 기울어가고 있는 태
양이 삐의 눈을 찔렀다. 삐는 눈을 감고 생각에 잠겼다.
　―일이 잘돼야 할 텐데.
　삐는 자신이 일하던 뜨란무이로이의 농장관리인 분타에게 선금을
주고 십 킬로그램의 질 좋은 대마를 부탁했다. 어선에 실어 태국으로
보낼 작정이었다. 본래 뱃길로 태국에 가는 대마는 대부분 까오꽁 지
역에서 수확한 물건이었지만 두어달 전에 밀수선이 정박하곤 하는 꼬
꽁 섬에 태국 경비정이 들이닥쳐 단속을 했다. 남의 나라 섬에 멋대로
들이닥친 것도 경악할 일이건만 경비정에는 또 미국인들도 있었다고
한다. 마약단속국 요원이었다나. 여하튼 움츠러든 밀수업자들은 시하
눅빌에서 배를 띄워 멀리 돌리기 시작했다. 잘만 되면 세 배는 남는
장사였지만 처음 하는 일이었기 때문에 사실 삐는 매우 불안했다. 분
타에게 건넨 선금은 그동안 삐가 모은 전재산이었다.
　"지금은 물건이 계속 나가서 군인들 때문에 곤란해. 눈치를 봐서
빼줄 테니 걱정일랑 붙들어매고 좀 기다리게."

꼼꼼히 돈을 헤아린 분타는 삐에게 걱정 말라고 일렀다. 삐도 분타를 믿었다. 분타가 조금씩 대마를 빼돌리는 것은 오래 전부터 알고 있었다. 삐가 알기에 분타는 한번도 약속을 어겨본 적이 없었다.

"분타, 좋은 물건을 주세요."

삐는 두 손을 모아 위로 올리고 몇번이나 부탁을 했다. 농장의 창고에 쌓이는 대마에는 두 종류가 있었다. 하나는 되는 대로 말려다 쌓아놓은 것이었다. 꼭 그런 것은 아니었지만 피우기에는 질이 너무 떨어지는 것들이 많았다. 다른 하나는 시하눅빌로 가서 배에 태우는 이른바 '수출용'이었다. 이 물건들은 질이 좋지 않으면 돈을 받을 수가 없기 때문에 꽤 신경을 써가며 추리고 말렸다. 삐가 원하는 것은 바로 이 물건이었다. 물건을 구했다고 해서 누구나 태국으로 보낼 수 있는 것은 아니었다. 삐는 운 좋게 밀수를 주선하는 줄을 잡을 수 있었다.

잘될 거야. 아직 해는 지지 않았지만 삐는 셔츠 주머니에서 담배종이를 꺼내 대마 한개비를 말아 침을 묻혔다. 방금 전 릭에게 준 것과 같은 대마였는데 한모금을 깊숙이 빤 후 삐는 고개를 끄덕였다.

"나이스, 웨리 나이스……"

삐가 방금 전의 릭을 흉내내며 중얼거렸다. 무슨 말일까. 흠, 좋다는 말이겠지. 삐는 다시금 깊은 생각에 잠겼다. 지금 시하눅빌의 젊은 놈들은 너나 할것없이 담배를 피우고 있다. 한 갑에 오백 리엘짜리 담배도 있었지만 대부분은 천 리엘이 넘었다. 훈센 수상이 피운다는 555는 한 갑에 물경 이천오백 리엘이었다. 릭이 말하기를 캄보디아의 모든 담배들은 외국산이어서 털린 호주머니는 모두 외국으로 나간다고 했다. 천부당만부당한 일이 아닌가. 게다가 담배란 놈은 한번 맛을 들이면 끊기가 도박보다 어렵다고들 했다. 릭도 말했다. 대마가 아니면 담배를 끊지 못했을 것이라고.

삐는 자신이 하루에 몇개비의 대마를 말 수 있을까 생각해보았다. 열심히 말면……

—아니지, 직접 말 필요가 있나. 여자애들을 불러모아 시키자. 꼬마 놈들도.

애들을 불러모아 열심히 말아서 고무줄로 묶어…… 아니, 담배처럼 종이곽에다 넣어서 팔자. 한 갑에 몇개비를 넣으면 좋을까? 담배처럼 스무 개비? 아니야 너무 많아. 하루에 몇개비나 피운다고. 그럼, 다섯 개비? 그건 또 너무 인색해 보이는데…… 그래, 열 개비를 넣자. 그런 다음에는 얼마를 받고 팔까. 천 리엘? 음, 너무 욕심을 부릴 것 없지. 오백 리엘이면 적당해.

삐의 상상은 꼬리에 꼬리를 물다가 마침내 거대한 대마 회사의 주인이 된 자신의 모습을 그려내기에 이르렀다. 그렇게만 된다면 얼마나 큰돈을 손에 쥘 수 있을까. 태국으로 대마를 보내는 일은 그 모든 일의 시작이었다. 삐는 아주 기분이 좋아졌다. 대마를 피울 때 행복한 생각을 하면 행복은 언제나 열 배가 되었다.

쏘카 해변으로 갈 것도 없이 오츠떠알 해변의 씨싸이드 호텔 앞에 백인을 떨군 뚜옥은 호텔 일층의 화장실에서 넘어가지 않는 침을 억지로 삼키고 있었다. 솜산의 손아귀에서 빼낸 지폐는 피가 묻어 있었지만 다행스럽게도 씻어낼 수 있는 정도였다. 솜산이 죽기 전에 셔츠 주머니에서 지폐를 꺼내 움켜쥐었기 때문이리라.

열다섯 장. 백 달러짜리 지폐가 열다섯 장이었다. 아니, 정확하게는 열네 장하고 절반이었다. 손아귀에서 빼낼 때 찢어졌을까? 뚜옥은 기억을 더듬었지만 알 수 없었다. 까짓, 굴러들어온 돈인데 한 장이 찢어졌다고 해서 무슨 대수인가.

천사백 달러. 자신에게 굴러들어온 엄청난 행운 앞에서 그만 숨이 막힌 뚜옥은 변기에 쭈그리고 앉아 한참 동안 넋을 잃고 있었다. 필시 부처님이 어여삐 봐준 덕이다. 그렇지만 풀리지 않는 의문이 있었다. 왜 부처님께서 자신에게 이런 행운을 내려주신 것일까? 뚜옥은 나오지 않는 변을 밀어낼 때처럼 있는 힘을 다해 자신이 누군가에게 베풀었을 선행을 기억해내려고 애를 썼다. 그런데 애를 쓰면 쓸수록 단 한번도 착한 일을 한 적이 없음이 점점 분명해졌다. 애를 쓸수록 선행보다는 악행이 머리를 가득 채웠다.

길가 풀숲의 새끼고양이 대가리를 이유 없이 짓밟은 일도 있었고 심심해서 꼬리 잘린 도마뱀 대가리를 돌로 찍은 일도 있었다. 그뿐인가. 남의 차 싸이드 미러를 훔쳐 제 차에 매달지 않았던가. 싸똘똠봉(중앙시장)에서 손님을 뺏은 경쟁자의 자동차 타이어 네 개를 모두 찢어놓은 것도 뚜옥이었다. 그것도 옆구리를 찢었으니 가혹한 짓이었다. 어리숙한 손님에게 바가지를 씌운 적은 또 몇번이었던가. 셀 수조차 없었다. 심지어는…… 뚤꼭의 매음굴에서 일을 치르고도 삼 달러를 주기 싫어 바짓가랑이를 붙잡고 늘어지는 베트남 계집을 뿌리치고 도망친 적도 있었다. 물론 그 때문에 큰일을 치를 뻔하기도 했지만.

—아니야, 아니야.

뚜옥은 머리를 흔들었다. 뭔가 좋은 일을 한 적이 한번은 있었을 거야.

문득 여섯달 전 아직 모또택시를 몰고 있을 때 손님을 태우고 미따뺍에 갔던 일이 떠올랐다. 바로 그 전날 미따뺍에서는 새벽에 모또택시 운전사가 왼쪽 눈에 총알을 맞고 오토바이를 빼앗긴 사건이 벌어져 그날은 아무도 미따뻡에 가려 하지 않았다. 그때 용감하게 자신이 나서서 손님을 모시고 미따뻡에 가지 않았던가.

　─그런데……

뚜옥은 또 머리를 흔들면서 안타까움에 가슴을 슬슬 문질렀다. 왜 요금을 다섯 배나 받았단 말인가. 그러지만 않았어도 누가 봐도 분명한 선행이었을 것을. 뚜옥은 그만 의기소침해졌다. 도대체가 부처님이 자신에게 천사백 달러나 되는 큰돈을 줄 이유가 없었다. 뚜옥은 나중에 더 생각해보기로 하고 일단 물을 내린 후 화장실을 나왔다. 돈은 끄라마에 둘둘 말아 허리춤에 감추었다.

로비로 나오자 프놈펜에서 데려온 백인은 방을 찾아 들어갔는지 보이지 않았다. 카운터에 있던 중국인이 뚜옥을 보자 물었다.

"처음 보는 얼굴인데 어디서 왔나?"

"프놈펜에서 왔네요."

"프놈펜? 뭔 일이 있기에 밤길을 달려왔는가?"

"모르지요. 가자니 왔지요."

"어쨌거나 또 올 일이 있으면 부탁하네."

중국인은 뚜옥에게 오 달러를 내밀었다. 손님을 데려다준 값이다. 뚜옥은 오 달러를 받아 챙긴 후에 삼피를 날리고 부탁했다.

"잠을 못 자서 그러는데 두어시간 눈 좀 붙여도 될까요?"

"그러게나. 어느 방이나 문이 열렸으면 들어가도 좋은데 침대에는 눕지 말고 바닥에서 쉬어."

뚜옥은 일층 오른쪽 끝의 외진 방을 찾아 들어갔다. 문이 잠겼는지 몇번을 확인한 뚜옥은 그도 미심쩍어 의자 하나를 문 앞에 받쳐두고 침대에 누웠다. 두꺼운 스펀지 매트리스가 밤샘 운전과 지나친 흥분으로 딱딱하게 굳은 뚜옥의 몸을 깊숙이 삼켰다. 스펀지에 빨린 뚜옥은 깊은 잠에 빠졌다.

뚜옥은 꿈을 꾸었다.

산만큼 큰 거인이 나타났다. 거인은 왕이었다. 그의 신하들도 거인이었다. 칼을 찬 거인들이 뚜옥을 쫓고 있었다. 뚜옥은 죽을 힘을 다해 숲으로 도망을 쳤다. 한참을 정신없이 쫓긴 뚜옥의 앞에 거대한 호수가 나타났다. 호숫가에는 배도 없었다. 뒤를 돌아보니 거인들이 코앞에 와 있었다. 수십명의 거인들이 뚜옥을 잡으러 뛰는 통에 온 숲과 땅이 쿵쿵쿵 귀청을 찢어놓을 만큼 크게 울렸다.

뚜옥은 거친 숨을 몰아쉬다 꿈에서 깨어났다. 등줄기가 땀에 흠뻑 젖어 있었다. 뚜옥의 고향인 라따나끼리의 반롱에는 익라옴이란 호수가 있었다. 익라옴은 '거인이 둘러싼 호수'라는 뜻이었다. 어릴 적 뚜옥의 할머니는 어린 뚜옥이 심심해하면 언제나 익라옴의 전설을 들려주었다.

뚜옥아, 아주 오랜 옛날 거인왕의 딸을 사랑한 젊은이가 있었단다. 딸도 한눈에 그 젊은이와 사랑에 빠졌지. 둘은 거인왕의 눈을 피해 왕국에서 도망을 쳤어요. 화가 머리 꼭대기까지 치솟은 거인왕은 부하들에게 딸을 훔친 젊은이와 아버지를 배신한 딸을 잡아 죽이라고 했지 뭐냐. 그래서 둘은 쫓아오는 거인들을 피해 죽을 둥 살 둥 숲으로 도망을 쳤단다. 그러다가 끝내는 깊은 숲속 어딘가에서 거인들에게 잡힐 뻔하게 됐지 뭐냐.

바로— 오 그때에(할머니는 꼭 이 대목에서 두 손을 모아 머리 위로 올리는 삼피를 날리셨지), 신이 이 둘을 불쌍히 여기사 단번에 큰 호수를 만들고 젊은이와 거인왕의 딸을 숨겨주었단다. 쫓아오던 거인들도 더는 어떻게 할 수가 없었지. 둘은 벌써 호수 밑으로 숨어버렸거든. 하지만 거인왕의 명령을 어길 수 없었던 거인들은 호수를 둘러싸고 하염없이 서 있다가 그만 산이 되어버렸단다.

할머니의 익라옴 이야기는 뚜옥이 열살이 될 때까지 몇번이고 반복되었다. 열살이 되었을 때 뚜옥은 언제나 변함없이 똑같은 익라옴 이야기가 지겨워져서 할머니가 익라옴 이야기를 하려고 할 때면 도망쳤다. 할머니도 그런 뚜옥에게 더이상은 익라옴 이야기를 들려주지 않았다.

꿈자리는 뒤숭숭했지만 잠에서 깨어나자 뚜옥은 한결 몸이 가뿐해졌다. 뚜옥은 침대 시트를 깨끗하게 펴고 시트에 붙은 머리카락을 일일이 뗀 다음 방을 나왔다. 방에서 나오기 전 허리춤의 끄라마에 싸인 돈을 풀어 다시 한번 확인했다. 돈은 무사히 그곳에 그대로 있었다.

호텔 로비의 카운터 뒤에 걸린 시계는 열두시를 넘어 가리키고 있었다. 두어시간을 잔다는 것이 다섯시간을 넘게 곯아떨어져 있었던 것이다. 카운터는 아침에 보았던 중국인 대신 다른 중국인이 지키고 있었다. 뚜옥은 호텔 현관을 나섰다. 프놈펜보다 공기가 맑아서인지 태양은 더욱 뜨겁고 눈부셨다. 뚜옥은 눈을 찡그리고 후끈하게 달아 있는 마당을 종종걸음으로 걸었다. 어디서 요기라도 한 후 프놈펜으로 올라갈 요량이었다. 호텔 마당의 나무 아래에는 모또택시 운전사들이 서너 명 모여 있었다. 당연히도 모또택시 운전사들의 화제는 단연 솜산과 뚜이안이었다. 뚜옥은 배가 고파 속이 아려올 정도였지만 걸음을 멈추고 오고가는 이야기에 귀를 기울였다. 그 결과 뚜옥은 돈을 쥐고 고랑에 처박혀 있던 인간의 이름이 솜산이라는 것과 모또택시 운전사라는 것을 알았다.

─때려죽일 강도놈. 큰돈이 있는 건 모르고 그저 오토바이에만 눈이 팔렸군.

뚜옥은 다시금 콩닥거리며 뛰는 가슴을 지그시 손으로 눌렀다. 뚜이안이란 베트남 계집이 죽은 것에 대해서는 별 관심이 없었지만 이들의 이야기 중에 돈에 관한 말이 나오지 않는 것이 이상했다. 천사백달러하고도 찢어진 백 달러짜리 한 장이면 적은 돈이 아니었다. 오가는 말로는 아무도 솜산이란 그 모또택시 운전사가 큰 액수의 돈을 갖고 있었다는 걸 모르고 있는 눈치였다. 어쨌거나 뚜옥은 바삐 시하눅빌을 뜰 참이었으니 상관없는 일이었다.

그날 아침, 솜산이 천이백 달러를 갖고 있다는 사실을 제대로 알고 있을 뿐만 아니라 거간을 서기까지 했던 시하눅빌의 산정오락성, 그러니까 풀 네임으로는 산정도장오락성(山頂賭場娛樂城)의 모노롬은 그야말로 생애 최악의 궁지에 몰려 있었다.

데려온 처녀들과 하룻밤을 지낸 말레이시아 중국인들은 뭔가 이상하다는 것을 알아차렸다. 혈흔이 비치기는 했지만 분명 느낌이 틀렸다. 게다가 그중 하나는 하룻밤이 지나기도 전에 참지 못하고 베트남말을 지껄였던 것이다. 말레이시아 중국인들은 어이가 없었다. 이런 일이 있을 것 같아 그 험한 길을 함께 따라다니고, 또 제법 그럴듯한 병원에 데려가서 검사까지 받아보게 하지 않았던가.

중국인들은 체면을 지키기 위해 새벽부터 설치지는 않았지만 아침이 되자 곧 산정오락성 지배인을 불러 족치기 시작했다. 이들은 우선 자신들이 만만한 중국인들이 아니라는 것을 강조했다. 오츠띠알 해변에 골프장을 짓기 위해 이미 땅까지 사놓았으며 훈센 수상과 만난 적도 있다고 말했다. 프놈펜 정부군 사령부에 전화 한 통화만 넣으면 이깟 호텔 하나쯤은 단숨에 날려버릴 수도 있다고 공갈을 쳤다.

물론 만만치 않기로는 산정오락성 주인도 한가락 하는 중국인이었다. 산정오락성 주인의 사무실 벽에는 훈센 수상과 악수를 하며 찍은 가로 세로 이 미터짜리 사진도 붙어 있지 않은가. 따라서 지배인은 말레이시아 중국인들의 공갈에 주눅이 들지는 않았지만 이 일로 말미암아 바로 그 주인의 손에 목이 달아날 수도 있다는 것을 잘 알고 있었기에 쉴새없이 고개를 조아렸다.

"나리들, 씻을 수 없는 죄를 졌습니다. 산정오락성의 명예를 걸고 나리들의 손해를 배상하겠습니다."

"손해? 우리가 그깟 돈 때문에 이런단 말인가? 그깟 돈 때문에?"

말레이시아 중국인들은 거드름을 피우며 지배인의 사과를 외면했다. 지배인은 황급히 손사래를 쳤다.

"나리들 편안히 쉬시면서 제발 조금만 시간을 주십시오. 나리들을 욕보인 놈을 직접 꾸짖으실 수 있도록 대령하겠습니다."

말레이시아 중국인들은 지배인의 이 말에 짐짓 화를 풀었다. 그리고 자신들이 지불한 천오백 달러를 신속히 반환하라 이르고는 아침을 먹으러 삼층의 레스토랑으로 올라가면서 산정오락성 음식의 형편없음에 대해 시끄럽게 불평을 늘어놓았다.

화가 머리끝까지 뻗친 산정오락성 지배인은 사무실로 올라가기 전에 산정오락성의 경비 책임을 맡고 있던 사로운에게 모노롬을 끌어오라고 지시했다.

세탁실 구석에서 자고 있다가 영문도 모르고 지배인의 사무실로 끌려온 모노롬은 사태를 파악하자 그야말로 사색이 되었다. 모노롬은 꼼짝없이 솜산에게 주고 남은 돈 삼백 달러를 지배인에게 바쳤지만 그것으로 해결될 일이 아님을 누구보다 잘 알고 있었다. 모노롬이 천오백 달러가 아닌 삼백 달러를 내놓자 지배인은 코웃음을 한번 치고는 당장 죽여버리겠다고 날뛰기 시작했다. 모노롬은 지배인의 바짓가랑이를 붙들고 늘어졌지만 발길질을 피하지 못하고 앞이빨 하나가 부러졌다.

그러나 이빨 하나가 문제가 아니었다. 모노롬은 개의치 않고 죽을 힘을 다해 자초지종을 설명했다. 자신이 아니라 솜산이란 놈이 처녀들을 데려왔다는 걸 지배인에게 전달하기 위해 모노롬은 몇번이나 걸어채였는지 몰랐다.

"솜산?"

거친 숨을 몰아쉬며 모노롬을 걷어차던 지배인은 발길질을 멈추었다. 모노롬을 흠씬 두들긴 후 돈을 뺏고 말레이시아 중국인들에게 데려가 일을 해결하려고 했던 지배인은 그것으로 무마될 일이 아님을 눈치챘다.

"손님들도 그놈을 알고 있나?"

"그럼요. 주―욱 함께 다녔는걸요. 추엔민 병원에도 그놈이 데려갔습니다. 처녀를 구해온 것이 솜산이란 걸 손님들도 아십니다."

산정오락성 지배인은 발길질을 멈추고 잠시 생각에 빠졌다.

제정신이 박힌 놈이면 벌써 깜뽕사옴을 떴을 터인데…… 만약 그렇다면 남은 천이백 달러는 어디에서 찾을 것이며 중국인들 눈앞에서 얼쩡거린 솜산이란 놈은 또 어떻게 잡아올 것인가. 지배인은 갑자기 울화가 치밀어 온 힘을 다해 모노롬을 걷어찼다. 불시에 배를 걷어차인 모노롬은 제대로 비명도 지르지 못하고 바닥을 굴렀다.

"당장 솜산이란 놈하고 돈하고 같이 찾아오지 못하면 네놈의 인생은 그것으로 끝이야."

뾰족한 대책을 찾기 어려웠던 지배인은 우선 모노롬을 내보냈다. 그러나 사로운과 함께였다. 모노롬은 이제 여차하면 도망칠 요량이었지만 감시원으로 따라붙은 사로운 때문에 여의치가 않았다. 사로운도 모노롬의 사정이 딱한 것은 알고 있었지만 모노롬을 놓쳤다가는 제 목이 달아날 판이라 모노롬의 허리춤을 붙잡고 놓지 않았다. 다행스럽게도 모노롬은 두시간도 지나지 않아 경찰서 마당에서 솜산을 찾아냈다.

지배인에게 걷어차인 배가 뒤틀려 그때까지도 숨조차 가누기 어려웠던 모노롬은 솜산의 시체를 보자 불문곡직하고 냅다 한번 걷어찰 요량이었지만, "돈은 어디에 있는 거야?"라는 사로운의 나지막한 소리에 정신이 퍼뜩 들어 슬쩍 주저앉아 이미 나무토막처럼 뻣뻣하게 굳은 솜산의 시체부터 더듬기 시작했다. 셔츠 주머니에도 바지주머니에도, 그리고 정말 억지로 솜산의 사타구니까지 더듬었지만 돈은 손에 잡히지 않았다. 모노롬은 난감하고 애처로운 표정으로 팔짱을 끼고 서 있는 사로운을 올려다보았다. 사로운은 그런 모노롬을 애써 외면하고 경찰서 담장 옆의 야자나무로 시선을 옮겼다. 돈은 강도가 가져간 것이 아니면 벌써 경찰의 손을 탔을 텐데 무슨 재주로 찾는단 말인가. 모노롬은 경찰서 마당 솜산의 시체 앞에 퍼질러 앉아 *끄억끄억* 소리를 내며 서럽게 울기 시작했다. 부러진 앞이빨 위의 입술 주변이

흉하게 부어오른 얼굴로 울고 있는 모노롬의 모습은 누가 봐도 기괴했다. 사로운과 모노롬은 곧 경찰서에서 쫓겨났다. 얻어터지지 않은 것만도 다행이었다.

경찰서에서 쫓겨난 모노롬과 사로운은 산정오락성의 한국산 승합차에 다시 올라탔다. 조수석의 모노롬은 대시보드에 머리를 박은 채 계속해서 울음을 멈추지 않았다.

"참, 딱하구만."

사로운이 보기에 어찌 되었든 솜산은 더이상 이 세상 사람이 아니었으므로 말레이시아 중국인들이나 지배인에게도 더는 문제가 될 것이 없었다. 문제는 없어진 천이백 달러였다. 모노롬이 이처럼 애타게 울고 있는 것도 그놈의 천이백 달러를 어떻게 할 재간이 없어서 이러는 것이었다.

"이봐, 그만 좀 울어. 운다고 해결이 되나?"

사로운이 모노롬을 위로한답시고 투박한 큰 손을 어깨에 얹었지만 모노롬은 그 손을 거칠게 뿌리쳤다. 평소 같으면 요절을 낼 아랫것의 건방진 태도였지만 사로운은 모노롬의 처지를 봐서 용서해주기로 하고 억지로 꾸욱 화를 눌렀다.

"참, 딱하구만."

삐도 사로운과 똑같은 말을 하며 혀를 찼다. 울음은 그쳤지만 주먹만큼 부어오른 윗입술에 온통 땟국으로 얼룩진 모노롬의 얼굴은 그저 보는 것만으로도 충분히 딱했다.

막다른 골목에 몰린 모노롬은 돈을 마련하기 위해 시하눅빌을 이 잡듯이 털다 삐의 깐텡을 찾은 것이었다. 릭의 집에서 방금 돌아온 삐는 깐텡 뒤쪽의 물항아리 옆에서 끄라마를 걸치고 한바탕 먹을 감고 나오던 참이었다.

"그러니, 있는 대로 돈 좀 꾸어주게."

모노롬은 울먹이는 목소리로 삐에게 사정을 했다. 솔직히 삐는 얼마간의 돈이라도 모노롬에게 꾸어주고 싶었다. 그러나 돈이란 돈은 깨끗하게 쓸어 분타의 손에 넘긴 뒤라 수중에는 불과 삼백 달러밖에 없었다. 게다가 그 삼백 달러는 프놈펜에 올라가 헤로인을 사야 할 밑천이었다.

최대한 안쓰러운 표정을 지으며 삐는 고개를 저었다.

으흐흑. 모노롬은 또 오열을 터뜨렸다. 시하눅빌 시내를 미친 듯이 헤맨 끝에 모노롬이 손에 쥔 것은 고작 이백 달러와 오십만 리엘뿐이었다. 오십만 리엘이라고 해봐야 백삼십 달러, 모두 삼백삼십 달러였다. 미또나의 삐는 모노롬이 거의 마지막으로 찾은 것이기 때문에 모노롬은 이제 더 가볼 곳도 없었다.

삐도 모노롬을 도와주고 싶었지만 뾰족한 방법이 없었다.

"모노롬, 프놈펜으로 튀면 어떨까?"

삐는 방 한구석에 기대어 있던 사로운의 눈치를 보며 넌지시 모노롬의 귀에 대고 속삭였다. 모노롬은 처량하게 고개를 저었다. 사로운도 사로운이었지만 시하눅빌에는 처자식이 있기 때문이었다. 처자식을 끌고 야반도주라도 해야 할 판인데 그것이 쉬울 리 없었고 처자식을 버리고 시하눅빌을 도망칠 배짱도 없었다.

—도시 강단이 없는 녀석이로군.

평소에도 매가리가 없는 녀석이라고는 생각했지만 이 지경에 이르러서도 질질 짜기만 하고 있으니 삐는 끌끌 혀를 찰 수밖에 없었다.

삐는 대마 한개비를 말아 먼저 한모금 빨고는 모노롬에게 건넸다. 비탄에 빠진 자에게 위안을. 삐는 진정으로 대마가 모노롬의 절망스러운 마음을 위로하기를 바랐다. 삐는 대마에 헤로인을 좀 섞어줄까도 생각했지만 그러지 않기로 했다.

대마 연기를 들이마시자 모노롬은 기침을 하기는 했지만 사뭇 진정이 되는 듯했다.

"삐, 무스 방버비 어슬까?"

울음은 그쳤지만 이빨이 부러진데다 윗입술까지 퉁퉁 부어 있어 말을 알아듣기도 힘들 지경이었다. 모노롬은 거대하게 부은 입술로 대마 한모금을 더 빨고는 희죽 웃었다.

"이제 좀 사 꺼 가꾼."

사정을 눈치 챈 삐는 어이가 없었다. 부러진 이빨 때문에 그동안 무척이나 아팠던 것이다. 대마가 통증을 가라앉히자 말마따나 이제 좀 살 것 같아 울음을 멈추고 정신을 차린 모노롬이었다. 그러나 너무 순도가 높은 대마였기 때문에 한개비를 거의 혼자 피운 모노롬은 축 늘어졌다.

"나 참, 대책이 안 서는 놈이군."

모노롬의 늘어진 꼴을 보고 방구석에 기대 있던 사로운은 호주머니에서 555 담배를 꺼냈다. 삐가 그냥 지나칠 리 없었다.

"이봐, 자네도 담배는 끊고 간차를 피워보는 게 어때?"

"뭐라고?"

삐는 사로운에게 담배의 유해함과 대마의 이로움을 자세히 설명해주었다. 다행스럽게도 사로운은 납득을 하는 눈치였다.

"그래? 담배란 놈이 그렇게 나쁜 놈이야?"

"더 말할 것이 없어. 담배는 서양놈들이 보낸 마귀야 마귀. 계속 마귀한테 붙잡혀 있다간 자네도 갈 곳이 뻔하네. 골로 갈 거야."

"정말 믿기 어려운 일이군. 마귀나 진배없는 물건을 돈을 받고 판단 말야? 훈센 수상도 이걸 피운다는데."

삐는 신이 났지만 목소리를 낮추고 주위를 한번 둘러본 후에 사로운에게 말했다.

"그래, 수상이 하는 짓 중에 제대로 하는 일이 있던가? 응? 담배 피우는 수상이 제대로 하는 일이 있어? 응?"

사로운은 고개를 갸우뚱하더니 혼잣말처럼 중얼거렸다.

"뭐, 잘하는 일이야…… 없지."

삐는 대마 한대를 더 말아 한모금을 빨고는 사로운에게 내밀었다. 사로운은 꺼냈던 555를 호주머니에 집어넣고 삐가 내민 대마를 받아 한모금 빨았다.

"어흐, 담배보다 독하이."

"괜찮아. 처음에는 좀 그래. 자네 하루에 담배 얼마나 피우나?"

"그저 한갑 반 정도 피우네."

"그럼 간차는 하루에 세 개비면 족해. 건강에 훨씬 이롭다네. 값은 반의 반의 반의 반 값도 안되지."

"그런가?"

대마를 두어 모금 빤 사로운은 고개를 끄덕였다.

"좋은데."

"그럼, 좋다마다. 내 한봉지 거저 줄 테니 이걸로 담배부터 끊게나."

삐는 공짜였기 때문에 품질이 그렇고 그런 대마 한봉지를 사로운에게 내밀었다. 사로운은 두 손을 모아 감사의 뜻을 전했다.

품터메이의 절름발이 포네리가 문을 두드린 것은 그때였다.

삐가 문을 열어젖힌 포네리에게 들어오라고 손짓을 했지만 휘 방안을 둘러본 포네리는 삐에게 나오라고 손짓을 했다.

"무슨 일이야?"

포네리는 깐뗑 뒤편에서 물항아리 주둥이를 짚고 서 있었는데 표정이 예사롭지 않았다.

같은 날 아침.

잔톤은 오츠띠알의 헌병대에 들러 눈도장을 찍은 후 바삐 뚜이안의 유곽을 찾았다. 솜산을 처치한 일도 알려주어야 했거니와 무엇보다 솜산의 오토바이를 어떻게 처분할지 의논하는 것이 시급했다. 잔톤이 유곽의 유리문을 밀고 들어섰을 때 허연 머리를 부여잡고 홀의 끝에서 끝을 시계추처럼 정신없이 왔다갔다하고 있던 마마상은 잔톤을 보자 뛸 듯이 반갑게 맞이했다.

"잔톤, 뚜이안이 숨을 쉬지 않아. 숨을 쉬지 않아."

마마상은 자신의 코를 틀어쥐고 몇번이고 뚜이안이 숨을 쉬지 않는다고 호들갑을 떨었다. 어안이 벙벙해진 잔톤은 이층으로 뛰어올라 뚜이안의 방문을 열어젖혔다. 뚜이안은 침대 위에서 팔을 크게 벌리고 누워 있었다. 잔톤이 조심스럽게 침대로 다가가 뚜이안의 팔을 들어보았지만 이미 뚜이안의 팔은 장작처럼 굳어 있었다. 혹시나 하고 코에 귀를 대봤지만 숨결도 느껴지지 않았다. 숨이 끊어진 것이 분명했다.

잔톤은 뚜이안이 왜 죽었는지 도대체 이해할 수가 없었다. 뚜이안의 몸은 물론이거니와 침대나 방안 어디에도 핏자국 한방울 보이지 않았다. 목도 자세히 살펴보았지만 졸린 흔적이 없었다. 심장마비를 의심해볼 수도 있으련만 그건 잔톤의 상상력을 벗어나는 것이었다. 잔톤에게는 사람이 죽으려면 총이나 칼, 그도 아니면 몽둥이로라도 얻어맞아야 했다. 아니면 목이라도 졸리든지.

유곽의 홀로 내려온 잔톤은 마마상에게 우선 경찰에 신고를 하라고 이르고는 유곽을 나섰다. 뚜이안이 죽은 영문은 알 수가 없었지만 한 가지만큼은 분명했다. 솜산의 오토바이는 이제 잔톤 것이었다. 아침부터 시체를 보아 기분은 잡쳤지만 잔톤은 뜻하지 않은 복에 흐뭇해져서 분주히 솜산의 혼다 오토바이를 숨겨두었던 품터메이의 포네리 집으로 한국산 대림 오토바이를 몰았다. 가는 중에 잔톤은 혼다 오토바이를 어떻게 처분할지 곰곰이 따져보았는데 결론은 프놈펜으로 가지고 올라가 처분하는 것이 여러모로 좋을 듯싶었다.

"뚜이안이?"

포네리는 뚜이안이 죽었다는 잔톤의 말에 깜짝 놀랐다. 포네리는 솜산이 말레이시아 중국인들에게 처녀를 데려다주는 일로 모노롬과 흥정하는 것을 지켜보았고 뚜이안과 함께 일을 꾸미고 다니는 것도 알고 있었다.

─그런데 뚜이안까지 죽었다면.

포네리는 잔톤의 얼굴을 훔쳐보았다. 능글맞은 상판에는 온통 흐뭇함이 가득했다. 솜산의 목숨을 빼앗은 것뿐만 아니라 혼다 오토바이와 최소한 천이백 달러를 챙긴 놈의 상판이었다. 어쩌면 뚜이안도 잔톤이 죽였을지 모른다고 포네리는 생각했다. 물론 포네리는 그런 내색을 비치지 않았다.

"오토바이는 오늘 오후에 가져갈 것이니 그동안 눈에 안 띄게 잘 보관하도록 해."

뒷마당에서 혼다 오토바이를 이리저리 다시 살핀 잔톤은 흡족한 표정으로 포네리에게 십 달러짜리 두 장을 내밀었다. 고작 이십 달러라니. 포네리는 잔톤의 탐욕에 할말을 잃었다.

"왜? 적어?"

포네리의 얼굴에서 불만스러운 표정을 읽었는지 잔톤은 입술을 내밀고 잠시 망설이더니 십 달러짜리 한 장을 더 내밀며 말했다.

"쓸데없이 욕심 부릴 생각은 하지 않는 게 좋아. 헌병대에 끌려가서 혼쭐이 나고 싶지 않으면 말야."

잔톤은 허리춤의 권총을 슬쩍 두드리며 찢어진 눈을 가늘게 뜨고 으르렁거렸다. 포네리는 묵묵히 고개를 끄덕였다. 잔톤은 군화로 땅바닥을 몇번 두드린 후 포네리의 집을 나서며 혼잣말처럼 중얼거렸다.

"병신자식이."

잔톤이 남긴 이 한마디가 포네리의 속을 뒤집었다. 포네리는 부서진 무릎을 한손으로 짚고 절름거리며 잔톤의 뒤를 서너 걸음인가 쫓아가다가 멈추었다. 다리까지 온전하지 못한 전직 크메르루주 포네리가 할 수 있는 일은 아무것도 없었다.

─네놈을 빨린에서 만났어야 하는데.

포네리는 주먹을 불끈 쥐고 부드득 이를 갈았다. 전투가 치열했던 빨린의 밀림에서 잔톤 같은 놈을 만났다면 살려 보내지 않았을 것이다.

포네리는 핑 눈물이 돌았다. 포네리는 베트남군과의 전투에서 무릎뼈를 다쳐 후방으로 물러난 후 다시는 전선에 나가 싸우지 못했다. 그이후 십년 동안 포네리는 내내 빨린의 해방구 코뮌에서 아이들을 가르쳤다. 크메르 글도 가르쳤지만 크메르루주가 왜 싸우고 있는지에 관한 사상학습도 포네리의 소관이었다. 빨린의 크메르루주가 정부군에 투항하는 바람에 고향인 시하눅빌로 돌아와 품터메이에서 여자를 팔거나 돈이 되는 일이면 무엇이든 들개처럼 기웃거리는 신세가 되었지만 포네리도 한때는 코뮌에서 존경받던 교사였고 혁명군의 전사이지 않았던가.

포네리에게서 자초지종을 들은 삐는 얼추 돌아가는 꼴을 이해했다.
"솜산을 죽인 게 강도가 아니라 잔톤이야? 솜산 오토바이는 자네 집에 있고?"

포네리는 말없이 고개를 끄덕이며 삐의 눈치를 힐끔 살폈다. 삐는 물항아리의 주둥이를 짚고 서 있는 포네리의 얼굴을 뚫어지게 살펴보았다. 같은 혁명군 출신인 것을 알고부터 삐는 포네리와 누구보다도 돈독한 사이를 지켜왔다. 그러나 잔톤에게 솜산을 고자질해 결국은 길바닥에서 개처럼 죽게 만들도록 도운 짓은 선뜻 받아들이기가 어려웠다. 돈이 아무리 좋아도 사람 목숨보다 귀할 리는 없었다. 그런 삐의 낌새를 눈치 챘는지 포네리는 이빨을 악물더니 삐에게 말했다.

"자네 남찐을 하루만 빌려줘."
"왜?"
"그냥. 쓸 데가 있어. 모른 척하고 빌려줘."

삐는 야자나무 사이의 하늘을 한번 보고, 다시 물항아리를 내려다보고 푹, 한숨을 내쉬었다. 잔톤이야 죽어도 마땅한 짓을 하기는 했지만 포네리, 이놈도 정신 나간 놈일세. 품터메이 바닥에서 남찐을, 그것도 헌병대 군인한테 쓰겠다면 누가 봐도 제정신이라고 할 수 없었다. 장담컨대 십분 안에 헌병대 마당에 고꾸라질 것이었다. 그것도 재수가 지독하게 좋아야 그랬다. 십중팔구는 집에서 나오기도 전에 염라대왕 앞에서 삼피부터 올릴 것이었다.

"빌려줘."

포네리의 눈에서는 독기가 풀풀 새어나왔다. 아니, 눈뿐만 아니라 콧구멍에서도 입에서도 귓구멍에서도 독기가 흘러나왔다. 삐는 선 채로 대마 한개비를 또 말아 한모금을 빨고 포네리에게 내밀었다.

"안 피워."

포네리는 강직하게 고개를 흔들었다.

"일단 피워. 그래야 남찐이건 뭐건 줄 테니까."

그 말에 포네리는 쿨룩쿨룩 기침을 하며 대마를 빨았다.

"처음 피우나?"

"빨린에 있을 때는 가끔 피웠지."

"마음이 가라앉아?"

"……응."

삐는 다시 고개를 들어 야자나무 사이를 한적하게 떠가는 뭉게구름을 보았다.

고개를 숙인 삐의 눈에 물항아리 옆에 주저앉아 대마를 피우고 있는 포네리의 성치 않은 무릎이 들어왔다.

─어쩔 수 없지 않은가.

화를 가라앉힌 포네리는 잔톤이 올 시간이 되었다며 힘없이 절룩거리며 품터메이로 돌아갔다.

독립해변에서 멀지 않은 절, 왓끄롬.

모노롬을 달래 돌려보낸 삐는 헤로인을 사려고 프놈펜에 올라가기 전에 왓끄롬에 들렀다. 약속한 대로 자신이 팔았던 헤로인에 목숨을 잃은 베트남 창녀 뚜이안의 명복을 빌기 위해 오 달러의 시주를 할 셈이었다.

불상 뒤편의 보리수나무에서 열댓 마리의 원숭이들이 가지를 오가며 찍찍거리고 있을 뿐 왓끄롬의 마당은 한적하고 평화로웠다.

─뚜이안, 더도 덜도 말고 지옥으로는 가지 말고 천상으로 가라.

삐는 불상 앞에서 두 손을 모으고 절을 올렸다. 그리고 시주함에 오달러를 넣었다. 삐의 마음이 한결 가벼워졌다. 내친김에 삐는 솜산의 넋에게도 명복을 빌었지만 시주는 하지 않았다. 그러나 부처 앞에 만사는 공평한 것이었는지 왓끄롬의 마당에는 솜산을 위해 시주할 사람이 이제 막 차를 몰고 들어서고 있었다. 프놈펜의 택시운전사 뚜옥이었다.

차에서 내린 뚜옥은 누군가 불상 앞에 서 있는 것이 좀 꺼림칙하기는 했지만 그자가 물러서자 엉거주춤한 걸음으로 불상 앞으로 다가갔다. 뚜옥은 허리춤의 끄라마에 감추어둔 돈을 슬쩍 한번 쓰다듬고는 솜산의 명복을 빌었다. 생전 한번도 보지 못했던 사람이긴 했지만 여하튼 억울하게 죽었으니 넋이야 구천을 떠돌기 십상이었다.

─그저 쓸데없이 엉뚱한 곳을 헤매지 말고 댁도 어여 천상으로 가세요.

뚜옥도 불상 앞에서 두 손을 모으고 절을 올린 후 시주함에 돈을 넣었다. 돈을 넣기 전에 뚜옥은 힐끗 뒤로 물러서 있던 삐의 눈치를 본 후 잽싸게 십 달러짜리 한장을 시주함에 넣었다.

"무슨 일로 시주를 하셨소?"

뚜옥이 불상 앞을 물러나오자 뒤에 서 있던 삐가 넌지시 물었다.

"무슨 일은요. 부처님께 장사 잘되게 해주십사……"

예기치 않은 삐의 물음에 뚜옥은 당황해 말을 흐렸다.

"깜뽕사옴 사람이 아니시구만."

슬쩍 뚜옥을 위아래로 훑은 삐가 말했다.

"그렇습니다요. 프놈펜에서 손님을 태우고 내려왔지요."

"택시운전사인지 한눈에 척 알아봤수다."

삐는 팔짱을 끼고 한숨을 낮게 내쉬었다.

"시끄러운 날 오셨수. 오늘 깜뽕사옴에선 사람이 둘이나 죽었다오."

공연히 뒤가 켕긴 뚜옥은 빨리 자리를 뜰 양이었다.

"그게…… 프놈펜에서는 하루에 열 명도 죽지요."

뚜옥은 재빨리 두 손을 모아 낯선 자에게 삼피를 올리고는 마당에
세워둔 차를 향해 종종걸음을 쳤다.

"여보시오."

차문을 막 여는 뚜옥을 삐가 황급히 달려와 붙잡았다. 뚜옥은 어찌
나 놀랐는지 간이 다 쪼그라들 판이었다.

"마침 나도 프놈펜에 가는데 같이 갑시다."

절에 들렀다가 손님도 태우지 않고 곧장 프놈펜으로 올라갈 생각이
었던 뚜옥은 갑자기 나타난 손님으로 적이 당황했지만 곧 마음을 고
쳐먹었다. 공연히 마다했다 오히려 이상하게 비칠지 몰랐다. 삐는 절
한구석의 기둥에 오토바이를 사슬로 묶어 열쇠를 채우고는 낯익은 절
간의 스님에게 잘 보아달라고 부탁한 후 냉큼 뚜옥의 차에 올라탔다.

왓끄롬을 나와 곧바로 4번 국도로 향하는 뚜옥을 보고 삐는 손을 내
저었다.

"어디로 가시오? 이리로 가면 안되는데."

어딜 가든 장거리 택시는 싸루 앞에서 손님을 모아 꾹꾹 채울 수 있는 만큼 채우고 떠나는 것이 상례였다.

"아닙니다요. 급한 연락이 와서 프놈펜으로 올라가던 참이었지요."

뚜옥은 윗주머니에 꼽힌 노키아를 슬쩍 들어 보였다.

"그러쇼? 여하튼 만 리엘 이상은 못 줘."

뚜옥은 당연하다는 듯이 고개를 끄덕이고는 번개처럼 4번 국도를 달리기 시작했다. 눈 깜짝할 사이에 솜산이 처박혀 있던 고랑을 지난 차는 삼십분도 지나지 않아 길이 프놈펜과 깜뽓으로 갈라지는 빌렝을 지나고 있었다.

─이런 식으로 차를 몰면……

4번 국도에 접어들었을 때부터 뒷자리의 삐는 골똘히 생각에 잠겼다. 운전석이 오른쪽에 붙은 일제 차로 위험한 추월을 밥 먹듯이 하면서 뚜옥은 백미러로 슬쩍 뒤에 앉은 삐의 얼굴을 훔쳐보았다. 뚜옥이 보기에 삐의 얼굴은 파랗게 질려 있었다. 뚜옥은 어깨가 우쭐해졌다. 차창 밖으로 달구지와 오토바이와 차들이 지나갔다. 그곳으로 시선을 붙박은 삐는 말이 없었다. 한시간쯤 지나 뚜옥의 차가 쁘놈 뚤사옹(뚤사옹 산) 근처에 이르렀을 때였다.

뒷좌석의 삐가 뚜옥에게 말했다.

"천천히 갑시다."

뚜옥은 아랑곳하지 않고 차를 몰았다.

"걱정일랑 붙들어 매세요. 내가 차만 십년을 몰았어요."

차를 몬 지 겨우 다섯달밖에 되지 않았지만 뚜옥은 허풍을 쳤다.

"천천히 가자니까."

"아 글쎄, 걱정하지 말아……요."

뚜옥의 목에 서늘한 막대기 같은 것이 와닿았다. 뚜옥은 당장은 그 막대기가 정확하게 무엇인지 몰랐지만 섬뜩한 느낌에 본능적으로 브레이크를 밟았다. 차가 심하게 휘청이는 바람에 목을 찌른 막대기는 잠시 뚜옥의 목을 떠났다가 다시 돌아왔다.

"아이쿠."

뚜옥은 목을 찌르고 있는 것이 권총인 것을 알고는 머릿속이 아득하고 막막해졌다. 명복도 빌고 시주도 했건만. 한줄기 원망이 가슴속을 저며들며 뚜옥의 눈에 눈물이 핑 돌았다. 필시 죽은 자의 손에서 돈을 빼낸 자신을 하늘이 벌하는 게 분명했다.

—그래도 그렇지 이 벌건 대낮에.

남찐을 뚜옥의 목에서 거둔 삐는 여전히 총구를 뚜옥에게 겨누고 길가에 차를 세우라고 명령했다. 이미 절반은 혼이 나가버린 뚜옥은 삐가 시키는 대로 할 수밖에 없었다. 재수없게도 산속의 한적한 길이었다.

"이제 천천히 가겠습니다요. 절대 추월도 하지 않겠습니다요. 돈도 받지 않겠습니다요. 공짜로 프놈펜까지 모셔다드리겠습니다요."

뚜옥의 눈에서는 닭똥 같은 눈물방울이 굴러떨어졌다. 죽어버리면 돈이 무슨 소용이란 말인가. 뚜옥의 눈에는 고랑에 처박혀 죽은 솜산의 뒤통수가 떠올랐다. 할머니의 얼굴도 떠올랐다. 부모의 얼굴은 떠오르지 않았다. 기억이 나지 않았다. 뚜옥의 부모는 뚜옥이 두살이 되던 해에 약속한 것처럼 차례로 돌아가셨다.

"나리, 제발."

뚜옥은 두 손을 모아 머리 위로 올려 연신 빌기 시작했다. 그러면서 어쩔 수 없이 생각했다. 총알이 머리에 박히면 얼마나 아플 것인가.

"시끄러! 입만 닥치고 있으면 괜찮아."

삐는 길 쪽에 눈을 박고 남찐의 손잡이로 뚜옥의 머리를 서너 번 두드렸다. 그것이 문제였다. 뚜옥은 무언가 머리에 충격이 오자 비명을 지르며 광란의 상태에 빠졌다. 뚜옥은 허리춤에 숨겨두었던 끄라마 묶음을 삐에게 내밀며 살려달라고 시끄럽게 애원하기 시작했다.

삐는 그런 뚜옥을 진정시키기 위해 뚜옥의 머리를 세게 한번 갈겼다. 세찬 충격이 지나가자 뚜옥은 어리둥절한 상태에 빠졌다. 머리를 더듬어보았지만 피는 묻어나지 않았다. 삐는 주머니에 있던 대마를 능숙하게 한손으로 말아 한모금 빨고는 앞자리의 뚜옥에게 건넸다. 겁에 질려 엉겁결에 시체의 손에서 빼낸 돈까지 고스란히 내놓은 뚜옥은 삐가 내민 대마를 받아들고는 얼이 빠져 어찌해야 할 바를 몰랐다. 삐는 총구를 까닥이며 피우라는 시늉을 했다. 뚜옥은 그제야 대마 한모금을 빨았다. 연속으로 서너 모금을 빨자 목구멍은 아팠지만 확실히 효과가 있었다. 뚜옥은 곧 눈에 띄게 안정을 되찾고는 사뭇 조용해졌다. 그러나 여전히 겁에 질려 있던 뚜옥에게 삐는 조용히 말했다.

"잘 들어. 십분 전에 오토바이 한대를 지나쳐 왔어."

뚜옥은 기억도 하지 못했지만 고개를 마구 끄덕였다.

"이제 그 오토바이가 지나가면 따라가자고."

삐는 또박또박한 말투로 뚜옥에게 지시했다. 그제야 뚜옥은 총을 든 사내가 무작정 자신에게 총질을 할 것 같지는 않아 조금 마음이 놓였다.

삐의 말대로 오분쯤 지났을까, 오토바이 한대가 길가에 세워둔 뚜옥의 차 옆을 한가롭게 지나갔다. 일제 혼다였다. 카키색 군복에 군화까지 신은 사내가 타고 있는 혼다는 삐의 눈에도 낯이 익은 솜산의 오토바이였다. 삐는 이빨을 악물었다.

삐는 뚜옥의 입에 물려 있던 대마를 뺏어 한모금 빨고는 뚜옥에게 거리를 두고 오토바이를 따라가라고 명령했다. 뚜옥은 삐가 시키는 대로 차를 몰았다.

삐는 뚜옥에게 총을 겨누고 차창 밖을 유심히 살폈다. 산굽이를 돌자 이윽고 저 멀리 산 아래 작은 호수가 보였다. 삐는 짧게 명령했다.

"박아."

"예?"

"호수 옆에서 박아. 세게."

"예!"

뚜옥은 총을 든 사내가 하는 말을 정확하게 이해했다. 선택의 여지가 없는 명령이었다. 뚜옥은 차를 몰았다. 내리막길이었기 때문에 어려울 것도 없었다. 가속기 페달을 힘껏 밟은 차는 괴물 같은 소리를 내며 내리막길을 치달았다. 삐는 허리에 잔뜩 힘을 주고 등받이에 몸을 붙였다. 둔탁한 충격에 잠시 비틀거린 차는 요란한 브레이크 소리를 내며 멈추었다.

산으로 둘러싸인 작은 호수 옆으로 반원을 그리며 지나가고 있는 4번 국도 옆에서 삐는 차문을 열려다 문득 생각난 것이 있어 뚜옥에게 고개를 돌리고 물었다.

"자네 담배 피우나?"

"예? 드릴까요?"

"좋을 게 하나도 없으니 이걸로 바꾸게."

삐는 차비 대신에 들고 다니던 작은 대마 봉지를 꺼내 뚜옥에게 주었다.

차에서 내린 삐는 슬쩍 오토바이가 부딪힌 오른쪽을 보았다. 우그러들기는 했지만 생각처럼 심한 것은 아니었다. 삐가 내리자 뚜옥의 차는 잠시 멈추어 있다가 갑자기 요란한 소리를 내며 미친 듯이 달리기 시작해 산을 돌아 곧 삐의 눈에서 사라졌다. 타이어가 타면서 남긴 역한 고무냄새에 삐는 고개를 절레절레 내저으며 중얼거렸다.

"저 녀석, 저렇게 차를 몰다가는 제 명에 못 죽지."

삐는 남찐을 허리춤에 꼽고는 천천히 오토바이가 너부러져 있는 호숫가로 걸어갔다. 문득 삐는 손에 무언가 쥐어져 있다는 것을 알았다. 둘둘 만 끄라마였다. 끄라마를 풀자 꼬깃꼬깃 접힌 백 달러짜리 지폐들이 나왔다. 삐는 걸음을 멈추고 뚜옥의 차가 사라진 길을 한동안 멍하니 바라보았다.

호수 옆은 갈대와 풀들로 무성했다. 벌레들이 땀에 젖은 삐의 얼굴에 들러붙었다. 삐는 주위를 휘 둘러보았다. 사방은 온통 산이었다. 마치 거인들이 호수를 굽어보고 있는 듯했다.

―여하튼.

정신을 차린 삐는 돈을 다시 끄라마에 싸고 남찐의 반대편 허리춤에 꼽았다. 백 달러짜리 지폐뭉치가 허리춤에 있다는 사실을 삐는 실감할 수 없었다.

바람 한점 없어 호수는 거울처럼 잔잔했다.

―너희 둘 모두 천상에 가거라.

삐는 너부러진 오토바이 옆에서 두 손을 모으고 솜산과 뚜이안의 명복을 빌었다. 잔톤은 호수에 빠졌는지 보이지 않았다. 삐는 오토바이를 일으켜 세우며 중얼거렸다.

"시동이 걸려야 할 텐데……"

삐는 허리춤의 돈을 다시 한번 만져보고 차가 사라진 도로를 보며 잠시 동안 우두커니 오토바이 옆에 서 있었다.

그래도
대마는
자란다

도로를 미끄러져 호숫가로 처박힌 오토바이는 시동이 걸리지 않았다. 시체처럼 너부러진 오토바이를 끌어내기 위해 삐는 꽤 애를 먹어야 했다. 오토바이가 처박힌 위치에서 길로 올라서기 위해서는 수직에 가까운 경사 위로 오토바이를 끌어올려야 했다. 혼자 힘으로는 불가능한 일이었다. 삐는 경사가 완만한 곳을 찾아 오토바이를 끌었다. 갈대가 우거진 호숫가의 바닥은 흠뻑 물을 머금은 진흙이어서 오토바이는 힘겹게 끌렸다. 적당한 위치까지 오토바이를 끌어온 삐는 한참을 헐떡거리며 숨을 고른 후 흙투성이인 오토바이를 살폈다. 십분쯤을 의사처럼 오토바이의 여기저기를 헤집고 나자 시동이 걸렸다. 엔진 소리는 매끄럽지 않았다.

—프놈펜까지만 말썽부리지 말고 가자.

시동이 걸린 오토바이에 올라탄 삐는 길 위로 올라온 후 오토바이에서 내려 잔톤을 삼켜버린 호수를 휘 둘러보았다. 호수는 물결 한점 없이 잔잔했고 주변은 적막해 아무 일도 일어난 것 같지 않았다. 삐는 허리춤의 끄라마가 제대로 붙어 있는지 만져본 후 권총을 꺼내 오토바이의 안장 안에 넣고 오토바이에 올라탔다. 기어를 넣고 클러치를 떼자 마치 도망가려는 황소처럼 힘있게 앞으로 내달렸다.

삐는 출발한 지 세시간 만에, 그러니까 해가 지기 전에 프놈펜에 도착할 수 있었다. 벵스렝부터 슬슬 늘어나기 시작한 오토바이와 차들은 삐의 오토바이가 모니레쓰 로(路)에 접어들자 도로를 가득 메우고 있었다. 매캐한 냄새와 귀를 찢는 소음, 그리고 사방에서 끼여드는 오토바이와 차들로 삐는 정신을 차릴 수가 없었다. 초행은 아니었어도 뜨란무이로이의 촌놈인 삐에게 프놈펜은 너무 크고 복잡했다. 또 올 때마다 더욱 혼잡해지고 있는 것이 분명했다.

오토바이며 자동차, 자전거 따위의 바퀴 달린 물건은 모두 쏟아져나와 뒤범벅이 되어 있었다. 모니레쓰 로에서 드골 로로 바뀌는 올림픽 스타디움 네거리를 건너던 삐는 예기치 않게 경찰의 호출을 받았다.

"너, 신호를 위반했어."

경찰복을 입은 사내는 검은색 무전기를 찬 허리에 한손을 얹고 잔뜩 거만한 표정으로 다른 손에 든 검은색 몽둥이를 까닥거리며 위압적으로 삐에게 말했다.

"신호가 뭐요?"

캄보디아에서 세번째로 꼽히는 도시인 시하눅빌에 살고 있고, 또 프놈펜에도 몇번을 왔지만 신호라니? 삐는 처음 듣는 말이었다. 눈이 가로로 찢어진 경찰은 손에 들고 있던 몽둥이로 허공을 가리켰다.

어리둥절한 삐가 몽둥이 끝이 가리키는 곳을 올려다보자 허공에 줄이 가로질러 있고 그 중간에 길쭉한 검은 통이 매달려 있는 것이 보였다. 검은 통에는 불이 박혀 있었는데 얼마나 인색한 불이었는지 삐의 눈에는 해가 져도 도무지 주위를 밝힐 수 있을 것 같아 보이지 않았다.

"저게 신호등이야. 빨간 불일 때는 길을 건너면 안된단 말이야, 이놈아."

경찰은 들고 있던 몽둥이로 삐의 배를 쿡쿡 찔렀다. 찌를 때마다 그는 '바보 같은 놈'이라고 지껄였다. 경찰이 지껄이는 것처럼 바보가 아니었던 삐는 검은 불통의 용도를 얼추 짐작할 수 있었다.

"미안하오. 처음 봐서 몰랐소. 지난번에는 저게 없었는데."

삐는 입맛을 다시며 사과를 했다. 가던 차들이 네거리에서 주춤주춤 멈추던 것을 눈여겨보지 못한 것이 삐의 실수라면 실수였다. 허공에 매달린 불통이야 보았다고 한들 무슨 용도인지 몰랐을 테니 빨간 등이 켜져 있었어도 멈추지는 않았을 것이다.

"신호를 위반하면 벌금을 내는 것이 법이야."

멀뚱하게 경찰의 얼굴을 바라보고 있던 삐에게 경찰은 벌금을 내라고 했다.

"벌금?"

삐의 몰골과 혼다 오토바이를 훑은 경찰은 대뜸 오 달러를 내라 했다. 삐는 어이가 없었다. 오 달러라니? 하루벌이 아닌가.

"이놈, 벌금을 내지 않으면 감옥에 처넣을 테다."

경찰은 늑대처럼 으르렁거렸다. 삐는 속이 뒤틀렸지만 아무 말 없이 주머니에서 십 달러짜리 한 장을 꺼내 내밀었다. 경찰은 돈을 받아 주머니에 찔러넣고는 가보라는 듯 몽둥이를 까닥거렸다.

"거스름돈 주시오. 십 달러 주었잖소."

삐는 거스름돈 오 달러를 받기 위해 손을 내밀었다. 그 위로 사정없이 경찰의 몽둥이가 날아왔다. 삐는 손등에 격심한 충격을 느끼며 오토바이와 함께 뒤로 넘어졌다.

"이놈이 어디서 뻔뻔하게 거짓말을 해. 네놈이 준 건 일 달러짜리였어."

경찰은 길바닥에 침을 뱉으며 흉하게 자빠진 삐를 향해 주변 사람들이 모두 들으라는 듯이 성난 목소리로 크게 외쳤다. 그 순간 삐는 정해진 벌금이 일 달러라는 것을 알아챘다. 뒤로 넘어진 삐의 머리에 오토바이 안장 안에 넣어둔 권총이 떠올랐다. 삐는 격렬한 증오로 온몸의 피가 모두 머리로 솟구치는 것을 느꼈지만 허리춤의 끄라마에 싸인 돈뭉치가 삐의 충동적인 살의를 눌렀다. 거스름돈은 포기하고 이 자리를 떠나는 것이 현명했다. 삐는 벌레처럼 길바닥을 비비적거리며 일어나 이제 막 참을 수 없는 통증으로 저려오기 시작한 왼손을 겨드랑이 사이에 구겨넣고 오른손으로 오토바이를 힘겹게 일으켜세웠다. 화가 머리끝까지 치밀어올랐지만 삐는 잠자코 오토바이에 올라 시동을 걸었다. 땅바닥을 구른 삐의 셔츠와 바지는 온통 흙투성이였다. 경찰은 야비한 미소를 지으며 그런 삐를 외면했다.

삐는 몽둥이에 얻어맞은 왼손을 사타구니 밑에 집어넣고 한손으로 힘겹게 오토바이를 몰아 왓프놈 아래의 51번가로 향했다. 열을 받은 삐의 뒷덜미가 뻑뻑하게 굳어왔다. 철면피한 놈들. 시하눅빌의 경찰은 적어도 큰길에서 대놓고 돈을 빼앗지는 않았다. 곤봉으로 얻어맞은 왼손은 시간이 지날수록 바늘로 찌르듯이 쑤셔왔지만 길은 계속 붐비고 삐의 오토바이는 그리 빠르게 앞으로 나가지 못했다.

삐가 51번가의 톰나웃(종려나무) 까페에 도착했을 때에는 이미 해가 넘어가고 있었다. 삐는 하늘을 향해 치솟은 종려나무 두 그루가 서 있는 뒷마당으로 들어섰다. 오토바이를 세우던 삐의 시선이 문득 종려나무 뒤편에 머물렀다. 낯익은 풀, 대마였다. 아무도 손을 대지 않은 대마는 벌써 허리춤을 넘어 자라고 있었다. 삐는 무심코 사방을 두리번거렸다. 어디서 씨가 날아왔을까. 까페를 오가던 마른 대마에 묻어 있던 씨가 떨어졌을지도 모를 일이다. 삐는 사람 손바닥을 닮은 어린 대마잎을 쓰다듬었다. 뜨란무이로이의 대마농장에서 일하던 기억이 떠올랐다. 생명력이 끈질겨 아무리 척박한 땅이라도 씨만 보듬을 수 있으면 어디서나 쑥쑥 크는 대마지만 프놈펜의 한구석에서 허리춤을 넘겨 자라고 있는 대마를 보다니. 삐는 욱신거리는 왼손으로 대마잎 한장을 따서 손 안에 쥐었지만 통증은 가라앉지 않았다.

삐는 뒷문을 열고 톰나웃 까페에 들어섰다. 비세쓰는 보이지 않았다. 끄라반 산에서의 동지이기도 했던 비세쓰는 삐가 뜨란무이로이로 떠날 때 안롱웽으로 갔다. 삼년 뒤 비세쓰는 시하눅빌의 삐를 찾아왔다. 뜨란무이로이에서 물어물어 찾아왔다고 했다. 삐는 눈물이 나게 반가워 한참을 말도 못하고 비세쓰의 얼굴만 보고 있다가 그만 그렁그렁한 눈물을 떨구고야 말았다.

"어떻게 지냈는지 말을 할라치면 열흘 밤은 꼬박 세워야 할 거네."

여하튼 안롱웽의 혁명군도 괴멸당하고 난 후 비세쓰는 투항할 기회가 있기는 했지만 그러지 않았다고 했다. 삐가 함께 지내자고 간곡하게 부탁을 했지만 비세쓰는 안롱웽에서 알게 된 사람들이 프놈펜에 있다며 프놈펜으로 올라갔다. 일년 전부터 비세쓰는 톰나웃 까페에서 일하고 있었다. 외국인들이 자주 들락거리는 까페로 제법 장사가 잘

되는 편이었다. 비세쓰는 툼나웃 까페의 지배인으로 일하면서 까페를 출입하는 외국인들에게 대마며 헤로인을 팔아 벌이가 괜찮았다. 비세쓰는 언제나 최고급의 대마와 헤로인만을 팔았다. 대마나 헤로인 같은 물건은 조금 비싸도 좋은 물건을 팔아야 한다는 것이 비세쓰의 주장이었다. 건초와 다를 바 없는 대마나 불순물이 섞인 헤로인은 사람에게 좋지 않았기 때문에 비세쓰는 그런 물건들은 취급하지 않았다. 캄보디아에는 양귀비 농장이 없었다. 헤로인은 모두 라오스나 미얀마에서 들어왔다. 라오스에서 메콩 강을 따라 들어오는 헤로인은 스텅트렁을 거쳐 대부분은 유럽이나 미국으로 흘러나갔다. 스텅트렁의 군인들은 물론 프놈펜의 군인들도 헤로인으로 큰돈을 만졌다. 비세쓰는 스텅트렁의 아는 사람에게 헤로인을 받아 팔았다. 삐도 비세쓰에게서 헤로인을 같은 가격에 구했다.

"비세쓰를 찾아왔나?"

어두운 까페 안으로 들어가자 여간해서는 이 시간에 보기 어려운 툼나웃 까페의 주인이 불쑥 나타나 삐를 보고 아는 체를 했다. 삐는 두 손을 모으고 주인에게 인사를 했다. 찌르르 왼손이 울려 삐는 자신도 모르게 미간을 찌푸렸다. 눈치 빠른 주인은 단박에 퉁퉁 부어오르고 있는 삐의 왼손을 알아봤다.

"무슨 일로 다쳤나?"

삐는 별로 내키지 않았지만 나이 많은 주인이 묻는 말이라 떠듬떠듬 방금 전에 경찰에게 당했던 일을 간단하게 주워섬겼다.

"저런, 십 달러라니 너무 비싸게 물지 않았나."

툼나웃 까페 주인은 짐짓 놀라는 척을 했지만 더이상의 관심은 보이지 않고 대신 문 밖을 기웃거렸다. 삐가 둘러본 까페 안에는 손님이

한명도 보이지 않았다. 늘 북적거리던 당구대도 비어 있고 높은 의자
가 줄지어 놓여 있는 바에도 사람이 없었다. 삐는 비세쓰가 올 때까지
기다리기로 하고 까페 한구석의 테이블에 자리를 잡고 앉아 대마를
한대 말아 피우려고 했지만 호주머니는 비어 있었다. 삐는 택시운전
사에게 갖고 있던 대마를 모두 준 것을 기억했다. 왼손이 계속 욱신거
렸기 때문에 삐는 일어나 주인에게로 갔다.

"간차 좀 주시지요."

"간차? 간차라……"

주인은 무언가에 정신이 팔려 삐가 하는 말을 제대로 듣고 있는 것
같지도 않았다. 삐는 좀 짜증스러워졌다. 까페 한구석에 늘 대마가 쌓
여 있지 않았던가. 문득 분위기가 이상한 것을 눈치 챈 삐는 다시 한
번 까페를 자세히 둘러보았다. 특별히 이상한 것은 눈에 띄지 않았다.
다만 의자들이 이리저리 흩어져 있고 주인밖에는 아무도 없는 것이
이상했다.

"다들 어디 갔습니까?"

"………"

삐의 물음에 한동안 입맛만 다시던 주인은 한숨을 푹 내쉬더니 말
문을 열었다.

"글쎄, 일하는 애들이 모두 도망갔지 뭔가."

"도망을 가요?"

"한시간 전에 경찰 너댓 명이 들어와서는 한바탕 쑤시고 갔다는데,
그리고 나선 애들이 다 도망을 갔어."

"비세쓰는요?"

"글쎄, 비세쓰는 경찰이 잡아갔다고 하더군."

산 넘어 산이로군. 삐는 조금 풀렸던 뒷덜미가 다시 뻑뻑해졌다. 주인이 연신 주위를 살피며 두서없이 늘어놓은 자초지종은 이랬다. 돈이 없어 경찰에게 넉달인가 보호비 명목의 뇌물을 먹이지 못하고 차일피일 미루었는데 오늘은 느닷없이 들이닥쳐서 돈을 내고 찾아가라고 비세쓰를 잡아갔고 비세쓰가 잡혀가는 것을 보고 모두들 꽁지가 빠져라 도망을 갔다는 것이다. 그나마 그중 한명이 주인에게 연락을 주어 이제 막 나왔다고 했다.

"비세쓰는 왜 잡아가요? 주인도 아닌데."

경찰이 비세쓰를 잡아갔다는 말에 삐는 다시 가라앉았던 화가 치밀어올랐다. 아무 생각 없이 쳐들어와서는 주인이 없으니 지배인이랍시고 비세쓰를 잡아간 것이 뻔했다.

"그럼, 이렇게 계시면 어떻게 합니까?"

삐는 마음이 급해졌다.

"글쎄. 나도 우선은 도망을 가긴 갈 판인데 가게가 걱정돼서 이러고 있네. 문을 닫아도 안에 지키고 있는 애들이 있어야지."

건성으로 고개를 끄덕이던 주인은 문 쪽을 기웃거리며 안절부절못하고 있었다. 잡혀간 비세쓰를 찾을 생각은 않고 도망갈 궁리나 하고, 사람보다 가게에 더 정신이 팔려 있는 주인을 보고 어이가 없어진 삐는 또 부아가 치밀어올랐다. 주인이란 작자가 일하던 사람이 잡혀갔는데 도망갈 생각부터 하고 있다니. 따끔하게 한마디 하려는데 전화벨이 요란하게 울렸다.

"자네가 받게."

주인은 삐에게 전화통을 내밀었다. 삐는 마지못해 전화통을 받아들고 수화기를 들었다. 신경질적인 목소리가 흘러나왔다.

"오늘중으로 비세쓰란 놈 데려가지 않으면 머리에 구멍을 뚫어서 바싹 강에다 처넣어버릴 거야."

이쪽은 한마디도 하지 않았는데 전화는 툭 일방적으로 끊겼다. 삐는 이제 골치가 지끈거리고 속까지 무두질을 하듯 쓰려왔다. 주인을 노려보던 삐는 단도직입으로 짤막하게 말했다.

"경찰서에 가서 밀린 돈 주고 비세쓰 데려오쇼."

주인 입에서 가타부타 군소리라도 늘어진다면 뒷마당의 오토바이에서 권총이라도 꺼내올 참이었다. 비세쓰에게 들어 프놈펜의 물정을 약간은 알고 있는 삐가 볼 때에도 까페를 하면서 넉달씩이나 경찰에게 돈을 주지 않다니 돌지 않고는 할 수 없는 일이었다. 그쯤이면 경찰도 공갈이 아니라 진짜 비세쓰를 죽여버릴지도 몰랐다. 재수가 좋아서 목숨은 건지더라도 사지 중에 어디 하나 절단이 나지 않는다고 장담할 수 없었다. 화가 머리끝까지 치미는 중에도 삐는 자신이 오늘 프놈펜에 온 것이 비세쓰를 도우라는 부처님의 뜻이라고 생각했다.

거친 숨소리를 씩씩 내뿜고 있는 삐 앞에서 멍청하게 서 있던 주인이 갑자기 푹 바닥에 주저앉으며 마른눈물을 흘렸다.

"에구, 이 사람아. 낸들 그러고 싶지 않겠는가. 하지만 돈이 없어. 경찰이 아니더라도 빚쟁이 손에 내 목숨도 오늘내일하고 있네."

빚? 삐는 말문이 턱 막혔다. 툼나웃 까페라면 한달 수입만 해도 이천 달러는 훌쩍 넘을 텐데 빚이라. 삐는 직감으로 툼나웃 까페의 주인이 도박으로 패가망신하기 직전임을 알아챘다. 넉달 동안이나 경찰에 뇌물을 주지 않았다고 말했을 때 눈치를 챘어야 했다. 주지 않은 것이 아니라 못 주었던 것이다. 삐는 바닥에 주저앉은 주인을 일으켜세워 의자에 앉혔다.

"얼마요?"

"뭐가?"

"한달에 얼마씩 주었소?"

"……백 달러."

—그놈의 장사, 더럽게도 잘되었던 모양이군. 한달에 백 달러라니.

삐는 허리춤의 끄라마를 더듬었다. 돈이 수중에 있어 삐는 감사했다. 삐는 잠시 동안 머리를 굴리다가 뒷문으로 나가 오토바이에 올라탔다. 주춤주춤 삐를 따라나온 주인이 그런 삐를 멍한 눈으로 지켜보다 무슨 생각이 떠올랐는지 다급하게 삐의 손을 부여잡았다.

"자네 어딜 가나? 나 대신 가게나 봐주면 안되겠는가? 내 나중에 돈은 좀 줌세. 도둑놈들이 털어가면 어쩌는가."

삐는 기가 막혔다. 주인에게 비세쓰는 안중에도 없었다. 경찰놈들도 경찰놈들이었지만 주인놈도 주인놈이었다. 사람이 죽어 돌아올지 안 돌아올지도 모르는 판에 가게 타령이라니. 삐는 차가운 목소리로 주인에게 물었다.

"이 집에 오는 경찰 이름이 뭐요?"

"경찰서에 가게? 자네 미쳤나?"

주인은 펄쩍 뛰었다. 공연히 말썽을 부리면 그나마 돌아갔던 경찰이 다시 와서 무슨 짓을 할지 몰랐으므로 그는 오토바이 핸들을 부여잡고 늘어졌다. 삐는 인정사정 보지 않고 성한 오른손으로 주인의 턱을 후려갈겼다. 주인이 보기 좋게 뒤로 나동그라지는 것을 보고 삐는 시동을 걸고 51번가로 나왔다.

경찰서가 어디에 있는지 몰랐던 삐는 두 번을 헛걸음했다. 첫번째는 엉뚱하게 경찰청을 찾아가 문전에서 쫓겨났고 두번째는 관할 경찰서가 아니어서 쫓겨났다. 어디에서나 삐는 개만도 못한 취급을 받았다. 그나마 두번째 경찰서의 마당에서 만난 누군가가 툼나옷 까페를 관할로 하고 있는 경찰서의 위치를 자세히 알려주었기에 삐는 세 번 만에야 제대로 찾아갈 수 있었다.

경찰서 마당에 오토바이를 세운 삐는 우두커니 서서 창문마다 불이 켜진 납작한 이층 건물을 바라보며 바지주머니 속의 백 달러짜리 지폐를 손끝으로 다시 한번 헤아렸다. 넉 장. 틀림없었다. 만일을 알 수 없는 일이라 나머지 돈은 신발 바닥에 넣었다. 삐는 단단히 신발끈을 조이고 입구로 걸음을 옮겼다. 입구에는 작은 창문이 달린 초소가 있었다. 초소 안의 경찰에게 툼나옷 까페에서 왔다는 말을 하자 힐끗 삐의 얼굴을 훑어본 그는 책상 위의 무전기를 집어들고 무어라 떠들더니 이층 오른쪽 끝에 있는 방으로 가라고 이르고는 내던지듯이 무전기를 책상 위에 놓았다. 일층 복도의 양편은 안이 들여다보이지 않는 창문을 매단 방들이 줄지어 있었다. 복도 끝의 계단으로 발을 딛는 삐의 귀에 어디선가 죽어라 비명을 지르는 소리가 들렸다. 비명은 복도에서 웅웅 울렸기 때문에 어디에서 들리는 것인지 알 수 없었지만 삐의 귀에는 마치 비세쓰가 지르는 비명처럼 들렸다. 삐는 서둘러 걸음을 옮겨 이층으로 올라갔다. 이층 역시 마찬가지로 양편에 안이 보이지 않는 방이 줄지어 있었다.

오른쪽 끝에 있는 방의 문을 조심스럽게 밀자 문틈 사이로 비세쓰의 얼굴이 먼저 눈에 들어왔다. 걱정했던 대로 얼굴이 엉망이었다. 소총 개머리판에라도 얻어맞았는지 찢어진 이마와 얼굴은 피로 범벅이 되어 있었다. 구석의 벽에 머리를 기대고 잔뜩 웅크리고 있던 비세쓰와 삐의 눈이 마주쳤다. 비세쓰의 눈이 놀라움과 기쁨으로 둥글게 벌어졌다. 삐는 슬쩍 힘을 주어 문을 절반쯤 열었다. 맥주 냄새가 코를 찔렀다. 중앙의 탁자에서는 한창 포커판이 벌어지고 있는 중이었다. 얼마나 열중하고 있던지 탁자에 둘러앉아 있던 다섯 명의 경찰들 중 아무도 삐가 들어선 것을 알아채지 못했다. 트럼프에 코를 처박고 제 놈들끼리 눈을 부릅뜨고 포커를 치고 있는 꼴이 가관이었다. 그런 삐의 눈에 문 옆의 벽에 기대어 있던 AK-47 소총 두 자루가 들어왔다. 삐는 눈을 감았다.

평생을 농사꾼으로 살다 돌아가신 삐의 아버지가 삐의 형에게 말한 적이 있었다.

"얘야, 관청 주변에는 눈길도 주지 말고, 행여 관리가 될 생각은 꿈에도 하지 마라. 관리란 늘 사람들의 미움을 받게 마련이고 종장에는 제 명에 죽기 어려운 자들이다. 진정으로 부자가 되는 길은 농사를 짓는 것이다."

삐는 크게 숨을 들이쉬었다. 아버지 말이 옳을 것이다. 마을에서 가장 현명한 분이었으니까. 내가 아니더라도 어차피 제 명에 죽을 놈은 이 자리에 없을 것이다. 삐는 인기척을 내느라 흠흠 헛기침 소리를 냈다.

"뭐야?"

탁자에 둘러앉아 있던 경찰들 중 사복을 입은 자가 고개를 들었다.

"툼나옷 까페에서 왔소."

삐는 주머니에서 백 달러짜리 네 장을 꺼내 내밀었다.

"그 돼지 같은 놈, 이제야 제대로 하는군."

돈을 챙겨 주머니에 구겨넣은 사복이 구석에 처박힌 비세쓰를 데리고 나가도 좋다는 신호로 손가락을 까닥이고는 다시 손에 든 트럼프에 눈을 박았다. 비세쓰는 끙 신음소리를 내며 구석에서 일어섰다. 제대로 몸을 가누지 못하고 휘청이는 꼴이 보통 당한 것이 아니었다. 삐는 비세쓰의 팔을 어깨에 걸고 방을 빠져나왔다. 이마만 찢어진 것이 아니라 다리도 어찌 되었는지 비세쓰는 제대로 걷지도 못했다.

"혹시나 하긴 했는데 믿을 수가 없군. 주인이 순순히 돈을 주던가? 도박판에서 돈을 따기라도 했나? 오늘만 기다려보고 기별이 없으면 내 오토바이라도 팔 생각이었어."

경찰서 마당에 세워둔 오토바이의 뒷자리에 올라타면서 비세쓰는 쿨룩쿨룩 기침을 토해냈다. 삐가 오토바이를 몰고 경찰서를 빠져나와 툼나웃 까페로 향하는 것을 눈치 챈 비세쓰는 삐의 옆구리를 찔렀다.

"툼나웃 까페로는 가지 말게. 저 죽일 놈들한테 한번 된통 당하고 나니 아주 끔찍해지는군. 경찰이 아니더라도 찾아올 놈들이 많아. 경찰놈들보다 더하면 더했지 덜할 놈들이 아닐세."

"답답한 친구, 그런 일이 있을 줄 알았으면 진작 그만둘 일이지 왜 계속 있었어?"

삐는 안쓰럽기도 하고 슬그머니 부아가 치밀기도 해서 미간을 찌푸리며 혀를 찼다.

"모르는 소리 하지 말아. 나도 삼천 달러를 주인에게 물렸어. 내 전재산이야. 그 돈도 돌려받아야 하고 그간의 정리도 있고 해서 차일피일했던 건데…… 빌어먹을, 주인이 나가 카지노에 들락거리는 걸 일찍 알기만 했어도."

삐의 허리를 움켜쥔 비세쓰의 손에 힘이 들어갔다. 오토바이를 몰던 삐의 입에서 저절로 한숨이 새어나왔다. 삐의 등판에 얼굴을 기대고 있었기 때문에 삐의 한숨을 들은 비세쓰가 삐의 등을 두드렸다.

"이 친구야, 걱정할 필요 없네. 툼나웃 까페가 주인 건물이니까 처분하면 못해도 팔만 달러는 나올 걸세. 다 알아봤어. 그러니 내 돈 돌려받는 것쯤이야 어려운 일이 아니지."

비세쓰는 짐짓 자신있는 말투로 말했지만 그것이야말로 기대하기 난망한 일이었다. 마침 강변도로를 달리고 있는 삐의 눈에 저 멀리 똔레삽 강에 떠 있는 화려한 선상 카지노의 불빛이 눈에 들어왔다. 소문으로 나가 카지노에서 몇만 달러 정도 잃은 것으로는 잃었다는 말도 변변히 꺼내지 못한다고 했다. 툼나웃 까페의 주인이 언제부터 나가 카지노를 들락거렸는지 삐로서야 알 수 없는 일이었지만 모르긴 해도 팔만 달러짜리 건물은 이미 누군가의 손으로 넘어가버린 지 오래일 것이다.

삐는 오토바이를 모니봉 로 뒤편에 있는 비세쓰의 집으로 몰았다. 비세쓰는 식민지 시절에 지어진 허름한 벽돌집의 방 하나를 얻어 살고 있었다. 삐는 비세쓰부터 방에 눕히고 끄라마에 물을 적셔 이마의 피부터 닦았다. 오 센티미터 정도가 찢어진 이마의 상처에서 다시 피가 배어나왔다. 정강이에 금이 갔는지 다리도 심하게 부어올랐다. 비세쓰는 쉬지 않고 기침을 했다. 가슴을 만져보니 오른쪽 갈비뼈가 부러진 듯도 했다. 눈에 보이지 않는 상처가 무서운 법이었다.

"병원에 가야겠다."

삐는 다시 비세쓰를 들쳐업으려 했지만 비세쓰는 한사코 고개를 흔들었다.

"돈도 없이 가봐야 문에서 쫓겨날 게 뻔해. 이대로 누워 있으면 며칠이면 나을 거네. 괜찮아."

"내게 돈이 있어."

삐는 비세쓰의 어깨를 두드리며 신발 안의 발을 꿈지럭거렸다. 비세쓰는 믿지 않았다.

"염려 말아. 프놈펜에서 이 정도 얻어맞고 병원에 가면 사람들이 모두 웃는다네."

비세쓰는 억지로 얼굴에 웃음을 지었다. 쿨럭, 다시 기침을 하는 비세쓰의 입에서 붉은 피가 점점이 튀어나왔다. 얼굴이 창백했다. 삐는 아무 말 없이 비세쓰를 들쳐업었다. 정신이 흐려지는지 비세쓰의 머리가 삐의 어깨에서 축 늘어졌다. 밤이 되었는데도 셔츠가 땀으로 축축하게 젖는 지랄같은 밤이었다. 삐는 오토바이에 비세쓰를 태우고 자신의 허리와 비세쓰의 허리를 끄라마로 단단히 묶고 모니봉 로로 나섰다.

병원이 어디에 있는지 몰랐던 삐는 몇번인가 길을 물어 비세쓰와 함께 병원에 도착했다. 잔디밭 사이에 벽돌을 깔아 만든 길을 따라 병원의 현관 앞에서 삐는 허리에 묶었던 끄라마를 풀었다. 삐는 비세쓰를 들쳐업고 현관으로 들어섰다. 현관은 물론 복도에까지 환자들과 환자들을 데려온 사람들로 가득했다. 벽에 기대어 피를 흘리고 있는 사람, 그 앞에서 얼굴을 싸안고 울며 발을 구르고 있는 여자, 바닥에 누워 숨을 헐떡이고 있는 노인, 어린아이를 품에 안고 넋이 나간 듯 허공만 바라보고 있는 여인. 울음과 한숨, 고함과 비명, 아우성 그리고 신음소리가 뒤섞인 병원 현관은 말 그대로 지옥이었다. 병원 안은 소독약 냄새와 피비린내, 고름 썩는 냄새와 화약 냄새 따위가 섞여 코를 찔렀지만 삐는 눈앞에 펼쳐진 기막힌 광경에 그것을 느끼지도 못하고 우두커니 서 있었다. 그의 옆에는 셔츠가 온통 피에 젖은 청년이 배를 움켜쥐고 쓰러져 있었다. 이빨을 악물고 고통을 참아내고 있는 청년의 일그러진 얼굴은 땀으로 번들번들 빛이 났다. 삐의 눈이 청년의 시선과 마주쳤다. 검은 눈동자는 깊이를 알 수 없는 두려움과 고통으로 흔들리고 있었다. 삐는 자신도 모르게 고개를 돌렸다. 청년이 쓰러져 있는 옆에 아버지인 듯한 노인이 쭈그리고 앉아 청년의 손을 쥐고 있었다. 온통 주름으로 가득한 노인의 야위고 검은 얼굴은 수심으로 그득했다.

"뭘 하세요? 의사에게 데려가세요."

삐가 노인에게 말했다. 노인은 고개를 들고 넋이 나간 표정으로 물끄러미 삐를 바라보았다. 문득 정신이 든 삐는 바삐 걸음을 옮겼다. 사람들 사이를 헤집고 응급실을 찾아간 삐는 마침 앞을 지나는 의사를 붙들었다. 하얀 가운을 입고 목에 청진기를 건 의사는 힐끗 삐와 등에 업힌 비세쓰를 보고는 삐의 손을 뿌리쳤다. 삐는 등을 돌린 의사의 옷자락을 잡았다.

"여기, 돈 있소."

삐는 백 달러짜리 한장을 꺼내 의사의 턱 밑에 내밀었다. 주머니에 양손을 꽂은 의사는 돈을 받지 않았다. 대신 인상을 찌푸린 채 응급실 문을 향해 턱을 까닥이며 말했다.

"환자는 여기 두고 수속부터 밟고 와."

삐는 비세쓰를 비어 있는 침대 위에 눕히고 의사의 팔을 잡았다.

"수속인지 뭔지는 하고 올 테니 이 사람 좀 잘 보아주시오."

의사는 대답 대신 침대에 누운 삐의 셔츠를 열고 청진기를 들이댔다. 한쪽 손은 여전히 주머니에 꽂은 채였다. 응급실을 나온 삐는 군복을 입은 경비에게 물어 병원 사무실에서 오 달러를 주고 수속이란 것을 밟았다. 환자의 이름이며 주소를 물어본 카운터의 여자는 종이 쪽지 한장을 내밀었다. 내용은 볼 것도 없이 쪽지를 낚아챈 삐는 한달음에 비세쓰가 있는 응급실로 뛰어갔다. 의사는 무성의하게 삐에게 말했다.

"갈비뼈가 부러졌는데 폐를 찔렀어. 그대로 두면 숨을 못 쉬어 죽어. 수술을 해야 해."

"어쩌란 말이오?"

의사는 주머니에서 수첩을 꺼내 뭐라고 끄적이더니 삐에게 내밀었다.

"이걸 가져가서 돈을 내고 오면 수술할 수 있어."

삐는 알 수 없는 문자가 무성의하게 휘갈겨진 종이를 손에 쥐자 갑자기 화가 치밀어올랐다. 사람이 죽어갈 판인데 시종일관 돈타령이나 하다니. 삐는 의사의 멱살을 잡아 바닥에 패대기치고 싶은 생각이 간절했지만 지금은 그럴 때가 아니었다. 지금은 비세쓰의 일이 더 급했다. 수술을 하지 않으면 죽는다는 말이 반복해서 삐의 머리를 맴돌았다. 젠장. 그래도 다행이지 않은가. 수술을 하면 산다는 말이니까. 삐는 바야흐로 더러운 침대 위에 옆으로 누워 사경을 헤매고 있는 비세쓰에게 고개를 돌렸다. 창백한 얼굴의 비세쓰는 의식이 없는 중에도 연신 기침을 하며 고통스럽게 몸을 움찔거렸다. 삐는 종이쪽지를 쥐었던 손에 힘을 풀고 다시 응급실 문을 나와 뛰었다. 뛰는 중에 누군가의 발에 걸려 보기 좋게 나동그라질 뻔한 것을 용케 균형을 잡고 뒤를 돌아보았다. 번잡한 복도의 벽에 중년의 사내가 기대어 있었다. 절반쯤 눈을 뜬 사내의 얼굴은 이미 혼이 나간 죽은 자의 얼굴이었다. 삐는 문득 시하눅빌의 왓끄롬에서 "프놈펜에서는 하루에 열 명도 죽지요"라고 말했던 택시운전사의 얼굴이 떠올랐다.

　─열 명? 백 명이 죽어나가지 않으면 다행이다.

　삐는 누구에게랄 것도 없이 이빨을 으드득 갈았다. 삐는 다시 뛰었다.

　삐가 원숭이처럼 뛰어다닌 까닭에, 아니 삐가 병원이 요구하는 오백 달러를 지불했기 때문에 비세쓰는 늦기 전에 수술실로 들어갈 수 있었다. 수술실 앞에서 비로소 삐는 숨을 돌릴 수 있었다. 하루 동안 그에게 벌어진 적잖은 일들로 삐는 물먹은 솜처럼 지쳐 있었다. 삐는 수술실 앞의 긴 나무의자에 앉아 멍하니 천장을 보고 있다가 깜빡 잠에 빠져들었다.

　삐는 꿈에서 천상의 처녀를 만났다. 처녀의 주변은 온통 하얀 빛으로 일렁거렸다. 삐는 처녀 앞에 무릎을 꿇고 엎드려 말했다.

　"당신은 천상에서 온 분이니 비세쓰를 살려주세요."

　고개를 들자 처녀가 손을 내밀었다. 길고 아름다운 손가락이었다. 천상의 처녀가 한번도 들어본 적이 없는 부드럽고 인자한 목소리로 말했다.

　"비세쓰를 살리고 싶으냐?"

　두말할 나위가 없었다. 삐는 눈물을 흘리며 처녀에게 간구했다.

　"그렇다면 돈을 내야지."

　탁하고 갈라진 목소리가 삐의 머리를 때렸다. 고개를 드니 천상의 처녀는 온데간데없고 갑옷을 입은 흉측한 몰골의 야마(염라대왕)가 코를 씰룩거리며 털이 숭숭 난 손을 내밀고 있었다. 야마에게는 팔이 수도 없이 많았다. 삐는 비명을 질렀다. 허리춤을 뒤졌지만 권총은 잡히지 않았다.

"돈을 내야지 이놈아."

야마는 고함을 치며 헤아릴 수 없이 많은 주먹을 한꺼번에 휘둘렀다. 삐는 본능적으로 왼손을 들어 야마가 내리치는 주먹들을 막았다. 엄청난 통증이 느껴졌다. 삐는 긴 의자에서 떨어져 바닥을 구르다 꿈에서 깨어났다. 야마의 주먹을 막은 왼손을 들어보니 시커멓게 멍이 들고 부어올라 보기에도 끔찍했다. 별난 야마를 다 보겠군. 삐는 중얼거렸다. 볼일이 있다면 비세쓰를 저 꼴로 만든 경찰이나, 그도 아니면 툼나웃 까페 주인한테나 가볼 일이지. 바닥에서 일어나 긴 의자에 앉은 삐는 카악 침을 돋아 바닥에 뱉었다.

비세쓰는 하루가 지나서야 정신이 돌아왔다. 통증으로 제정신이 아니었지만 이제 죽을 것 같지는 않았다. 더이상 기침도 하지 않았고 피도 토하지 않았다. 삐는 안도의 숨을 내쉬었다. 비세쓰를 살릴 수 있는 돈이 수중에 있었던 게 얼마나 다행스러운 일이었는지를 생각하며 삐는 끄라마에 싸인 돈뭉치를 자신에게 내밀었던 택시운전사에게 진심으로 감사했다. 그자는 사람이 아니었을지도 모를 일이라고 삐는 생각했다.

뜨란무이로이. 분타가 관리하는 농장은 적적했다. 대마밭은 추수가 끝난 지 오래이고 추수한 대마들은 모두 잎을 훑어 말린 후 자루에 담거나 그대로 창고에 쌓았다. 일이 끝나 일꾼들은 모두 산을 내려가고 분타네 식구들만 농장에 남아 있었다. 일꾼들은 트럭이 올 때만 농장에 왔다. 대마는 벌써 몇차례 트럭에 실려 산을 내려갔다. 경험에 따르면 당분간은 트럭도 올 일이 없었다. 분타는 창고에서 삐에게 부탁받은 십 킬로그램의 대마를 고르고 있었다. 돈벌이로 하는 일이긴 했지만 농장 일꾼으로 지낼 때부터 알고 지내던 삐였다. 분타는 질 좋은 대마를 선별해서 자루에 담느라 분주했다. 창고 한구석의 선반에 있던 켄우드 무전기가 요란한 소리를 낸 것은 분타가 땀을 뻘뻘 흘리며 창고 뒤편으로 자루를 옮기고 있을 때였다. 이 킬로미터 떨어져 있는 다른 대마농장에서 온 무전 연락이었다.

"군인들이 무더기로 몰려왔다, 오바."

무전기의 직직거리는 소리를 타고 들려온 목소리는 여간 놀란 기색이 아니었다. 상대는 꽤나 말을 더듬고 있었던 것이다.

─아니, 군인들 농장인데 군인들이 온 것 가지고 웬 호들갑이야?

분타는 대수롭지 않게 들었지만 불현듯 머리를 스쳐가는 것이 있었다.

"군인들이 창고에서 대마를 몽땅 실어내고 있는데 거기도 그런가?"

분타는 정신이 번쩍 들었다. 대마를 실어내고 있다니. 군인들이 직접 대마를 운반할 일은 없었다. 분타는 상황에 따라 무전이 끊길 수도 있다는 생각에 무전기의 토크 버튼을 누르고 다급하게 물었다.

"어디 군인들이야?"

"모르겠다. 한번도 본 적이 없는 군인들이다."

"몇명이나 되는데?"

"……오십 명은 되는 것 같다, 오바……"

그 말을 끝으로 무전기는 지직거리기만 할 뿐 더이상 말이 없었다.

일 났군. 분타는 뜨란무이로이 산 어귀에 주둔하고 있는 부대를 애타게 호출했지만 응답이 없었다. 설마? 그럴 리가 없다고 분타는 고개를 저었다. 하지만…… 뜨란무이로이의 대마농장에 쳐들어와 대마를 실어가다니, 미친놈이 아니면 달리 누구일 수 있단 말인가? 그럴 놈들이 있다면 그건 민주캄푸치아 혁명군 잔당들이었다. 게다가 산 아래 부대와 교신이 되지 않는다는 것은 벌써 부대가 공격을 받았기 때문이라고 분타는 추측했다. 한참 동안 머리를 쥐어뜯으며 고민하던 분타는 마침내 결론을 내리고 무전기가 있는 방을 박차고 나섰다.

"에잇, 죽일 놈들. 이깟 대마는 가져다가 무엇에 쓰겠다고."

분타는 문 앞에서 허공을 향해 주먹질을 하며 버럭 소리를 질렀지만 곧 자신의 그 말이 한심해졌다. 군인들은 무엇 때문에 대마농장을 제것으로 하고 있겠는가. 분타는 뛰기 시작했다. 추수는 벌써 끝났고 대마를 말리고 자루에 집어넣는 일도 끝난 지 오래여서 농장에는 분타의 식구들밖에 없었다. 분타는 구르듯이 농장 뒤편에 있는 자신의 깐텡으로 달려갔다.

"이봐, 중요한 것만 싸가지고 애들하고 산에서 내려가."

숨을 헐떡이며 달려와 한다는 말이 짐을 싸서 산을 내려가라니 저녁 찬거리를 다듬고 있던 분타의 아내는 어리둥절했다.

"빨리!"

분타는 꽥 고함을 질렀다. 그제야 분타의 아내는 일이 심상치 않음을 눈치 채고 울상을 지으며 땅바닥에 주저앉았다.

"에그, 애들이 지금 어디 있는 줄 어떻게 아우."

때는 늦은 오후였다. 시킬 일도 없었기 때문에 열살, 열두살배기 사내아이들인 분타의 두 아이는 산짐승을 잡는답시고 산속 어딘가를 헤집고 다니고 있기 십상이었다. 천방지축으로 돌아다니는 애들은 해가 지기 직전에야 나타날 것이었다. 그렇다고 산속을 돌아다니며 애들을 찾는다는 것도 무리였다. 이 넓은 산중에서 토끼처럼 돌아다니는 녀석들을 어떻게 찾을 수 있단 말인가. 분타는 애간장이 녹았다. 애들을 두고 산에서 내려갈 수도 없었고 날 잡아먹으라고 혁명군 잔당이 올 때까지 앉아서 기다릴 수도 없었다. 대마농장이 군인들 소유라는 것을 모르는 사람은 없었다. 혁명군 잔당들이 대마농장으로 쳐들어온 것도 그 때문일지 몰랐다. 그러니 그들이 보기에 군인들 앞잡이인 분타를 그대로 둘 리가 없었다.

—몇년씩 잠잠하더니 이게 무슨 날벼락인가.

분타는 망연자실하여 하늘을 보았다. 봉우리 너머로 검은 연기가 피어오르고 있었다. 한 곳에서만 곧게 하늘을 향해 오르고 있는 꼴이 산불하고는 거리가 멀었다. 게다가 연기가 피어오르는 곳은 무전 연락을 받았던 대마농장이 있는 곳이었다.

"에그, 이게 무슨 일이우."

분타의 아내도 그 연기를 보고는 그만 사색이 되었다. 바람결에 언뜻 대마 타는 냄새가 나는 것 같기도 했다.

"이 죽일 놈의 여편네야. 빨리 가서 애들이나 찾아와."

분타는 버럭 아내에게 고함을 질렀다. 분타의 아내는 그 말에 주춤주춤 끄빈(치마)을 한손으로 잡고 일어서서 숲속으로 뛰어가다가 문득 뜀박질을 멈추었다. 어디로 가야 할지 막막했던지 분타의 아내는 다시 땅바닥에 주저앉아 어깨를 들썩였다.

분타는 깐탱의 나무계단으로 뛰어올라 방으로 들어가서 떨리는 손으로 벽장 속에 두었던 AK-47을 꺼냈다. 중국제가 아닌 불가리아에서 만든 물건으로 여느 것들처럼 반자동이 아닌 완전자동으로 개조된 AK-47이었다. 분타는 이 총을 다른 총보다 두 배나 비싼 오십 달러를 주고 샀다. 산중에서 농장을 지켜야 하는 분타에게는 반드시 필요한 총이었지만 그동안 짐승에게는 써본 적이 있어도 사람에게는 써본 적이 없었다.

소총을 꺼내 방바닥에 놓은 분타는 벽장 안을 뒤져 탄창과 총알이 담긴 비닐봉지를 꺼냈다. 서른 발짜리 탄창 두 개와 그보다 길이가 조금 긴 마흔 발짜리 탄창 하나가 나왔다. 분타는 떨리는 손으로 탄창에 총알을 꽂기 시작했다. 탄창에서는 자꾸 총알이 튀어나왔다. 마지막 탄창을 모두 채우기도 전에 비닐봉지의 총알은 바닥이 났다. 마흔 발짜리 탄창을 소총에 꽂고 나머지 두 개를 바지주머니에 넣은 후 소총을 어깨에 건 분타는 맥주깡통만한 수류탄 두 개도 억지로 바지주머니 양쪽에 하나씩 넣고 방을 나섰다. 수류탄과 탄창이 부딪혀 허벅지에서 절그럭거렸지만 분타는 그것을 느끼지 못했다. 혁명군 잔당들이 분타의 대마농장에는 오지 않을 수도 있기 때문에 이런 준비는 필요 없을지도 몰랐다. 분타는 간절히 그렇게 되기를 빌고 또 빌었다. 분타의 아내는 아이들을 찾기 위해 숲속으로 들어갔는지 보이지 않았다. 분타는 AK-47의 나무 손잡이에 힘을 주었다. 분타의 손아귀가 축축하게 땀으로 젖기 시작했다.

해가 지기 전에, 아내도 아이들도 돌아오기 전에 분타는 어디선가 그르릉 땅을 울리는 소리를 들었다. 잔뜩 긴장을 한 분타는 허리를 굽히고 농장 입구의 숲속에 들어가 나무 뒤에 숨었다. 농장으로 이어지는 길 끝에 시커먼 물체가 나타났다. 그리고 그 시커먼 물체를 따라 총을 멘 군인들이 줄지어 농장으로 오고 있는 것이 보였다. 분타는 오금이 저려 벌레처럼 움츠러들었다. 그대로 숲속으로 도망치고 싶었지만 아내와 아이들이 올지 몰라 그럴 수도 없었다. 그러는 동안 시커먼 물체는 굉음을 내며 농장으로 다가왔다. 분타는 그 시커먼 물체를 똑똑히 보았다. 정부군 표지가 새겨진 탱크였다. 뒤이어 탱크를 따라 앞

뒤로 줄지어 오고 있는 군인들도 분명하게 보였다. 정부군 군복을 입은 군인들이었다. 분타는 가슴을 쓸어내렸다. 혁명군 잔당에게는 탱크가 없었다.

분타는 숲속에서 나와 다가오고 있는 군인들에게 크게 손을 흔들었다. 왜 그런 짓을 했을까. 한 발의 총성이 날카롭게 공기를 찢으며 산속에 울려퍼지는 것을 분타는 들었다. 총성에 놀란 새들이 숲속에서 튀어올라 하늘로 날았다. 뒤이어 반자동의 연발음이 산중의 공기를 갈기갈기 찢으며 울렸다. 첫번째 총알이 분타의 배에 박히면서 심한 충격으로 쓰러졌기 때문에 분타는 뒤이은 연발음은 들을 수가 없었다. 가물거리는 정신에도 분타는 거대한 새가 무시무시한 소리를 내며 하늘을 가리고 있는 것을 보았다. 전설에서 말하는 가루다인가. 혼미한 중에도 분타는 가루다를 떠올렸지만 거대한 새는 이제 막 착륙하기 위해 내려오는 정부군 헬리콥터였다.

분타는 오랫동안 숨이 붙어 있었다. 자신이 쓰러진 지 얼마나 지났는지 알 수 없었지만 아내와 아이들이 울고 있었다.

"누구야?"

누군가 다가와 묻는 소리가 아득하게 들렸다. 분타는 지독한 휘발유 냄새와 대마 타는 냄새를 맡았다.

"분타, 분타예요. 제 남편이에요. 농장관리인이에요."

분타의 아내가 울부짖으며 말하는 소리도 들은 듯싶었다.

"미친놈이잖아. 총을 들고 불쑥 튀어나오면 어떻게 해?"

그것이 분타가 들은 이승에서의 마지막 말이었다.

농장을 가득 메운 군인들은 창고에서 대마를 꺼내 추수가 끝나 황량한 밭에 쌓아놓고 가솔린을 붓고 불을 질렀다. 프놈펜에서 군인들을 따라온 사진사가 카메라를 들고 쫓아다니며 그 모든 과정들을 빠짐없이 사진으로 찍었다.

비세쓰는 병원에서 수술을 받고 닷새 뒤에 퇴원을 했다. 완쾌된 것은 아니었지만 그럭저럭 앉아서 밥을 먹을 수 있는 정도는 되어서 집으로 돌아가기를 청했다.

"돈만 축내지 뭐하러 병원에 있겠나. 집으로 데려다주게."

"좀 더 있어. 상처가 덧나면 어쩌나?"

삐가 만류했지만 비세쓰는 듣지 않았다. 정 삐가 데려다주지 않으면 제 발로 가겠다고 해서 삐도 어쩔 수 없었다. 모니봉 로 뒤편의 집으로 돌아왔을 때 비세쓰는 조심스럽게 그동안 삐에게 묻지 않았던 질문을 던졌다.

"돈은 얼마나 썼나?"

삐는 아무 말도 하지 않았다.

"툼나옷 까페 주인한테 돈을 돌려받으면 잊지 않고 꼭 갚겠네."

비세쓰는 삐의 두 손을 잡고 눈물을 글썽였다. 삐는 고개를 저었다.

"그럴 필요 없어. 하늘이 준 돈이야."

삐는 비세쓰에게 몸조리 잘하라고 몇번이나 당부하고 자리에서 일어섰다. 좀더 있고 싶었지만 분타에게 십 킬로그램의 대마를 받아야할 일이 마음에 걸렸다. 삐는 비세쓰의 주머니에 몰래 사백 달러를 넣어두고야 홀가분하게 비세쓰의 집을 떠날 수 있었다. 삐는 뚤뚬봉에서 혼다 오토바이를 헐값에 처분하느라 반나절을 보내고 깜뽕사옴행 버스를 탔다.

시하눅빌이 가까워올수록 삐의 마음은 한결 여유로워졌다. 도착하자마자 집으로 돌아가 시원하게 멱을 감은 후 깐텡에 올라가 대마 한 대를 피우면 프놈펜에서 겪은 모든 일들이 깨끗하게 씻겨나갈 것 같 았다. 창밖을 스쳐지나가는 낯익은 풍경들을 보면서 삐는 싱긋 미소 를 지었다. 무엇보다 비세쓰의 목숨을 구한 것이 더없이 뿌듯하고 기 뻤다. 버스가 쁘놈뿔사옹의 호숫가를 지나면서 삐는 두 손을 모으고 잠시 명복을 빌었다.

마음먹었던 대로 집으로 돌아와 멱을 감은 후 대마 한대를 피운 삐 는 아직 해가 많이 남아 있었지만 잠에 곯아떨어졌다. 삐가 잠에서 깬 것은 이미 해가 저문 후였다. 누군가 삐를 흔들어 깨우고 있었다. 눈 을 뜨자 포네리가 있었다. 포네리는 삐에게 놀라운 소식을 전했다.

"뜨란무이로이의 대마농장을 모두 불태운 것 알아?"

잠에서 덜 깨어 정신을 차리지 못하던 삐는 포네리의 말에 정신이 번쩍 들었지만 어리둥절했다. 대마농장을 불태우다니. 삐는 용수철처 럼 튀어 일어나 앉았다.

"무슨 바람이 불었는지 군인들이 탱크에 헬리콥터까지 몰고 뜨란무 이로이의 대마농장에 와서 대마를 모두 불태워버렸다는 거야. 농장 다섯 군데가 모두 그런 일을 당했다는군."

믿을 수 없는 일이었다. 군인들이 주인인 농장에 군인들이 들이닥 쳐 불을 지르다니.

"훈센이 보낸 군인들이 왔었다는군. 농장을 봐주는 깜뿟 부대 사령 관도 꼼짝을 못했다는 거야. 신문에도 나왔어. 미국에서 단속을 하지 않으면 원조를 끊겠다고 공갈을 쳤다는 거야. 까오꽁의 농장들을 태 울 수는 없고 스텅트렁의 헤로인 밀수도 손을 대기 무엇하니까 깜뿟의 농장 중에서 뜨란무이로이를 골라 그 짓을 한 거야. 제일 만만했던 모양이지. 아니면 깜뿟 군인놈들이 상납을 덜했던지 그랬을 거야."

삐는 눈앞이 아득해졌다. 포네리의 말이 맞다면 분타에게 받기로 한 대마는 어떻게 된단 말인가.

"그나저나 그동안 어디에 있었나? 난 혹시 뜨란무이로이에 가지는 않았나 걱정을 했었어. 농장관리인 하나가 총에 맞아 죽었다네. 자네도 알지, 분타라고?"

"분타가…… 죽었어?"

삐는 벌떡 자리에서 일어났지만 곧 바람 빠진 풍선처럼 힘없이 주저앉았다. 해가 졌기 때문에 싸루 앞으로 달려간들 깜뿟으로 가려고 하는 택시운전사는 없을 것이다. 삐는 깊이를 알 수 없는 동굴로 굴러 떨어지는 느낌이었다.

다음날 해가 뜨자마자 삐는 뜨란무이로이로 달려갔다.

농장으로 이어지는 길목에서부터 타버리고 남은 대마가 이리저리 바람에 굴러다녔다. 농장의 풍경은 황량하기 짝이 없었다. 농장의 넓디넓은 대마밭은 회부연 재들로 가득 덮여 있었다. 활짝 문이 열려 있는 창고 안은 자루 몇개만 굴러다닐 뿐 텅 비어 있었다. 삐는 무거운 걸음을 억지로 옮겨 농장 뒤에 있는 분타의 깐텡으로 향했다. 분타의 아이들은 깐텡 아래 해먹에 매달려 있었다. 삐가 걸어오는 것을 본 아이들은 해먹에서 내리더니 다람쥐처럼 나무계단을 올라 깐텡 안으로 사라졌다. 삐는 주변을 둘러보았다. 깐텡 뒤편에 분타로 보이는 시체가 이불로 덮여 있었다. 삐는 깐텡의 계단을 올라 방으로 들어섰다. 어두운 방안에는 분타의 아내가 누워 있었다. 아이들은 겁이 났는지 구석에서 어미의 손을 부둥켜 잡고 앉아 있었다.

"누구예요?"

분타의 아내도 잔뜩 겁에 질려 있기는 마찬가지였다. 삐는 억지로 웃음을 지었다.

"삐입니다. 기억하시죠? 농장에서 일하기도 했었잖아요."

삐를 알아본 분타의 아내는 껵껵 울음부터 터뜨렸다. 방안의 어둠에 눈이 익자 엉망이 된 방안이 한눈에 들어왔다. 벽장의 문은 떨어져나가고 밥상은 다리가 부서져 있었다. 깐텡이나마 불타지 않고 남은 것이 다행이라면 다행이었다.

분타의 아내가 토해내는 질기디질긴 울음소리를 뒤로하고 삐는 깐텡을 나왔다. 화장을 할 수도 없는 일이었기 때문에 삐는 분타의 시체를 땅에 묻어주기라도 해야 할 것 같았다. 분타의 시체는 여전히 소총을 어깨에 메고 있었다. 삐는 분타의 어깨에서 AK-47을 벗겨냈다. 소총은 눈에 익은 물건이었다. 언젠가 분타가 여느 총과 다르다고 자랑을 하던 소총이었다. 농기구 틈에서 삽을 찾아낸 삐는 분타의 시체를 메고 깐텡의 뒤편 숲 언저리로 가서 땅을 파고 분타를 묻었다. 소총을 어깨에 걸고 돌아오는 길에 삐는 땅바닥에 떨어진 수류탄 하나를 발견하고 집어들어 바지주머니에 넣었다.

농장을 나온 삐는 소총을 손에 쥐고 걸었다. 분타에게 준 돈은 소총 한자루와 수류탄 하나로 되돌아온 셈이었다. 삐는 씁쓸하게 미소를 지었다. 숲속 어딘가에서 새가 울었다. 나무들 사이로 언뜻 보이는 하늘에는 구름 몇점이 흘러갔다. 문득 길 옆 숲속의 나무들 사이로 눈에 익은 풀이 자라고 있는 것이 보였다. 대마였다. 삐는 무심코 숲속으로 걸어 들어갔다. 십 미터쯤 걷자 하늘이 열린 작은 개활지가 나타났다. 잡초들 사이로 대마들이 자라고 있었다. 마치 작은 대마밭처럼 보였다. 누군가 씨를 뿌리고 가꾼 밭이 아니었다. 바람에 날려와 제멋대로 자란 대마였다. 대마들은 아직 삐의 가슴팍에도 미치지 못했다. 그러나 곧 키를 넘어 자랄 것이다. 어디에서나 땅을 가리지 않고 쑥쑥 크는 것이 대마였으니까.

삐는 소총을 어깨에 걸고 숲에서 나왔다. 산길은 여전히 조용했다. 탱크가 지나간 궤도 자국이 선명하게 남아 있는 길은 산 아래를 향해 구불구불 이어지고 있었다. 삐는 언젠가 끄라반 산에서 내려올 때처럼 그 길을 따라 터벅터벅 걸어갔다. 그 길의 끝에는 산보다 거대한 전쟁터가 기다리고 있다는 것을 삐는 알고 있었다. 삐는 어깨에 멘 소총을 다시 고쳐 메고 나무손잡이를 힘껏 쥐었다.

조선민주주의
인민공화국에서
온 사나이

해 뜨기 직전, 점포 안에서 슬슬 단잠에서 깨어나기 시작한 상인들이 내는 마른기침 소리와 가래 뱉는 소리로 자그락거리던 싸루의 하루는 해가 뜨고 실낱 같은 햇볕이 천장에서 새어들어와 좁고 더러운 통로를 눈이 부시게 비추는 것을 신호로 시작되었다. 싸루는 밤새 바닥에 잠겨 있던 흙먼지들이 햇빛 속에서 마치 은가루처럼 일시에 피어오르고 널빤지로 만든 문들을 열어대는 삐걱거리는 소리와 물건들을 좁은 길에 내다놓는 소리 그리고 싸우는 소리들로 소란스러웠다. 분주하기는 싸루의 바깥도 마찬가지였다. 싸루 맞은편의 공터에는 장거리를 뛰는 택시들과 픽업트럭들이 하나둘씩 모여들기 시작했으며 재빠른 운전사들은 이리저리 뛰어다니며 프놈펜이나 깜뽓으로 가는 손님들을 모으기에 분주했다. 싸루에는 또 아침장을 보러 온 오토바이들이 모여들었다. 싸루의 입구에 자리잡은 다마라의 모또 보관소에도 오토바이들이 들어차기 시작했다.

"쩜므립 수어?(안녕하세요?)"

낡은 나무책상 앞에 앉아 있던 다마라의 눈에 들어온 것은 사람 대신 큼직한 혼다 2기통 오토바이였다. 노란색과 빨간색으로 치장한 오토바이는 흔한 것이 아니었다. 시하눅빌의 오토바이란 오토바이는 모두 꿰고 있는 싸루의 모또 보관소 주인으로서 다마라는 그 오토바이가 누구 것인지 단박에 알아보았다. 그 무거운 오토바이를 힘겹게 끙끙거리며 밀고 들어온 것은 오토바이의 주인이 아닌 보나리쓰였다. 다마라는 보나리쓰가 오토바이를 한구석에 어렵사리 세우고 돌아와 이백 리엘을 내밀자 묵묵히 보관증을 끊어주었다. 백오십 센티미터를 겨우 넘는 작은 키에 바싹 마른데다 얼굴은 시커멓고 볼따구니엔 부스럼이 가득한 보나리쓰는 꾸벅 허리를 굽히고는 재빨리 보관소를 빠져나갔다.

"겁 없는 녀석일세."

다마라는 바람처럼 튀어나가는 보나리쓰의 등을 바라보며 중얼거렸다. 보나리쓰가 끌고 온 오토바이는 오츠따알 해변 초입의 사자상 로터리 앞 나가 클럽 지배인인 바낙의 오토바이였다. 보나리쓰는 나가 클럽의 웨이터도 못 되는, 말하자면 심부름이나 하는 보조였다. 보아하니 장을 보러 온 모양인데 지배인이 보나리쓰 따위에게 오토바이를 내주었을 리가 없었다.

아니나다를까, 지배인 바낙은 싸루에서 돌아온 보나리쓰를 보자마자 거품을 물고 보나리쓰를 죽일 듯이 길길이 날뛰었다.

"아니, 그게 아니라요……"

한두 번 매를 맞아보는 것이 아닌 보나리쓰는 이런 경우 취해야 할 자세를 잘 알고 있었다. 절대 얼굴을 내밀어서는 안되었다. 얼굴에 상처가 나면 남들 보기에도 그렇거니와 잘 낫지도 않는다. 두 팔로 잔뜩 얼굴을 싸안은 보나리쓰는 두어 번 구르기는 했지만 용케 상처 하나 입지 않았다. 그저 옆구리며 등짝이 시큰거릴 뿐이었다. 전날 저녁 워낙 술을 많이 먹은 바낙은 제풀에 지쳐 오토바이를 이리저리 살핀 후 키를 뽑고는 별관 이층으로 올라가버렸다. 보나리쓰는 일어나 먼지를 툭툭 털고 바닥에 내팽개쳐진 비닐봉지들을 주섬주섬 주워들었다. 뒷마당의 주방으로 향하는 중에 마주친 웨이터 아마라는 비틀거리는 보나리쓰를 보고 낄낄 웃음을 터뜨렸다. 보나리쓰에게 바낙의 오토바이 열쇠를 준 건 아마라였다.

"어때, 정말 좋은 모또지?"

아마라가 보나리쓰를 놀렸지만 보나리쓰는 묵묵히 고개를 숙이고 주방으로 걸음을 옮겼다. 바낙에게 혼쭐이 날 것을 알면서도 아마라가 시키는 대로 키를 받아 바낙의 오토바이를 끌고 나갔던 것은 바낙에게는 한번이면 족하지만 아마라에게는 며칠을 시달려야 했기 때문이다.

해가 뜨고도 제법 시간이 지나서야 리(李)는 싸루 아래, 사무데라 슈퍼마켓의 맞은편 건물 이층을 쓰고 있는 통일도장의 문을 열었다. 텅 비어 있는 도장 안은 달구어진 지붕을 통해 스며들어온 열기가 가득했다. 삼 미터는 높여야 하는 천장을 이 미터 남짓 올린 탓에 달구어진 공기는 쉽게 순환되지 않았다.

아무도 없는 도장에서 묵묵히 도복으로 갈아입은 리는 중앙에 똑바로 서서 호흡을 가다듬고는 틀(품새) 중에서 '통일(統一)'을 시작했다.

오른쪽과 왼쪽으로 움직이며 손과 발을 쓰는 통일은 틀 중에서 리가 가장 좋아하는 것이다. 도장 이름이 통일인 이유도 그 때문이다.

리의 절도 있는 움직임이 도장의 뜨겁고 건조한 공기 사이에 틈을 만들기 시작했다. 힘은 어떻게 얻어지는가. 집중, 균형, 호흡, 속도 그리고 반동으로. 통일의 오십여섯 동작을 마치고 오른발을 제자리로 옮긴 리는 이마에 번진 땀을 손등으로 씻어내렸다. 내친김에 리는 쉬지 않고 발의 움직임이 많은 세종(世宗)의 스물네 동작을 연결했다. 왼발을 제자리로 옮긴 리는 쉬지 않고 일흔두 동작이나 되는 서산(西山)을 시작했다.

서산까지 모두 세 개의 틀을 마친 리가 이마에 구슬 같은 땀방울을 매달고 낡은 선풍기 앞으로 걸어와 도복을 풀어젖히고 땀을 식히고 있을 때 도장 문이 메마른 소리를 내며 열렸다.

"사부온."

때에 절어 시커먼 운동모를 쓴 보나리쓰는 선풍기 앞의 리를 보자 모자를 벗고 허리를 굽혔다.

"사부온이 아니라 사범."

리는 쯔쯧 혀를 찼다.

"사부온."

보나리쓰는 머리를 긁적거리며 조심스럽게 다시 리를 불렀다. 리도 헛웃음을 날리고는 더는 타박할 생각을 그만두고 도복 사이 앞가슴에 흥건한 땀을 털어냈다. 보나리쓰는 지금 통일도장의 유일한 부원이자 리의 유일한 제자였다. 캄보디아에 온 지 십년이 되어 크메르말을 제법 잘하는 리는 처음에 보나리쓰가 자신의 이름을 대자 웃음을 참지 못했다. 백육십 센티미터가 되려면 십 센티미터 정도는 더 필요한 키에 깡마른 체구, 야윈 얼굴은 아무리 봐도 보나리쓰(힘센 남자를 뜻하는 이름)가 아니었다. 게다가 하루 만에 간파한 사실이지만, 보나리쓰는 바람에 떨어지는 썩은 야자나무 잎사귀에도 깜짝 놀라는 심약한 남자, 아니 소년이었다.

"잘 왔다. 태권도가 너를 진정한 보나리쓰로 만들어줄 것이다."

처음으로 도장을 찾아온 보나리쓰의 어깨를 두드리며 리는 그렇게 말했는데 보나리쓰는 리의 억세고 큰 손바닥이 어깨를 두드리자 그 충격을 이기지 못해 그만 바닥에 푹 쓰러지고 말아 리를 난처하게 만들었다.

여하튼, 통일도장을 처음 찾은 보나리쓰에게 리는 한달에 오 달러로 책정된 관비를 면제해주는 대신에 이틀에 한번씩 도장 청소를 하도록 제안했다. 보나리쓰는 리의 제안을 감사하게 받아들이긴 했는데 깊이 새긴 것은 아니어서 아침 일찍 나와 도장을 청소하는 일을 빼먹기 일쑤였다. 오늘처럼.

보나리쓰는 프놈펜 북쪽 깜뽕툼의 스텅센 강변에서 태어났다. 농사를 짓던 아버지는 보나리쓰가 열살 때 죽었다. 자신의 소유인 농토가 있던 게 아니어서 아버지가 죽자 집안은 궁핍하기 짝이 없게 되었다. 엎친 데 덮친 격으로 열두살이 되자 어머니도 아버지를 따라 갔다.

"너를 두고 어찌 갈거나."

어머니는 보나리쓰의 손을 꼭 잡고 이렇게 말하고는 숨을 거두었다. 보나리쓰는 깜뽕툼 주변의 절로 들어가 열다섯살이 될 때까지 살았지만 더 지내지는 못하고 프놈펜으로 가서 이리저리 구르며 구걸도 하고 똔레삽 강에서 고기를 잡던 베트남 어부의 집에서 일을 도우며 얹혀살기도 했다. 열일곱이 되던 해 어느날 보나리쓰는 프놈펜의 싸똘똠뽕(중앙시장)에서 트럭에 짐을 싣는 것을 거들어주고 있었다. 보나리쓰가 짐칸에서 내리지도 않았는데 차는 출발했다. 차가 도착한 곳은 시하눅빌이었다. 보나리쓰는 시하눅빌에서 생전 처음으로 바다를 보았다. 스텅센이나 똔레삽 강이나 메콩 강과 달리 바다는 그 끝이 보이지 않았다. 그 바다에 얼이 빠져 오가다 운이 좋았는지 보나리쓰는 그때 막 문을 연 나가 클럽에 빌붙을 수 있었다.

그런 보나리쓰가 통일도장의 부원이 된 것은 순전히 우연이었다. 사무데라에 심부름을 왔던 보나리쓰가 호기심 때문에 새로 문을 연 통일도장을 기웃거리다 리에게 덜미를 잡힌 것이었다.

문을 연 지 열흘이 되도록 단 한명의 부원도 받아들이지 못했던 리는 보나리쓰가 문 앞에서 얼쩡거리자 대뜸 잡아다 도장 한복판에 끌어다놓고 그 앞에서 단숨에 벽돌 격파 시범을 보였던 것이다. 크기도 작고 구멍이 숭숭 뚫린 캄보디아 붉은 벽돌은 리로서는 스무 장도 격파할 수 있었지만 한줄로 쌓아올리기가 어려워 우선 열 장을 단번에 앞주먹으로 부숴버리는 시범을 보여주었다. 천장을 울리는 기합소리와 열 장의 벽돌이 두 동강이 나는 시범을 눈앞에서 목격한 보나리쓰는 하체의 힘이 삽시간에 빠져버려 그 자리에 주저앉을 수밖에 없었다.

"보았나. 이것이 태권도라는 것이다. 동양 최고의 무술이지."

얼이 빠진 보나리쓰 앞에서 리는 다시 한번 기합을 주고는 열 장의 벽돌을 또 부숴버렸는데 그만 이 대목에서 보나리쓰는 오줌을 지리고 말았다. 엉겁결에 통일도장의 부원이 된 보나리쓰의 사연은 이런 것이었다.

백지에 리가 직접 손으로 쓴 입회서에 이름을 쓰지 못해 가위표를 그린 보나리쓰가 겨우 입을 열어 리에게 떨리는 목소리로 물었다.

"어, 어디서 오셨나요?"

"조선민주주의인민공화국."

리는 조금은 퉁명한 목소리로 이렇게 말했다.

시하눅빌에 최초로 태권도 도장을 연 조선민주주의인민공화국 인민 리욱조는 캄보디아 왕실의 특수경호대 소속의 경호원이었다. 리가 속한 특수경호대는 모두 공화국에서 온 정예의 군인 서른 명으로 구성되어 있었고 캄보디아 왕국의 시하누크 왕을 경호하는 것이 주임무였다. 이 특수경호원들은 캄보디아 왕국의 시하누크 왕과 친밀한 관계를 유지하고 있던 김일성 수령이 생전에 시하누크 왕의 안전을 위해 친히 보낸 경호원들이었다. 리는 경호원 중의 한명으로 호위사령부에서 차출된 호위3국 소속의 상위였다. 그런 리가 왕궁이 있는 프놈펜에 있지 않고, 시하눅빌에서 태권도 도장을 열어놓고 세월을 보내고 있는 데에는 또 그럴 만한 사정이 있었다.

이 개월 전 수상의 국왕 접견이 있었다. 위세를 과시하기 위해서인지 평소보다 많은 수행원들과 경호원들이 왕궁으로 몰려왔다. 쿠데타 이후 왕의 정치적 영향력은 현저하게 줄어들어 수상도 왕을 허수아비로 여기는 기색이 역력했다. 왕궁에 들어온 수상 경호원들의 태도 역시 방자하기 짝이 없었다. 그러던 중 수상의 개인 경호원 한명이 지나치게 접견실 쪽으로 접근하는 것이 눈에 띄어 리가 제지하고 나섰다. 수상 관저가 아니라 왕궁이었기 때문에 허용할 수 있는 일이 아니었다.

"뒤로 물러서시오."

"뭐야?"

리는 그자가 허리춤의 권총에 손을 대는 것을 보았고 그 손을 잡아

채 손목을 꺾었다. 일은 그렇게 시작되었다. 리의 손힘이 너무 강했는지 아니면 그자의 손목이 너무 약했는지 알 수 없지만 수상의 개인 경호원 손목은 마른 나뭇가지처럼 부러지고 말았다.

결국은 그게 화근이었다. 수상의 경호실에서 강력하게 항의하는 바람에 리의 특수경호대는 뭔가 조치를 취하지 않으면 안되었다. 그들이 주장하기를 손목이 부러진 경호원의 권총은 허리춤에 있었던 것이 아니라 겨드랑이 밑의 권총 케이스 안에 있었다고 했다.

"리욱조 동무, 당분간 휴가야."

리의 상관인 김기서 소좌가 리에게 말했을 때 리는 마뜩찮았지만 명령을 거스를 수는 없었다. 일이 이렇게 된 바에야 차라리 공화국으로 송환시켜주었으면 하는 것이 리의 솔직한 속내였지만 왕의 특수경호대가 수상의 경호실에 그 정도로 굽히는 것은 체면상 그리 할 수 없는 일이었다. 대사관도 마찬가지 입장이었다.

"얼마나 있어야 복귀할 수 있습니까?"

"글쎄, 한 사오 개월 생각하시오."

소좌는 리 때문에 골치가 아프다는 표정을 애써 감추지 않았다.

"정신 좀 차리라."

뒤돌아 나서는 리의 뒤통수를 향해 소좌가 딱히 누구에게랄 것도 없이 중얼거리는 소리가 리의 귓전을 스쳤다. 리는 잠자코 숙소로 돌아와 책상 앞에 앉아 허리를 곧추세웠다. 휴가? 좋지. 청하지는 않았어도 원하던 바다. 리는 캄보디아 지도를 펼쳐놓고 휴가를 준비했다. 캄보디아를 떠날 수는 없었기 때문에 시엠립과 스텅트렝, 그리고 시하눅빌 중에서 저울질을 했는데 결국은 시하눅빌로 마음을 굳혔다. 별다른 이유는 없었다. 그저 고향인 함흥처럼 시하눅빌도 바다에 가까웠기 때문일까. 경호대에서도 동의를 했다.

보나리쓰가 도장 청소를 마친 후 리는 보나리쓰에게 초급용 틀인 천지(天地)를 두 번 복습시켰다. 일주일 내내 천지의 열아홉 동작만을 가지고 씨름을 하고 있건만 성과가 없다. 일일이 다리를 벌려주고 허리를 세워주고 팔을 펴주었지만 그때뿐이다. 운동신경이 둔하다고 할 밖에.

리는 보나리쓰를 데리고 싸루 앞의 식당으로 갔다. 이른 시간이어서 식당은 텅 비어 있었다. 리는 쌀과 새우가 들어간 보보를, 보나리쓰는 돼지고기가 들어간 솜라차퍽을 주문했다. 음식이 나오기를 기다리는 동안에도, 음식을 먹는 동안에도 리와 보나리쓰는 말이 없었다. 리는 입 안이 깔깔해 식욕이 당기지 않았다. 아침을 거르기 일쑤인 보나리쓰는 솜라차퍽을 먹는 데 정신이 팔렸다. 그러는 동안 식당으로 두 명의 젊은이가 들어섰다.

"보나리쓰."

그중 한명이 음식을 먹고 있던 보나리쓰의 뒤통수를 거칠게 내갈겼다. 흠칫 놀라 고개를 든 보나리쓰는 엉거주춤 의자에서 엉덩이를 들고 두 손을 모아 인사를 했다. 이미 자리에 앉은 자는 본체만체 고개를 끄덕일 뿐이었다.

"누구야?"

돈을 치르고 식당을 나선 리가 보나리쓰에게 물었다.

"나가 클럽의 웨이터들인데요."

보나리쓰는 한껏 목소리를 낮추고 리에게 속삭였다. 입맛을 다신 리는 흠흠 헛기침을 뱉고는 모르는 척할 수밖에 없었다. 점심을 마친 리는 이 뜨거운 날씨에 에어컨도 없고 낡은 선풍기만 한대 돌아가는 불도가니와 같은 도장으로 올라가는 것도 그렇고 해서 보나리쓰를 데리고 오뜨레스 해변으로 향했다. 땅에서는 붉은 흙먼지가 푸석하게 피어오르고 하늘에서는 이글거리는 태양이 만물을 달구는 정오 무렵이었다. 대사관에서 주선을 해준 리의 자동차는 에어컨이 영 시원치 않았기 때문에 리는 창문을 모두 내리고 차를 몰았다. 카세트 플레이어에서는 조선 노래인 「고향길」이 흘러나왔다.

> 멀리 흰 구름에 실려
> 내 마음 달려가네
> 지금도 나를 기다리며
> 울고 있을 고향길
> 그리운 고향길을 다시 보고 싶구나.
> ………

타이어에 돌이 튀는 소리와 차가 덜컹거리는 소리와 함께 섞여 들리기는 했지만 노래는 리의 심금을 울리기에 충분했다. 노래를 듣는 리의 머리에 고향인 함흥이 아니라 묘향산이 떠올랐다.

공화국을 떠나기 전에 다녀왔던 묘향산. 향산호텔로 가는 길을 따라 흐르던 냇물의 그 아기자기하던 물소리. 이제 막 단풍이 들기 시작한 묘향산의 불타오르던 자태.

"캄보쟈에 가시믄 몸조심하시라요. 그리고 과업을 완수하고 조국에 돌아오시면 꼭 다시 한번 찾아오시라요."

묘향산 보현사를 경비하던 여성이었지. 리는 자신도 모르게 슬그머니 미소를 지었다. 리가 캄보쟈에 가기 전에 당의 배려로 묘향산에 왔다고 하니까 캄보쟈가 공화국에서 얼마나 떨어져 있는 나라인지, 어디에 있는 나라인지도 모르던 여전사는 보현사를 나서는 리를 따라 나와 턱 경례를 붙이면서 수줍음이 가득 담긴 목소리로 그렇게 말을 하더니 잠시 기다리라 이르고는 때이르게 잘 말린 큼직한 낙엽 하나를 가져와 늘 조국을 잊지 말라는 말과 함께 내밀었다. 그 낙엽. 그녀의 정성이 아까워 책갈피 어딘가에 끼워두고 한동안 소중하게 보관했는데 언제 어떻게 없어졌는지 지금은 찾을 길이 없다.

　—과업이라.

리는 볼을 타고 흐르는 굵은 땀방울을 크고 넓은 손등으로 훔쳤다.

묘향산의 여성 전사가 말하던 과업. 당이 부를 때면 다 부르는 이유가 있는 것이다. 당이 지시하면 따르는 것이다. 그게 당과 조국이 당원에게 주는 과업이련만 리는 요즘 들어 부쩍 회의가 늘어갔다. 캄보쟈에 오는 것만은 피할 수 있으면 피하는 것이 좋을 뻔했다고 요즘 들어 거듭 생각하곤 했던 것이다. 리는 고개를 흔들었다.

"왕을 호위하란 말입네까?"

강건종합군관학교를 마친 후 수도방어사령부를 거쳐 호위사령부 호위3국에서 복무하고 있던 상위 리에게 캄보쟈로의 차출 명령이 하달되었을 때 리는 눈이 휘둥그레졌다. 캄보쟈로 간다는 것도 이만저만 큰일이 아니었지만, 그보다는 왕을 호위하는 경비대 일을 보러 간다는 것이 더 큰 놀라움이었다.

"정말, 캄보쟈 왕을 호위하러 가란 말입네까?"

리에게 명령서를 건네준 소좌에게 몇번이나 거듭 물었다. 소좌는 끝내 짜증스럽다는 듯이 퉁명하게 리의 말허리를 끊었다.

"리욱조 상위, 왜 자꾸 이리 민하게 구는가? 위대하신 수령 김일성 동지께서 캄보쟈의 시하누크 왕에게 보내는 호위 일꾼에 자네가 끼였다고 몇번이나 말을 해야 알아듣겠는가?"

소좌는 짜증스러워졌는지 리의 입을 막기 위해 손바닥으로 쿵쿵 책상을 쳤다.

"영광스럽게 생각하시오. 모레 사령부에 가면 무슨 소리가 있을 테니 궁금한 것은 그때 푸시오."

리도 더는 말을 늘이지 못하고 경례를 붙이고 소좌 앞을 물러나왔다.

어리둥절했다. 리는 당이 보내면 어디로든 기꺼이 갈 자세가 되어 있었다. 그것이 설령 죽음이 기다리는 전쟁터라고 해도. 리의 할아버지는 조국통일전쟁이 벌어지던 해 대전 전투에서 장렬하게 전사했다. 전쟁이 끝난 후 할아버지가 영웅 칭호를 받은 이래 조국과 당, 그리고 조선 인민에 대한 흔들림 없는 충성이야말로 리의 집안에 주어진 숭고한 의무이자 영광스러운 책임이었다.

그러나 리는 자문했다. 나는 왜 군인이 되었는가? 미제국주의의 군사적 위협 아래 한시도 마음 편할 날이 없는 조국의 현실, 바로 그 조국의 운명이 위대한 조선민주주의인민공화국 인민군의 손에 달려 있기 때문이 아니었는가? 할아버지처럼 조국을 위해 장렬하게 산화할 수 있다면 기꺼이 목숨을 바치리라 했는데, 그래서 군인의 길을 걷기 위해 강건종합군관학교도 들어갔던 것인데 이름도 낯선 캄보쟈의 왕을 호위하기 위해 그 길을 걸어왔단 말인가.

왕이란 무엇인가? 인민을 노예로 하는 봉건주의의 정수가 아닌가. 아무리 남의 나라라 할지언정 왕을 호위하는 일을 인민군 군관이 해야 한다니, 리는 납득할 수 없었다. 만약 이 세계 어딘가에 아직도 봉건주의 나라가 있다면 그 나라 인민의 타도의 대상이 될 것이었다. 그러지 않는다면 어떻게 그 나라가 사회주의와 공산주의의 길로 나아갈수 있단 말인가. 리의 혼란은 그것에서부터 비롯되었다. 평양을 떠나기 전 캄보쟈로 떠나는 호위 일꾼들을 대상으로 하는 열흘 동안의 합숙 강좌가 있었다. 그때 캄보쟈 현대역사를 소개하던 외교부 강사에게 리가 완곡하게 자신의 생각을 담은 질문을 던졌을 때 강사는 쓰고 있던 안경 너머로 잠시 동안 리를 물끄러미 바라보더니 고개를 끄덕이고 이렇게 말을 시작했다.

"동무의 말은 원칙적으로 정당하오. 그러나 좀더 알아야 하오. 캄보쟈는 왕이 있지만 봉건주의 나라는 아니오. 력사 발전의 단계에 따라서 지금 세계에는 그 어디에도 봉건주의가 남아 있지 않소. 모두 입헌군주제이고 왕은 허수아비에 불과하오. 그러나 왕이 정치적으로 지도자의 위치를 차지하는 일이 있는데 캄보쟈가 그렇소."

강사는 잠시 말을 끊고 좌중을 천천히 훑어보더니 거침없는 어조로 말을 이었다.

"만약 어느 나라의 왕이 인민을 위해 정당한 사상을 발전시키고 정치적으로 옳게 인민을 지도한다면 그것은 그 나라 인민과 력사 발전을 위해 이로운 일이오. 위대한 수령 김일성 동지께서는 일찍이 이것을 간파하시고 천구백칠십년 당시 미제국주의가 론놀 앞잡이를 내세워 꾸데따를 일으켜 시하누크 왕자가 캄보쟈에서 쫓겨났을 때 망설이지 않고 그를 원조했던 것이오. 또한 시하누크 왕자가 캄보쟈 공산당과 함께 손을 잡고 미제국주의와 투쟁하도록 지도했던 것이오. 그 결과 캄보쟈에서는 칠십오년에 미제국주의자들이 쫓겨나고 마침내 공산주의 혁명이 승리를 거두었소. 동무들은 바로 그 시하누크 왕을 호위하는 일꾼으로 파견되는 것이오. 동무들에게 부여된 과업은 캄보쟈와 조선민주주의인민공화국 간의 우호를 튼튼히하고 제국주의 세력들로부터 시하누크 왕을 보호하려는 위대한 수령님의 자애롭고 깊은 뜻을 받드는 것이오."

리는 제멋대로 사고했던 자신의 과오를 뉘우쳤다. 비록 마음 한구석에는 여전히 아쉬움이 남아 있었지만 의심은 적잖이 가셨던 것이다.

강의가 끝나고 강사는 리를 개인적으로 만나자고 했다. 리는 어리석은 질문을 했던 자신에게 개인적으로 사상학습을 좀더 시키려는구나 짐작하고 쑥스러운 기색을 어쩌지 못하고 그를 찾아 휴게실로 갔다. 그러나 강사가 리를 보고자 했던 이유는 아주 뜻밖이었다.

"리욱조 동무, 누이는 잘 있소?"

그는 얼굴 가득히 미소를 짓고 리를 맞으며 대뜸 이렇게 물었던 것이다.

"……강사 동지가 제 누이를 아십니까?"

외교부에서 교육 나온 강사의 입에서 누이의 안부를 묻는 말이 나왔으니 리는 당황하지 않을 수가 없었다.

"그럼. 내 잘 아오."

그는 싱글싱글 웃으며 리의 어깨를 툭 쳤다.

"자네 누이 리욱희로 말할 것 같으면 한때 이름난 춤일꾼 아니었는가?"

"그렇긴 합니다만."

리는 고개를 끄덕였다. 리의 누이는 한때 인민군 선전부의 문화 일꾼으로 일한 적이 있었다. 무용을 배웠기 때문에 도맡아 춤을 추었고 실력도 인정받았다는 이야기를 들었다. 그러나 중앙으로 발돋움한 것은 아니어서 이름난 춤일꾼이라는 것은 좀 과장된 표현이었다.

"야, 칠십육년이니까 말이야. 벌써 이십년이 다 되어가는구나."

"무슨 일이 있었습니까?"

"동무, 모르고 있소?"

강사는 콧등의 안경을 추켜세우며 리에게 되물었다. 리는 금시초문이었다.

"인민군 선전부가 제법 돌아다닐 때였는데, 그러니까 언제더라? 그래, 칠십육년 십일월이야. 조선인민군 선전부에서 캄보쟈 프놈펜으로 공연을 나왔었단 말이야. 나는 그때 프놈펜 대사관에서 일하고 있었지. 그 공연을 지원한다고 죽도록 고생을 하지 않았나. 키우삼판 동지며 누온체 동지 등 민주캄보쟈의 지도부 동지들이 모두 나오는 자리여서 먼지만한 실책도 용서할 수 없는 일이었단 말이야. 고생한 보람은 있었지. 「밀림아 이야기하라」 「금강산의 노래」는 아주 반응이 대단했어. 박수 소리가 끊이지도 않았지. 캄보쟈 라디오 방송에서도 칭찬이 대단했네. 공화국의 진보적인 예술에 캄보쟈 인민들이 모두 깊은 감동을 받았다고 말이야. 그때 자네 누이가 혁명가극을 이끌었는데 지금도 눈에 선하네. 공연 전체에 혁명적 열기가 가득했지."

"저희 누이가 캄보쟈에 갔었구만요."

"그럼, 칠십육년에. 춤도 잘 추었지만 또 얼마나 빼어난 미모였는지. 이제 와서 하는 말이지만 나도 자네 누이에게 푹 빠져서 어찌 해볼 생각도 있었지만 그땐 벌써 자네 매형이 채가고 난 다음이라 방도가 있어야지. 공연이 끝난 다음에 단원들을 데리고 앙코르와트에 가는 길에 동행을 했었는데 그때 가슴앓이를 한 걸 생각하면 지금도 아찔하오."

강사는 호탕하게 소리를 내며 웃었다.

"그 뒤로 가끔 소식을 듣기는 했어도 이렇게 동생을 만날 줄은 몰랐어. 누이를 만나면 인사 전해주오. 아직 원산에 사는가? 내 이름, 아직도 기억이나 해주런가?"

누이는 매형의 직장이 있는 원산에 살고 있었다. 외교부 강사는 다시 한번 리의 어깨를 툭툭 두드리고 악수를 청했다.

"동무, 잘 다녀오시오. 지금 캄보쟈는 자네 누이가 갔을 때하고는 많이 달라졌어. 정세 또한 엄중하다고 하니 조심하시오."

리는 고개를 갸웃했다. 누이는 왜 말을 하지 않았을까. 리는 기억을 더듬었다. 하긴 한번쯤은 캄보쟈 이야기를 했을지도 모르겠다. 관심이 없어서 흘려들었을 것이라고 추측했다. 여하튼 리는 자신의 누이가 캄보쟈에 예술공연을 다녀왔다는 말에 캄보쟈와 공화국이 친선관계를 유지해왔다는 막연한 말이 실감으로 다가와 캄보쟈가 가깝게 느껴지기는 했다.

리는 생전 처음으로 비행기를 타고, 처음으로 공화국을 떠나 생면부지의 낯선 땅 캄보디아로 왔다. 특별기편으로 왔기 때문에 비행기는 중간 기착지 없이 평양을 떠난 지 다섯시간 만에 프놈펜의 포첸통 공항에 착륙했다. 왕은 이미 망명지인 뻬이징에서 프놈펜으로 돌아와 있었다. 외교부 강사의 말대로 정세는 엄중하다면 엄중했다. 평화협정의 성사로 총선을 앞둔 프놈펜에는 팽팽한 긴장이 거리에 넘쳐흘렀다. 왕의 아들이 당수인 푼신펙과 전 정권의 수상이 당수인 인민당 그리고 크메르루주가 맞서는 가운데 유엔과도행정기구가 선거 일정을 관리하고 있었다. 리는 자신의 직무에 충실해 왕을 경호하는 데에 온 힘을 기울였다. 다행히 혼란스러운 가운데에서도 왕에게는 별다른 사고 없이 시간이 흘렀다. 지병이 있던 왕은 가끔 치료차 뻬이징으로 떠났다. 그럴 때면 모든 경호원이 왕과 함께 떠나지는 않았는데 리는 늘 빠지는 쪽이었다. 왕이 프놈펜을 떠나 있는 동안 잠시 한가해진 경호대 사람들은 캄보디아 이곳저곳을 놀러 다니기도 했다. 언젠가는 시하눅빌에도 왔었다. 프놈펜과는 비교할 수 없이 작은 시하눅빌은 그 쇠락한 정경만으로도 마음이 푸근했다. 왠지 이곳은 평화로울 것 같았는데.

"사부온, 여긴 사람도 식당도 상점도 아무것도 없는 해변이에요."
차가 오뜨레스 해변으로 접어들자 보나리쓰는 조심스럽게 리에게 말했다.
"그러니 왔지. 쏘카나 오츠띠알처럼 북적거리는 해변이 뭐가 좋아?"
리의 퉁명스러운 말에 보나리쓰는 취미도 별나다고 생각했지만 사범의 말에 고개를 조아렸다. 해변을 끼고 있는 길이 모래로 바뀌어 번번이 바퀴가 빠져들자 리와 보나리쓰는 차에서 내려 해변으로 걸었다. 길기는 했지만 해변도 사구도 그 폭이 넓지는 않았다. 리는 사구 앞의 야자나무 아래에 자리를 잡았다. 보나리쓰가 모래에 떨어져 이미 잎이 돋기 시작한 야자 열매 하나를 집어들고 와서 리에게 주었다. 리는 엉덩이 밑에 야자를 깔고 앉았다.
일 킬로미터가 넘는 오뜨레스 해변은 바람소리와 파도소리만이 귀를 간질일 뿐 적막했다. 손톱만한 게들이 모래사장을 분주하게 오가고 있었다.
"보나리쓰."

한동안 아무 말 없이 야자를 엉덩이 밑에 깐 채 두 손을 무릎 위에 얹고 앉아 해변을 바라보고 있던 리는 옆에서 사구에 뿌리를 내려 서로 엉킨 잡초를 뜯고 있던 보나리쓰를 불렀다.

"강해지고 싶니?"

리의 의중을 헤아리기 어려웠지만 보나리쓰는 고개를 떨구었다. 강해지고 싶니? 나가 클럽에서 걸핏하면 자신을 패지 못해 안달이 난 놈들. 자신을 소똥만큼도 취급하지 않는 손님이란 작자들. 힘없고 돈 없는 놈이라 해서 자신을 업신여기는 계집들. 그 잘난 팁을 눈앞에서 가로채는 놈들. 모두 보나리쓰에게 힘이 없는 까닭이지 않은가.

"그렇지?"

리는 혼잣말처럼 중얼거리고는 셔츠와 바지를 훌렁 벗어던지고 성큼성큼 모래밭을 걸어 바다로 들어갔다. 찢어진 그물이며 쓰레기들이 밀려온 해변을 지나 한참을 걸었지만 수심은 쉬 깊어지지 않는다. 연초록빛의 물은 탁하게 보였다. 물이 가슴팍에 오르자 리는 잠수를 시작했다. 손바닥만한 해파리 한마리가 지나갈 뿐 물 속에는 아무것도 보이지 않았다. 가시거리는 육 미터 정도. 리는 잠수 유영으로 계속 나아갔다. 흰 모래가 깔린 바닥은 조금씩 굴곡이 심해지면서 깊어졌다. 십 미터 정도를 내다볼 수 있을 만큼 물도 맑아졌다. 작은 물고기 한마리가 리의 아래를 지나갔다. 리는 수면으로 올라와 숨을 몰아쉬었다. 멀리 해변의 야자나무 아래에서 리를 발견한 보나리쓰가 손을 흔든다. 부력을 줄이기 위해 리는 길게 호흡을 뱉어 폐의 공기를 줄이고 다시 잠수했다. 수심은 조금 전보다 두 배쯤 깊어져 있었다. 팔 미터 정도. 물은 맑고 푸른 빛을 띠었다. 리는 오 미터까지 내려갈 수 있었다. 물 속은 여전히 적막하다. 리는 중성부력을 유지하면서 해류에 몸을 맡겼다. 리의 몸은 해류를 따라 천천히 흔들렸다. 모래에 점점이 박힌 검은 바위들과 야윈 해초들이 눈에 들어왔다. 해초들은 마치 작은 꽃처럼 보였다. 리는 눈을 감고 보파(아름다운 꽃을 뜻함)의 얼굴을 떠올렸다.

섬유공장 노동자였던 보파는 리에게 그 이름처럼 한송이 꽃과 같았다.

"리욱조, 정신차리라. 에미나이 보는 눈이 그렇게 없네?"

리의 동료들은 낄낄거리며 보파가 그처럼 아름답다는 것을 인정하지 않았다. 리에게만 그렇게 보였던 것일까. 하긴 처음 만났을 때 보파는 이름처럼 아름다운 여자는 아니었다. 아침마다 뛰곤 했던 똔레삽 강변의 시소왓 로에서 보파를 지분거리던 시원치 않은 사내들을 호기롭게 나서 물리쳐준 까닭에 인연을 맺게 된 보파는 그 무렵 프놈펜 외곽에 세워지기 시작한 섬유공장의 노동자였다. 가무잡잡한 피부에 리의 어깨에 겨우 닿는 작은 키, 호리호리한 몸매의 보파는 프놈펜 거리에서 흔히 볼 수 있는 평범한 크메르 여자였다. 다른 여자들을 앞서는 매력이 있었다면 언제나 웃음을 잃지 않는 명랑한 얼굴과 씩씩함이었다. 남자들 앞에서는 그저 움츠러들기만 하는 다른 여자들에 비해 보파는 늘 당차게 행동했다. 한번은 리의 동료들에게 보파를 소개시켜준 적이 있었다. 짓궂게도 리의 동료 중 한명이 보파가 그날 입고 나온 바지의 무릎 부분에 구멍이 뚫린 것을 트집 잡아 보파를 골리기 시작했다. 그러자 보파는 턱을 꼿꼿이 세우고 자신을 골리는 리의 동료를 대뜸 야단쳤다.

"구멍이 뚫렸음 어때요? 난 부끄럽지 않아요. 맨살이 보이는 것도 아니잖아요."

난처해진 것은 오히려 리의 동료 쪽이었다. 크메르 여자들이란 으레 남자들 앞에서는 고개를 외로 꼬고 시선 한번 제대로 맞추지 못한다고 생각했던 그들로서는 의외의 반격이었다.

"야 리욱조, 무슨 캄보쟈 에미나이레 성깔이 이 모양이가?"

"누가 데리고 살간?"

무안해진 리의 동료들은 보파가 알아듣지 못하는 조선말로 불만스럽게 투덜거렸지만 리는 그처럼 당찬 보파가 자랑스러워 어깨가 우쭐해졌다. 리는 나긋나긋하고 수줍은 척하는 여자는 딱 질색이었다. 리가 꿈꾸던 결혼 상대는 인민군 여성 군관이었으니 더 말할 나위가 없었다. 리가 생각하기에 보파가 그처럼 당당할 수 있는 것은 공장 노동자인 때문이었다. 집에 틀어박혀 집안 치다꺼리나 하고 부모들 잔소리에 고개만 숙이고 있었다면 보파도 틀림없이 다른 여자들과 마찬가지였을 것이다. 잔업에 야근은 물론 특근도 잦아 한달에 한번 만나기도 어려운 보파였지만 리에게 보파는 이름처럼 한송이 아름다운 꽃으로 피어났다. 노동으로 까칠해진 그녀의 손바닥도 리에게는 비단결의 부드러움으로 느껴졌으니까.

리는 보파의 얼굴을 떠올리려 했지만 쉽지 않았다. 그녀의 목소리도, 머릿결의 향기도 생생하게 기억할 수 있는데 왜 얼굴은 떠오르지 않는 것인지 리는 이해할 수 없었다. 고작 삼년밖에 지나지 않았는데. 리는 마지막으로 보았던 보파의 얼굴을 떠올렸다. 수류탄 파편이 박히고 스쳐지나가 엉망으로 찢겨진 얼굴에는 눈도 없었고 코의 형체도 남아 있지 않았다. 파편에 찢어진 참혹한 얼굴은 보파의 얼굴에 대한 리의 모든 기억을 지워버리고 오직 그 얼굴만을 남겼다. 보파는 즉사했다. 부서진 이마를 보고 리는 보파가 고통스럽게 죽지는 않았을 것임을 유일한 위안으로 삼았다.

리가 보파를 만나기로 한 날은 일요일이었다. 보파는 친구의 청으로 아침 일찍 의사당 앞의 집회에 들른 다음에 오겠다고 약속을 했다. 정부의 탄압에 항의하기 위해 야당이 주최한 정치집회였다. 그 무렵 보파는 정치에도 조금씩 관심을 보이고 있었다. 공장 노동조합을 탄압하는 데에 경찰이 앞장서는 일이 잦았기 때문에 보파의 정치의식이 자극을 받은 것은 당연한 일이기도 했다.

집회가 진행되던 중에 누군가 네 개의 수류탄을 군중들 사이에 던져넣었다. 열아홉 명이 즉사하고 백 명이 넘는 사람들이 부상을 입었다. 다리가 잘렸더라도 살아 있었으면 얼마나 좋았을까. 열아홉 중의 하나가 아니었으면 얼마나 좋았을까.

"리, 당신은 왕을 아시니 도와주세요."

눈물조차 말라버린 보파의 늙은 아비는 리에게 두 손을 모아 머리 위로 올리고 신음처럼 말했다. 뭘 도와달란 말이었을까. 보파의 영혼은 이미 차갑게 식어버린 몸을 떠났는데. 덤덤한 표정을 짓고 아무 말도 하지 않았지만 리는 속으로 울고 있었다. 리가 평생 처음으로 사랑했던 여자였다. 아무에게도, 그녀에게도 말하지 않았지만 기회를 봐서 청혼도 할 생각이었다.

리는 보파를 죽인 놈을 찾기 위해 백방으로 뛰어다녔다. 내키지 않았지만 살인자를 찾는 데 도움이 될 만한 왕족에게 알아봐줄 것을 부탁하기도 했다. 리는 삼백 명의 군중들 사이에 수류탄을 던진 짐승만도 못한 놈을 찾으면 꼭 산 채로 화장을 하고 싶었다. 그 재를 모아 보파의 재가 안치된 옆에 놓아주고 싶었다.

"쓸데없는 짓 하지 마라."

낌새를 눈치 챈 경호대에서는 리에게 외출금지 명령을 내렸다.

"동무가 상관할 바가 아니오."

김기서 소좌는 단호하게 잘라 말했다.

"죄 없는 사람들이 반동들의 테러로 열아홉 명이나 죽었습니다."

"그래서?"

소좌의 싸늘한 눈초리가 리의 정면을 응시했다.

"테러를 자행한 놈들은 캄보쟈 인민의 적입니다."

리도 그때만큼은 굽힐 수가 없었다.

"정신차리지 못하니."

소좌가 버럭 소리를 질렀다.

"여긴 조선이 아니고 동무는 캄보쟈 인민이 아니야. 동무가 여기 혁명을 하러 왔니? 왜 주제넘게 나서니?"

"캄보쟈 인민의 적이면 조선 인민의 적입니다."

"간나 새끼. 에미나이 때문에 돌지 않았음."

자리에서 벌떡 일어선 소좌의 손바닥이 부동자세로 서 있던 리의 뺨을 후려쳤다. 힘이 실려 있는 가격이었기 때문에 리는 중심을 잃고 비틀거렸다.

"누가 그랬는지 몰라서 그러니? 수상의 개인 경호원들이 관련되었다는 소문이 파다하지 않니. 외교적으로 문제라도 생기면 동무가 책임지겠어?"

목격자들이 있었음에도 불구하고 사건은 미궁으로 빠졌다. 그리고 석달이 지나기도 전에 쿠데타가 일어났다. 아무도 더는 사건에 대해 입을 열지 않았다.

그랬을까? 소좌의 말처럼 리는 보파의 죽음 때문에 제정신이 아니었을까. 아마 그랬을 것이다. 보파가 그렇게 어이없이 세상에서 모습을 감춘 후 리의 가슴속에는 시간이 지날수록 회의가 멍울처럼 자리를 잡았다. 오토바이 때문에, 금반지 하나 때문에 사람을 죽이는 자들. 운동화 한짝 때문에 아이가 아이를 죽이는 사회. 한장의 지폐 때문에 몸을 파는 젊은 여자들. 권력을 지키기 위해 서슴없이 테러를 자행하는 자들. 그 권력을 앞세워 이익에 눈이 먼 권력자들. 리는 이 모든 것들에 소름이 끼쳤다. 빈곤과 가난만으로는 설명할 수 없었다. 없으면 없는 대로 나누어 먹으면 될 일이었다. 누군가 더 가져가려면 누군가는 그만큼 굶주리고 헐벗고 죽어야 하는 당연하고도 간단한 사실을 아무도 이해하려 하지 않았다. 명분도 도덕도 없이 오직 돈만을 위해 벌어지는 아귀다툼. 전쟁이 이보다 끔찍했을까? 마치 전쟁처럼 한 사람 한 사람, 결국은 모든 사람들을 지옥과도 같은 아비규환으로 몰아가는 자본주의의 놀라운 힘은 등줄기를 서늘하게 하는 두려움이기도 하면서 뒷덜미를 뻣뻣하게 만드는 분노의 대상이기도 했다. 그러나 리가 할 수 있는 일은 아무것도 없었다. 리는 이방인일 뿐이었다. 소좌의 말대로 리는 캄보쟈 인민이 아니었다. 소좌가 옳았다. 자신에게 무슨 권리와 권한이 있어 남의 나라 일에 티끌만큼이라도 참견을 할 수 있단 말인가. 수상의 개인 경호원 손목을 부러뜨리는 일이 고작이었던 것을.

　리는 천천히 수면으로 떠올랐다. 산소가 고갈된 심장과 폐가 간절히 공기를 원하고 있었다. 물 밖으로 나온 리는 크게 숨을 들이켜고는 주위를 둘러보았다. 저 멀리 물러나 있는 오뜨레스 해변은 자신이 떠났던 땅처럼 느껴지지 않았다. 뜨거운 태양 아래 바다 위에 떠 있는 리는 마치 푸른 종이 위에 찍힌 하나의 검은 점과 같이 보였다. 리는 다시 물 속으로 들어가고픈 충동에 사로잡혔다.

오뜨레스 해변에서 도장으로 돌아와 샤워를 하고 바닥에 큰 대자로 누워 있던 리는 예기치 않은 방문객을 맞았다. 누워 있던 리가 천천히 일어서는 동안 유심히 리를 살펴보던 사내는 다짜고짜 조금은 미심쩍은 말투로 물었다.

"당신이 손으로 벽돌을 부순다는 말을 들었는데 정말이오? 그것도 한번에 열 장씩이나?"

"그렇소."

고개를 끄덕인 리는 형식적으로 두 손을 모아 낯선 사내에게 인사를 했다. 사내도 엉거주춤 두 손을 모았다. 머리 가운데가 벗겨지고 대신 턱밑에 손가락 두 마디 길이의 염소수염을 기른 사내는 마흔쯤 되어 보이고 중국인 같았다. 깨끗하게 다려진 흰색 비단 셔츠와 날이 살아 있는 검은 바지를 입은 품과 손가락에 박힌 두툼한 금반지와 셔츠의 앞자락 사이로 늘어진 정교하게 세공된 굵은 금목걸이에서는 돈이 풍기는 냄새가 풀풀 흘렀다.

"괜찮다면 직접 한번 볼 수 있겠소?"

의외로 사내는 아주 공손한 태도로 리에게 청을 넣었다. 마뜩치는 않았지만 보여주지 않는 것도 공연한 오해를 살 수 있었다. 리는 도장 한구석에 쌓아놓은 붉은 벽돌 열 장을 들어 도장 가운데에 가지런히 옮겼다.

"잠깐."

리가 자세를 잡기 전 사내는 놓인 벽돌을 들어 깨어진 것은 아닌지 확인했다. 모서리가 조금씩 깨져 있기는 했지만 금이 가거나 부서진 벽돌은 없었다. 짧게 기합을 넣은 리가 정권 격파 시범을 보였다. 열장의 벽돌은 당연히 두 동강이 나서 바닥에 흩어졌다. 사내는 고개를 절레절레 흔들었다.

"이런 벽돌을 몇장이나 부술 수 있소?"

"길이가 좀 긴 벽돌이라면 스무 장은 너끈합니다."

"스무 장이나……"

사내의 얼굴에는 감탄하는 기색이 역력하게 번졌다.

"어디서 오시었소?"

"조선민주주의인민공화국."

"조선민주주의인민공화국?"

"꼬레."

"아, 꼬레. 나도 프놈펜에 꼬레 친구가 있소."

사내는 그제야 만면에 미소를 띠우며 아는 척을 했다. 리는 조금 난감했다. 사내가 말하는 꼬레는 북한일 수도, 남한일 수도 있었다.

96년 캄보디아에 남한 대표부가 들어선 이래 프놈펜에는 꾸준히 남한 사람들이 늘었다. 리가 듣기에 왕은 남한과의 수교를 반대했지만 수상이 밀어붙여 성사되었다고 했다. 지금은 수적으로는 남한 사람들이 월등히 많아졌다. 리는 설명하기가 쉽지 않았고 또 그럴 기분도 아니었기 때문에 사내가 말하는 코리아가 북한인지 남한인지 개의치 않기로 했다.

"태권도라는 무술인데 배워보시겠소?"

리는 최대한 퉁명하게 말했다.

"얼마나 배워야 댁처럼 벽돌을 부술 수 있겠소?"

"벽돌을 부수려고 배우는 무술이 아니오."

"그럼 뭣 때문에 배우는 것이오?"

"우선 자신을 보호하기 위해서이고 다음으로는 정신을 수련하기 위해서요."

물론 사내는 리의 말을 쉽게 이해하지 못했다.

"총알도 막을 수 있다는 말이오?"

"……총알은 막지 못하지만 어지간한 칼은 막을 수 있소."

"칼을 막을 수 있는 것만도 대단한 일인데."

사내는 빙긋 웃더니 그쯤에서 두 손을 모아 인사를 했다.

"다시 오겠소."

"그러시오."

리는 선선히 사내를 문까지 배웅했다. 사내에게서는 자본주의의 썩은 냄새가 물씬 배어났다. 사내가 배우겠다고 나섰어도 리는 흔쾌하지 않았을 것이지만 어차피 그는 호신 따위를 위해 태권도를 배우려고 할 부류는 아니었다. 리의 생각은 틀리지 않았다. 도장을 나선 사내는 사무데라 앞에 서 있던 독일제 아우디 승용차로 걸어갔다. 차 안에서 사내의 경호원이 나와 뒷좌석의 문을 열었다.

"정말 손으로 열 장의 벽돌을 부쉈어. 스무 장도 부술 수 있다고 하더군."

차에 올라탄 사내는 손수건을 꺼내 이마의 땀을 닦았다. 차 안은 냉방이 잘되어 있었기 때문에 땀은 곧 식을 것이었다. 사내가 탄 아우디는 곧 사무데라 앞을 떠났다.

사내가 나간 후 리는 깨진 벽돌 조각들을 치우고 다시 선풍기 앞에 누웠다. 회칠이 군데군데 떨어져나간 천장은 빗물까지 배어들어 누렇게 변색되어 있었다. 실링팬도 걸 수 없을 만큼 낮은 천장에 시선을 박고 있던 리는 피식 웃음이 새어나왔다.

—태권도 도장이라.

리가 시하눅빌에 내려와 태권도 도장을 연 것은 별다른 뜻이 있어서가 아니었다. 소좌는 리가 한 곳에 머물러 있을 것을 명령했다. 떠나는 날 소좌는 리의 경례를 받으면서 지나가는 말로 덧붙였다.

"지내다 무료하면 시하눅빌에서 공화국 태권도나 보급해보오."

무료하면 해보라는 것이었으므로 명령도 아니었고 하다못해 권유도 아니었다. 흘리기는 리도 마찬가지어서 시하눅빌에 온 뒤로 일주일이 지날 때까지 소좌의 그 말을 까맣게 잊고 있었다. 일주일 동안 리는 매일같이 수영을 했고 근처의 섬에 다녀오기도 했다.

매일매일 수영을 하는 것말고는 별달리 할일이 없었다. 소좌의 말처럼 정말 무료해진 리는 한달에 오십 달러를 주기로 하고 사무데라 맞은편 건물의 이층을 도장으로 얻었다. 열댓 명 정도를 들일 수 있는 넓이의 공간이었다. 도장 자리를 얻은 후 리는 꽤 의욕적으로 준비에 매달렸다. 리로서는 제법 큰돈을 들여 바닥에 나무 마루를 깔았다.

일은 순탄하게 풀리지 않았다. 첫번째 목수는 나무 값을 받은 다음 날 시하눅빌에서 사라져버렸다. 두번째 목수는 약속했던 나무의 절반 값에도 미치지 못하는 나무를 썼다. 화가 난 리는 두번째 목수를 요절 내려고 했지만 아내는 병이 들어 자리보존중이고 철모르는 아이들이 여덟이나 바글거린다는 말에 치솟는 화를 애써 눌러 참았다.

리는 프놈펜의 김기서 소좌에게 부탁을 넣어 전신거울 다섯 장과 긴 전등 세 개를 인편으로 받았다. 그는 부탁한 거울과 전등에 덧붙여 액자 안에 들어 있는 김일성 수령과 김정일 장군의 초상화, 그리고 인민공화국기를 보냈다. 리는 관원들이 얼추 모이면 형식을 갖추어서 올려 모셔야겠다고 소중히 보관해두었다. 도장은 준비를 끝냈지만 한 달 가깝게 지난 지금까지 부원은 보나리쓰 한 명뿐이었다. 많은 부원을 기대했던 것은 아니었지만 그래도 한 명을 데리고 액자를 올릴 수는 없었다.

—사람이 모여야 보급을 해도 할 것이 아닌가.

리의 눈에 아직 비어 있는 벽이 들어왔다. 액자가 걸릴 자리였다. 리는 쩝쩝 입맛을 다셨다.

어렴풋이 스콜이 쏟아지는 소리에 리는 잠을 깼다. 비는 으렁으렁 소리를 내며 천지를 집어삼킬 기세로 내리고 있었다. 침대에서 일어난 리는 창문을 열었다. 바람은 불지 않았지만 창문으로 비릿한 물냄새가 밀려들어왔다. 정원의 배수로는 산에서 내려온 붉은 흙물로 넘쳐나고 철창이 꽂힌 담 너머의 길도 물이 불어나 마치 개천이라도 된 것처럼 흐르고 있었다. 리는 문을 열고 이층 발코니로 나갔다. 빗물이 아름드리 바라밀(잭푸르트)의 나뭇가지들이 걸려 있는 발코니 난간으로 흘러들어와 바닥에 흥건하게 괴어 있다. 희부연 비의 장막 너머 바다 위 하늘은 검은 구름이 가득하다. 리는 난간에 팔을 괴고 쏟아지는 스콜의 가장자리로 머리를 내밀었다. 머리를 때리고 목덜미로 흐른 물은 순식간에 등을 타고 엉덩이로 흘렀다. 한동안 머리가 얼얼할 정도로 비를 맞은 리는 젖은 바지를 그대로 걸친 채 물을 흘리며 방으로 돌아와 철벅거리며 거실로 내려갔다. 방이 여덟 개나 되는 이 큼직한 프랑스풍의 이층집은 프놈펜의 경호대가 주선해준 집이다. 보레이 카마코의 산기슭에 자리잡은 별장은 뒤로는 숲이 있고 앞으로는 시내와 바다를 굽어볼 수 있는 위치에 자리잡고 있었다. 왕실의 일원인 귀족 소유의 집은 지은 지 오래되어 지금은 사용하고 있지 않지만 방치한 것은 아니어서 정원의 잔디는 늘 단정하게 깎여 있고 집안 곳곳도 깔끔하게 정돈되어 있었다. 어지간하면 집안의 가구들은 도둑의 손을 탔을 법한데 정부 요직에 앉아 있는 집주인의 위세 덕분에 모두 제자리에 있었다.

리는 아침마다 거르지 않던 구보를 스콜 때문에 쉬기로 했다. 길 곳곳이 패어 있기 때문에 물이 흐르면 웅덩이가 어딘지 보이지 않아 고꾸라지기 십상이었다. 거실로 내려간 리는 주방으로 가서 냉장고의 문을 열고 우유를 꺼냈다. 리는 이미 주둥이가 열려 있던 우유팩을 들고 거실로 가 소파에 앉았다. 우유팩을 입에 대고 벌컥벌컥 마시고 있는 리의 눈에 육 미터 높이의 천장에 매달린 실링팬이 들어왔다. 화려한 크리스탈 장식이 매달린 지름 이 미터의 실링팬은 천천히 회전하면서 눅눅한 거실의 공기를 휘젓고 있었다. 퇴락했지만 그래도 여전히 사치스러운 가구와 장식이 가득한 이 집이 리에게는 불편할 때도 있었지만 지금은 익숙해져 별 느낌이 없었다.

현관의 문이 열리고 가정부인 나크리가 찢어져 너덜거리는 우산과 반찬거리가 담겼을 비닐봉지를 들고 들어섰다. 우산에서도 비닐봉지에서도 물이 흘러 바닥을 흥건하게 적셨다. 나크리는 거실에 앉아 있는 리를 보고 엉거주춤 인사를 했다.

"쩜프립 수어 록.(안녕하세요, 선생님.)"

리도 고개를 숙였다. 열아홉 나크리는 수줍음이 많은 편이다. 나크리의 등뒤에서 보나리쓰가 조심스럽게 고개를 내밀었다. 나크리는 보나리쓰가 소개한 아이다.

"밥이야 사 먹으면 되고 청소야 자는 방만 하면 되니까 일없다."

가정부를 쓰라는 보나리쓰의 말에 리는 일언지하에 거절했지만 그 뒤에도 틈틈이 똑같은 말을 늘어놓기에 귀찮기도 하고 무슨 까닭이 있으려니 생각해서 오전에만 와서 아침과 청소를 해주는 것으로 하고 허락을 했던 것이다. 나크리에게는 한달에 십 달러를 주기로 했다. 나크리가 온 뒤로 보아하니 보나리쓰는 도장 청소는 빼먹어도 보레이카마코의 집은 뻔질나게 들락날락하는 눈치였지만 리는 무심한 척 지나쳤다.

나크리는 종종걸음으로 리를 지나쳐 주방으로 갔다. 뒤에 남은 보나리쓰는 물에 젖은 생쥐꼴로 머리를 긁적거리며 리에게로 다가왔다. 리는 수건을 가져다주었다.

"시범공연?"

시범이면 시범이지 무슨 시범공연? 리는 들고 있던 우유팩을 든 채 팔짱을 끼고 보나리쓰의 얼굴을 찬찬히 살폈다. 리와 마주하면 슬슬 눈치만 보던 보나리쓰의 얼굴에는 오늘따라 평소와 달리 표정 가득히 자신감이 비쳤다.

"사부온, 좋은 일이에요."

보나리쓰는 나가 클럽에서 태권도 시범을 했으면 한다는 전갈을 들고 리를 찾아온 것이었다. 빗물에 젖은 셔츠가 불쾌한 느낌으로 등판에 달라붙어 리는 어깨를 움찔거렸다.

"시범을 보이려면 싸루 앞에서 시범을 보이는 것이 옳지 클럽에서 시범을 한단 말이야?"

"시장 앞보다는 나가 클럽이 백배 천배 낫지요."

보나리쓰는 무슨 말이냐는 듯이 크게 손을 내저으며 말을 이었다.

"시장 앞에서는 돈을 낼 자들이 없거든요. 저를 믿으세요. 사람들은 모여들겠지만 그 사람들 중 사부온의 벽돌 깨기를 보고 오백 리엘이라도 내는 사람이 있다면 제가 다음에 도마뱀으로 태어날 놈이에요. 하지만 나가 클럽에서는 벌써 백 달러를 주겠다고 약속을 했거든요. 정말이에요. 십 달러도 아니고 백 달러나 주겠다고 지배인이 말하는 걸 제가 이 귀로 똑똑히 들었거든요. 거기에다가 손님들이 주는 팁은 모두 가지라고도 했구요."

리는 손에 든 우유팩을 들어 남김없이 마셔버리고는 손등으로 입가를 훔치고 보나리쓰에게 말했다.

"네가 일하는 나가 클럽이라는 곳은 무얼 하는 곳이냐?"

"예?"

보나리쓰는 리의 눈치를 살폈다. 크메르말을 유창하게 하기는 했지만 리는 크메르 사람은 아니었다. 그래서인지 보나리쓰에게 리는 때때로 종잡을 수 없는 별난 인간이었다. 시범이라고 해봐야 짧으면 십분, 길어보아야 이십분이면 족할 텐데 백 달러를 받을 수 있다면 그게 어디든 냉큼 나설 일이 아닌가.

"나가 클럽은…… 손님들이 춤도 추고 술도 먹고 하는 클럽인데요."

"그래서, 나더러 춤추고 술 먹는 클럽에서 태권도 시범을 보이란 말이냐?"

"……백 달러나 받고, 또 팁도 들어올 텐데요."

리는 들고 있던 우유팩을 불끈 쥐었다. 구겨진 팩의 주둥이에서 우유방울이 튀어 허공으로 흩어졌다.

"간나 새끼."

리는 기합을 주듯이 큰소리로 외쳤다. 주방에 있던 나크리가 놀라 손에 들고 있던 냄비를 바닥에 떨굴 만큼 크고 우렁찬 소리였으니 바로 앞에서 그 소리를 들은 보나리쓰가 혼비백산 한 것은 더 말할 필요가 없었다. 게다가 리가 내뱉은 소리는 보나리쓰로서는 알아들을 수 없는 조선말이었다. 보나리쓰의 얼굴에서는 삽시간에 핏기가 가셨다.

클럽 같은 자본주의의 퇴폐 소굴에서 술 취해 춤추며 돌아가는 자들 앞에서 태권도 시범을 보이다니. 생각만으로도 숨이 거칠어지고 얼굴이 붉어진 리는 소파에서 벌떡 일어섰다. 그 기세에 놀린 보나리쓰는 엉덩방아를 찧으며 뒤로 넘어졌다.

"그럼 안하시겠다고 전할게요."

보나리쓰는 기어들어가는 목소리로 리에게 말했다. 조금 열이 받아 보나리쓰의 말은 들은 체도 않고 거실을 이리저리 쿵쿵쿵 소리를 내며 돌아다니던 리는 문득 걸음을 멈추고 보나리쓰를 향해 돌아섰다.

"보나리쓰, 시범을 하자."

어이가 없어진 것은 보나리쓰였다. 백 달러나 주겠다는 시범을 마다하고 성난 황소처럼 콧김을 뿜더니 이젠 또 하겠다니. 정말 종잡기 힘든 인간이 아닌가.

"나가 클럽은 관두고 싸루 앞에서 하자."

"……거기선 해봐야 돈 낼 사람이 없다니까요."

이제 리는 보나리쓰의 말이 귀에 들어오지 않았다.

왜 그 생각을 못했을까. 시장 앞에서 송판과 벽돌을 깨는 태권도 시범을 보이면 필시 사람들이 모일 것이고 모인 사람들 중에서 몇몇은 태권도를 배우려고 할 것이 아닌가. 리는 크게 각성했다. 언젠가 수령께서도 말씀하시었다. 대중사업을 승용차나 오토바이를 타고 다니면서 해서는 안된다. 자기 발로 걸어다니면서 사람들을 만나고 사업을 해야 한다고 하지 않으셨는가. 태권도 사업도 결국 대중사업이다. 도장 문만 열어놓고 앉아서 사람들이 오기를 기다렸으니 될 일이 무엇이겠는가.

리는 문을 열고 정원으로 나섰다. 비는 그쳐 있었다. 저 멀리 바다 위로 검은 먹구름이 빠른 속도로 빠져나가고 있었다. 물에 흠뻑 젖은 잔디와 바라밀나무의 잎들은 어느 때보다 발랄한 생기를 머금고 있었다.

"클럽에 와서 하라 했더니 시장 앞에서 한다고?"

보나리쓰가 돌아와 자초지종을 설명하자 나가 클럽 지배인 바낙은 고개를 갸우뚱했다.

"액수가 적다고 하더냐?"

지배인의 물음에 보나리쓰는 대답을 하지 못했다. 보나리쓰도 리의 속은 알 수가 없었다. 바낙은 보나리쓰를 내보내고는 별관의 이층에 있는 사장실로 올라갔다.

"백 달러짜리는 아닌 것 같습니다."

바낙은 허리를 조아리고 고급스러운 나무의자에 앉아 있던 사장에게 보고했다. 사장은 전날 리의 도장에 들렀던 바로 그 사내였다.

"하긴, 살고 있는 그 집이 누구 집인가. 거길 얻어 살고 있다면 만만한 작자는 아니겠지."

나가 클럽 사장은 지배인을 물리고는 턱의 염소수염을 쓰다듬으면서 곰곰이 다음 생각에 잠겼다.

리가 싸루 앞에서 태권도 시범을 벌이기로 결심한 덕분에 보나리쓰만 바빠졌다. 시장 앞에서 시범을 보일 때 쓸 격파대도 구해야 했고 모래주머니를 걸 기둥도 마련해야 했다. 도장에는 남은 벽돌이 없었기 때문에 시범에 쓸 벽돌을 구하는 것도 보나리쓰의 몫이었다.

"혹시 누군가 돈을 주면 모두 네가 가져라."

리는 이렇게 약속했지만 보나리쓰는 속으로 코웃음을 쳤다.

―공짜로 봐도 되는데 어떤 놈이 돈을 낼까?

그렇다고 해서 보나리쓰가 마지못해 동분서주한 것은 아니었다. 리로 말할 것 같으면 타지에서 굴러들어온 보나리쓰를 그래도 사람처럼 대우해주지 않았던가. 보나리쓰에게 점심 한끼나마 제 돈으로 산 사람은 리가 유일했다. 무뚝뚝하고 때때로 사납게 으르렁거리는 게 문제이긴 했지만.

보나리쓰가 리에게서 벽돌 값으로 받은 돈을 절약하기 위해 공사장을 기웃거리는 동안 리는 시범을 어떻게 보일까 궁리하기에 바빴다. 대련을 하면 가장 좋은데 상대를 찾을 수 없으니. 리는 충무와 광개 두 가지 틀을 보이고 격파에 중점을 두기로 했다. 격파는 앞주먹과 손칼로 벽돌을 부수는 것으로 하면 될 것이다. 팔꿈치로 부수는 것도 넣자. 발차기 격파가 문제였다. 누군가 나무판이든 벽돌이든 들어주어야 하는데. 보나리쓰밖에 없군. 틀과 격파 사이에는 앞차기와 옆차기, 후리기를 넣기로 하고 리는 시범 계획을 마무리했다. 시범을 보일 때 실수가 있어서는 안될 것이라는 당연한 생각에 리는 연습에 돌입했다. 그날 밤늦도록 통일도장의 불은 꺼지지 않았다. 오랜만에 리는 혼곤하게 깊은 잠에 빠질 수 있었다.

보나리쓰의 준비가 끝나기를 기다려 리의 태권도 시범은 이틀 뒤에 열렸다. 시간은 땡볕을 피해 해가 지기 한시간쯤 전으로 잡았다. 수평선 가까이 기운 해는 싸루 앞에 긴 그림자를 만들었다. 저녁 시간을 앞두고 언제나 그렇듯이 싸루 앞에는 제법 많은 사람들이 있었다. 보나리쓰는 다마라의 오토바이 보관소 앞에 자리를 잡았다. 장보러 오는 사람들 중에서 오토바이를 끌고 오는 사람들은 모두 이 보관소를 들락거렸다. 시장으로 통하는 입구 옆이기도 했기 때문에 왕래가 잦은 곳이어서 사람들 눈길을 끌기에 좋았다. 보나리쓰는 오토바이들이 오가는 길을 막지 않도록 주의하면서 눈대중으로 리가 시범을 보일 장소를 네모로 그린 다음 뒤쪽에 각목 두 개를 박고 철사줄을 연결했다. 그 철사줄에는 '통.일.도.장.태.권.도.시.범'이라는 글자를 한자씩 적은 종이들을 매달았다.

"무슨 일이야?"

오토바이 보관소 주인인 다마라가 철사줄에 종이를 걸고 있던 보나리쓰에게 다가와 물었다.

"동양 최고의 무술. 맨손으로 벽돌을 부수는 태권도 시범이에요."

"무술? 그게 뭐야?"

"그게…… 보면 알아요."

종이를 걸어 만든 플래카드 앞에 열 장의 벽돌을 올려놓은 격파대를 세 개 늘어놓는 것과 삽으로 구멍을 파고 미리 만든 기둥을 박아 모래주머니를 거는 것으로 준비는 끝났다. 준비하는 동안에도 사람들은 모였다. 워낙 구경거리가 없는 것이 시하눅빌이다 보니 그럴 만도 했다. 모인 사람들이 저마다 한마디씩 묻는 바람에 보나리쓰는 어깨가 으쓱해졌다. 플래카드가 세워진 오토바이 보관소 앞 작은 공터는 마치 무슨 행사장처럼 보였다. 주변 사람들 모두 보나리쓰를 바라보고 있었다. 보나리쓰는 플래카드가 걸린 나무막대기 옆의 의자에 앉아 있는 리를 슬쩍 곁눈질로 훔쳐보았다. 점잔을 빼고 무뚝뚝하게 앉아 있지만 입가가 살짝 치켜올라간 것이 리도 속으로는 보나리쓰가 이처럼 훌륭하게 시범 준비를 해놓은 것에 감탄하고 있는 것처럼 보였다. 보나리쓰의 가슴에 풍만한 만족감과 기쁨이 뿌듯하게 밀려왔다. 준비를 마친 보나리쓰는 주변에 모인 사람들의 머리를 헤아렸다. 이십 명은 족히 됨직했다. 흰색 도복에 검은 띠를 멘 리는 허리를 빳빳이 세우고 정좌를 한 채 호흡을 가다듬고 있었다. 리의 복장은 시하눅빌 사람들에겐 처음으로 구경하는 희한한 것이었다. 구경꾼들은 손짓을 하며 저마다 수군대기에 바빴다.

"시작해볼까?"

준비가 얼추 끝난 것을 본 리가 일어서려 하는 것을 보나리쓰가 말렸다.

"사람들을 더 모아야 해요."

보나리쓰는 시장 안과 근처를 돌아다니며 통일도장의 태권도 시범을 알렸다.

"맨손으로 벽돌을 부숴요. 지금 구경하지 않으면 죽을 때까지 못해요."

보나리쓰가 싸루의 구석구석을 숨이 턱에 차도록 뛰어다닌 덕분에 시범 장소 주변에는 거의 백여명의 사람들이 모여 웅성거렸다. 보나리쓰가 돌아올 때까지 멀뚱하게 의자에 앉아 있던 리는 마침내 엉거주춤 자리에서 일어났다. 계획했던 대로 충무부터 동작을 보이려고 한걸음 나서는 리의 허리띠를 보나리쓰가 슬쩍 잡아당겼다. 보나리쓰는 제가 한걸음 앞으로 나서 손나발을 만들어 입에 대고는 큰소리로 외쳤다.

"깜뽀옹싸오옴 시민 여러분. 요 아래 사무데라 맞은편 통일태권도 도장에서 나왔습니다. 이제부터 여러분에게 아시아 최고의 무술 태권도가 무엇인지를 보여드리겠습니다. 자알 구경하시고 나도 이렇게 하고 싶다고 생각하시는 분은 요 아래 사무데라 맞은편 통일태권도 도장으로 찾아오시면 됩니다아."

—그렇지. 한마디 하고 시작하는 것이 훨씬 낫군.

리는 고개를 주억거리고 힘차게 발을 뻗어 앞으로 나섰다.

"하앗."

잠시 정신을 집중한 리는 배에 잔뜩 힘을 주고 그 힘을 기합으로 끌어올렸다. 소란스러운 싸루 앞길에 힘있게 울려퍼진 기합소리에 놀라 장보던 여자들까지 시범장을 기웃거렸다.

리의 태권도 시범이 본격적으로 시작되었다. 홋홋. 충무의 서른 동작이 끝나자 리의 이마에는 흥건히 땀이 배었다.

"춤이야?"

"무슨 춤을 저리 추지?"

태권도 동작을 처음 본 사람들은 수군거렸다. 실망하는 기색들이 역력했다. 구경꾼들 중 몇명은 자리를 뜨기까지 했다. 리가 광개의 서른아홉 동작을 마치자 백여명이 넘게 모여 있던 구경꾼들은 절반으로 줄어 있었다. 이미 시범에 들어간 리는 개의치 않고 마지막 동작을 마친 후 발차기 시범에 들어갔다. 후훗. 호흡을 가다듬은 리는 앞차기와 옆차기 그리고 후리기로 기둥에 매달린 모래주머니를 때렸다. 그제야 자리를 떠나려던 사람들도 엉덩이를 붙였다.

"손도 아니고 발을 잘도 쓰는군."

"저 사람은 밥도 발로 먹을까?"

"시끄러워. 이젠 벽돌을 어찌할 모양이네."

시범은 종반에 이르러 리는 바닥에 놓여 있던 벽돌 열 장 가운데 왼쪽 것을 앞주먹으로 내리쳐 산산조각을 냈다. 리의 이마에서는 땀이 비 오듯 쏟아졌다. 다시 호흡을 가다듬은 리는 손칼로 열 장을 그리고 팔꿈치로 나머지 열 장을 연이어 부숴버렸다. 쌓인 벽돌이 힘없이 부숴져나가자 구경꾼들 사이에서 탄성이 터졌다. 마지막 발차기 격파만 남겨두고 리는 한편으로 물러나 있던 보나리쓰에게 손짓을 했다. 리는 돌려차기로 보나리쓰가 들고 있는 벽돌을 부순 후 시범을 끝낼 작정이었다. 보나리쓰는 쭈뼛거리며 벽돌 한장을 들고 앞으로 나왔다.

"꼼짝하지 말고 있어."

리는 보나리쓰에게 단단히 이르고 흘러내리는 땀을 훔쳤다. 보나리쓰가 엉거주춤 머리 높이로 벽돌을 들었다. 리는 발을 뻗어 거리를 조정하고 돌려차기로 벽돌을 겨냥했다. 단단히 주의를 주었건만 순간적으로 겁에 질린 보나리쓰가 움직이기라도 했던 것일까. 리의 뒷발에 닿은 것은 벽돌이 아니라 보나리쓰의 머리였다. 보나리쓰는 비명도 지르지 못하고 서 있던 자리에 푹 고꾸라졌다. 송판도 아니고 벽돌을 부술 양으로 돌린 발차기였기 때문에 보통 힘을 실은 것이 아니었다. 흙바닥에 쓰러진 보나리쓰의 입에서 피가 흘러나왔다. 구경꾼들 사이에서 여자들의 비명소리가 들렸다. 잠시 멍하니 서 있던 리는 보나리쓰를 들쳐업고 번개처럼 추엔민 병원으로 내달렸다. 한바탕의 단독 시범을 치른 다음이라 리의 심장은 마치 터질 것처럼 부풀어올랐다. 리의 등뒤에서 보나리쓰는 마치 나무토막처럼 마구 흔들렸다. 리의 맨발에 돌이며 쇳조각 같은 것들이 박혔지만 리는 개의치 않고 추엔민 병원을 향해 마구 달렸다. 누군가 오토바이를 타고 뒤를 따라와 타라고 말했지만 리의 귀에는 아무 소리도 들리지 않았다. 다만 돌려차기를 할 때 뒷발에 닿았던 그 불길한 느낌만이 머리를 가득 메웠다.

"죽지 마라."

숨이 턱에 찼지만 리는 중얼거리고 또 중얼거리면서 뛰었다.

"턱이 부숴진 것은 확실하고 문제는 뇌의 손상인데."

엑스레이 필름을 손에 든 의사가 이미 절반은 얼이 빠져버린 리에게 말했다.

"이것 봐. 동공이 움직이지 않잖아. 뇌진탕이야. 여기서 뇌수술은 할 수 없네. 정 살리고 싶으면 프놈펜으로 올라가게."

의사는 고개를 흔들었다.

"살려주오."

리는 의사의 손목을 잡았다. 의사가 비명을 지르며 리의 손을 뿌리치고 뒤로 물러섰다. 시뻘겋게 손자국이 남은 손목을 내려다본 의사는 질렸다는 듯이 절레절레 고개를 흔들더니 응급실을 빠져나갔다. 의사가 나간 후 응급실에서 보나리쓰의 넋이 나간 얼굴을 멍하게 보고 있던 리는 응급실을 뛰어나가 로비를 두리번거리며 전화기를 찾았다.

"어디에 걸 거요?"

카운터에 앉아 있던 사내가 리에게 물었다.

"프놈펜."

"그럼 만 리엘 먼저 내고……"

사내가 손부터 내밀었다. 리는 우악스럽게 카운터 뒤에 앉아 있던 사내의 멱살을 잡아 허공으로 올렸다. 겁에 질린 사내는 그제야 책상 위의 전화를 들어 카운터에 올려놓았다.

프놈펜의 경호대로 전화를 건 리는 가쁜 숨을 몰아쉬며 뇌수술을 할 수 있는 병원을 잡아달라고 부탁했다. 전화를 받은 김기서 소좌는 영문을 몰랐지만 여하튼 프놈펜의 시하누크 종합병원으로 올라오라고 했다. 리는 보레이 카마코의 집으로 달려가 자동차를 몰고 병원으로 왔다.

"가능하면 빨리 올라가시오. 시간이 목숨이오."

응급실에서 보나리쓰를 실어내가는 리에게 의사가 말했다. 들것에 실려 나와 자동차의 뒷좌석에 실릴 때까지 보나리쓰는 의식이 없었다. 턱은 심하게 부어올랐고 반쯤 감은 눈의 동자는 풀려 있어 움직이지 않았다.

리는 미친 듯이 프놈펜으로 달렸다. 온통 하얗게 탈색된 리의 머릿속을 보나리쓰의 창백한 안색과 풀린 눈동자만이 가득 메우고 있었다. 병원에서는 김기서 소좌와 홍병철 상위가 리를 기다리고 있었다. 맨발에 도복을 입은 채로 보나리쓰를 업고 병원에 나타난 리를 보고 둘은 입을 벌리고 말을 잇지 못했다.

"도대체 무슨 일인가?"

"이 아이 살려주오⋯⋯"

땀과 흙으로 범벅이 된 리가 김기서 소좌에게 한 말은 그것뿐이었다. 그러나 리도 알고 있었다. 보나리쓰가 호흡을 멈춘 것은 적어도 한시간 전의 일이었다. 리는 보나리쓰를 업은 채로 병원 현관에서 무릎을 꿇었다. 리의 크고 억센 손이 이미 나무토막처럼 굳어버린 보나리쓰의 작은 손을 으스러지게 움켜쥐었다. 고개를 떨구고 짐승의 신음소리를 흘리던 리의 어깨가 천천히 들썩거렸다. 사람들이 하나둘씩 리의 주위로 모여들었다. 의사가 나타난 것은 한참 뒤의 일이었다.

사고가 난 지 이틀이 지나서야 리는 시하눅빌로 돌아왔다. 보레이
카마코의 이층집에 틀어박힌 리는 그날부터 술만 먹었다.

"보나리쓰는 어떻게 되었어요?"

나크리가 조심스럽게 리에게 말을 건넸지만 리는 아무 말도 할 수
없었다. 리는 나크리가 만든 음식들도 손에 대지 않았다. 그저 넋이
나간 사람처럼 거실의 의자에 앉아 술잔을 기울이다 가끔 일어나 우
유만 마셨다. 시하눅빌에는 그날 리의 발차기에 얻어맞은 보나리쓰가
죽었다는 소문이 돌았지만 특별히 관심을 기울이는 사람은 없었다.

리가 다시 시하눅빌에 나타난 다음날 저녁 보나리쓰가 일하던 나가
클럽에서 리를 만나자는 전갈이 왔다. 꼼짝도 하지 않던 리는 나가 클
럽이라는 말을 듣고 몸을 일으켰다. 비척비척 일어난 리는 그를 데리
러 온 자동차를 타고 나가 클럽으로 갔다.

"나 기억하겠소?"

별관 이층으로 올라간 리를 기다리고 있던 것은 나가 클럽의 사장
이었다. 리는 그가 얼마 전에 도장으로 찾아왔던 사내라는 것을 기억
했다. 만면에 웃음을 머금은 사장이 리에게 자리를 권했다.

"정말 대단해."

사장은 연신 싱글거리며 리를 추켜세웠다. 리는 물끄러미 그의 얼
굴을 바라보았다. 리가 나가 클럽에 온 것은 보나리쓰가 일하던 곳이
기 때문이었다. 염치는 없지만 용서를 구할 셈이었다.

"당신 발차기에 보나리쓰란 애가 단번에 죽은 것 맞지?"

사장은 싱글싱글 웃으며 놀랍다는 듯 양손을 들어 리를 추켜세웠다.

"벽돌을 부술 때 내가 알아봤다는 것 아니야. 그럼, 벽돌 열 장이 부
숴지는데 사람인들 온전하겠는가."

사장은 호기롭게 탁자 위에 달러 뭉치를 내밀었다.

"자, 이천 달러일세."

리는 곧추세운 허리를 풀어 소파에 등을 기대고 팔짱을 끼었다.

"일을 끝내면 삼천 달러를 더 주겠네. 놈은 사람들을 만날 때면 항상 경호원들이 먼저 철저히 몸을 뒤지기 때문에 무기를 들고는 접근을 할 수가 없어. 맨주먹으로 놈을 처치할 사람을 찾고 있었는데 자네만큼 잘할 수 있는 사람이 어디 있겠나. 뒷일은 걱정하지 않아도 좋아. 창문 아래 기다리고 있을 테니 자넨 일을 마치고 뛰어내리기만 하면 되네. 이층이니 자네 같은 사람에게는 어려운 일도 아니겠지?"

나가 클럽 사장은 말을 마치고 허리를 앞으로 굽혀 리의 어깨를 두드렸다. 고개를 숙이고 사장의 말을 듣고 있던 리는 비척비척 자리에서 일어났다. 그리고 조선말로 말했다.

"너희들은 모두 인민의 적이야."

조선말을 알아듣지 못해 자리에서 일어난 리의 얼굴을 멀뚱하게 보고만 있던 나가 클럽 사장을 뒤로하고 리는 계단을 내려와 사자상 앞 길로 걸어나왔다. 가로등이 희미하게 비추고 있는 사자상은 고개를 돌리고 바다를 굽어보고 있었다. 리는 쏘카 해변으로 향하는 어두운 길을 따라 걸었다. 바닷바람이 휭 소리를 내며 길 양편의 풀들을 이리저리 헤집는 언덕길에서 리는 문득 보파의 얼굴을 떠올렸다. 그토록 기억이 나지 않던 얼굴이 마치 손을 뻗으면 보듬을 수 있을 것처럼 생생하게 떠올랐다. 오른쪽 입가의 작은 점. 그렇지, 작은 점이 있었지. 언덕길에서 우뚝 걸음을 멈춘 리는 두려운 마음으로 또하나의 보파의 얼굴을 떠올렸다. 그러나 그 얼굴은 보파의 웃고 있는 얼굴에 가려 아무리 애를 써도 기억할 수가 없었다.

검은 바다 위로 별이 보였다. 별빛은 차가운 대기를 지나온 것처럼 맑고 깨끗했다. 리는 얼핏 한기를 느꼈다. 입김이 보이는 것 같기도 했다. 세찬 바닷바람을 품에 안으며 바지주머니에 양손을 넣은 리는 언덕길을 따라 천천히 해변으로 걸어 내려갔다. 파도가 세차게 밀려오는 쏘카 해변 입구의 왼쪽 바위 위로 올라간 리는 바지와 윗옷을 벗어던지고 어두운 바다로 뛰어들었다. 물은 여전히 미지근했다. 검은 바다를 천천히 헤엄치면서 조선민주주의인민공화국 인민인 리는 저 악독하기 짝이 없는 캄보쟈 인민의 적들을 어떻게 처단해야 하는지 그 대답을 어두운 바다 아래에서 찾을 자신은 없었지만 계속 팔을 저어 앞으로 나아갔다. 가끔씩 별을 보면서 리는 검은 바다로 나아갔다. 문득 뒤를 돌아보았을 때 이미 그의 눈에는 검은 파도밖에는 아무것도 보이지 않았다. 리는 비릿한 공기를 길게 들이마신 후 기도를 닫고 부력의 강한 저항을 어깨로 부수며 내려갔다.

시하눅빌
러브
어페어

에까리치의 버스터미널 옆 작은 공터. 햇볕은 머리꼭지를 익힐 듯이 달구는데 바람은 코빼기도 비치지 않았다. 모또택시 운전사들은 터미널 공터의 야자나무 그늘에서 혓바닥을 빼물고 개처럼 헉헉거리며 프놈펜에서 오는 버스의 손님들을 기다리고 있었다. 그들 중 하나인 라차니가 뭐라고 중얼거렸지만 누구도 그의 말에 귀를 기울일 만큼 머리가 시원한 인간은 없었다.

　"저 아래 화교학교 영어선생 말이야, 어디서 구했는지 서양 사내를 데려와 살아. 사내가 사내를 데리고 산다니까."

　역시 아무도 대꾸하지 않았다. 대신 제 오토바이 배기통에 머리를 얹고 죽은 듯이 누워 있던 사라쓰가 마치 번개에라도 맞은 것처럼 잽싸게 일어나서 오토바이를 세웠다. 사라쓰의 민첩한 행동을 신호로 공터 그늘의 모또택시 운전사들은 모두 후다닥 튀어 일어나 오토바이의 시동을 걸었다. 열댓이 동시에 그 짓들을 했기 때문에 공터에는 순식간에 뿌옇게 흙먼지가 피어올랐다. 흙먼지 너머 맹렬하게 피어오르는 아지랑이 사이로 프놈펜발(發) 버스 한대가 굼벵이처럼 천천히 터미널을 향해 굴러오고 있었다. 코를 후비고 있었기 때문에 서둘러 일어나다 제 콧구멍을 찌른 라차니는 제일 늦게 버스를 향해 달려갔다. 따끔거리는 코를 훔친 라차니의 손등에 피가 묻어나왔다.

　―엇, 제기랄.

　어디를 어떻게 찔렀는지 라차니의 콧구멍에서는 쿨쿨쿨 피가 흘러나왔다. 속절없이 콧구멍을 부여잡고 목을 젖히고 있느라 버스에서 내린 손님들에게 경쟁자들이 몰려들어 먼저 채가는 것을 보고도 뛰어들지 못하던 라차니의 눈앞에 뿌연 먼지가 가시고 남은 것은 서양인 하나뿐이었다. 부처님이 도우셨군. 라차니는 질질 피가 새는 콧구멍을 부여잡고 서양인에게로 달려갔다.

　"라차니."

　서양인은 라차니를 보고 싱글싱글 웃었다. 달려가면서 어쩐지 눈에 익다 싶더니 남은 서양인은 서양인이랄 것도 없는 시하눅빌 화교학교 영어선생인 릭이었다. 그래도 혹시나 하는 마음에 라차니는 머리를 조아렸다.

　"리끄, 프놈펜에 다녀오셨군요. 학교로 갈까요? 아니면, 훈센비치로 갈까요?"

　화교학교라면 터미널에서 걸어도 삼분이면 족한 길이었기 때문에 라차니는 내심 찔리는 구석이 있어 슬쩍 릭의 눈치를 살폈다. 릭은 팔짱을 척 끼고 실실 웃으며 고개를 흔들었다. 젠장, 학교로 가는구나. 실망한 라차니가 싸루로나 가볼 양으로 핸들을 돌릴 때 코가 삐죽한 서양인이 탄 오토바이 한대가 터미널로 들어왔다. 오토바이에서 내린 서양인은 릭과 가볍게 포옹을 한 후 함께 터미널을 떠났다.

둘이 탄 오토바이가 아지랑이 사이로 멀어지는 것을 보면서 코를 붙잡고 있던 라차니는 다음 버스가 오려면 아직도 한참 기다려야 하는 터미널을 떠나 싸루로 향했다. 라차니는 입으로 흘러드는 코피를 어쩔까 망설이다 꿀꺽 목으로 삼켰다. 찝찌름한 것이 기분은 별로 좋지 않았지만 뱉어버리기는 어쩐지 아까웠다.

터미널에서 손님 하나 잡지 못하고 코피까지 흘리며 싸루 앞으로 자리를 옮긴 라차니는 시장 입구에서 앙코르 주조공장에 다니는 셍라이의 모친인 찬나와 마주쳤다. 남편이 칠년 전 곡괭이로 지뢰를 찍어 이승을 하직한 후 모녀는 단둘이 살았는데 싸루에서 작은 과일가게를 하고 있었다.

"코는 왜 그래?"

못 본 척 지나치면 될 일인데 굳이 또 참견이다. 라차니는 제 손가락으로 찔러 피가 났다고 말하기도 무엇해서 씩 웃으며 우물거렸다. 그 꼴이 더 못마땅했던 모양인지.

"변변치 못하기는."

찬나는 쯧쯧 혀를 차고는 찬바람을 뿌리며 잰걸음으로 싸루 안으로 사라졌다.

"에미나 딸이나 똑같이 쌀쌀맞기는……"

기분이 상한 라차니는 찬나의 뒤통수에 눈을 흘기며 중얼거렸다. 셍라이와는 혼담이 오가는 처지라 대놓고 싫은소리를 할 수가 없었다. 혼담에 대해서 말하자면 아버지가 없는 것을 제외한다면 라차니보다는 셍라이의 조건이 좋다고 말할 수 있었다. 셍라이네는 싸루에 가게라도 하나 갖고 있었지만 라차니네는 식구만 많았지 아버지부터 시작해서 막내에 이르기까지 변변하게 돈벌이하는 인간이 없었다. 오십이 넘은 아버지는 폐인이나 다름없었고 어머니는 남편과 자식들 뒤치다꺼리에 녹아났다. 문제는 자식들이었는데 무슨 재주를 부렸는지 다섯 명의 자식들이 모두 아들인 것까지는 좋았지만 라차니 아래 세 명의 동생들은 해변을 어슬렁거리며 관광객들에게 껌이나 과자를 판답시고 돌아다니다 해가 지기 전에 제 입에 처넣기 일쑤였고 라차니의 형은 시청 공무원이었는데 주변머리가 없어서 월급 삼십 달러에 코를 박고 있었다. 그렇다고 일을 열심히 해서 그런 것도 아니었다. 허구한 날 땡땡이만 밥 먹듯이 치면서도 그랬다. 공무원들이 출근표에 가위 표시만 해놓고 사라지는 거야 백이면 백 놈이 다 그랬으니 타박할 일은 아니었지만 나머지 시간에는 모또택시를 몰든지 아니면 뇌물거리라도 찾아다니든지 해야 할 것이 아닌가.

이처럼 라차니네 집 남자들은 대체로 게으르고 덜떨어진 편이었다. 그저 하루 벌어 하루 끼니를 때우고 그나마 없으면 굶고 마는 것이 라차니네 생활이어서 도대체가 궁핍하기 짝이 없었다.

그러나 부처님은 만물에 공평하사 라차니는 허우대와 외모 하나만큼은 누구와 견주어도 손색이 없었다. 라차니뿐만 아니라 라차니의 형도 그런 것으로 보아 이것은 유전이었다. 훤칠한 키에 쌍꺼풀이 슬쩍 진데다 보름달처럼 둥글고 큼직한 눈, 뚜렷하게 양쪽으로 벌어진 코볼, 두툼하고 길쭉한 입술은 생전 앙코르와트 구경을 못했던 라차니네 식구들은 몰랐지만 앙코르톰의 베이온 사원에 있는 사면상의 얼굴과 비슷했다. 다시 말하자면 라차니는 타고난 캄보디아의 미남이었다. 어떤 여자라도 눈이 똑바로 박혀 있는 크메르 여자라면 라차니 앞에서 숨이 막힐 법도 했다.

이런 라차니에 비하면 셍라이는 생김새부터가 영 뒤떨어졌다. 여자니까 작은 키야 그렇다 치더라도 얼굴은 바나나처럼 길쭉한데다 기미가 잔뜩 끼었고 옹색하게 좁은 코, 찢어지다가 만 것 같은 작은 입, 열일곱이 되었는데도 여전히 밋밋한 가슴, 우기 때에 슬쩍 보면 발가락이 손가락만큼 긴 것도 기괴했다. 하나 부처님은 역시 공평하사, 셍라이는 머리가 무척 똑똑했다. 단적인 증거로 셍라이는 초등학교에 다닐 때 단 한번도 전교 일등 자리를 놓쳐본 적이 없었다(라차니는 언제나 전교 꼴찌를 도맡았다). 특히 수(數)에 있어서 셍라이는 단연코 시하눅빌에서 으뜸이며 누구도 따라올 수 없는 천재였다. 이 천재성을 간단하게 증명하는 것이 셍라이네 과일가게의 장부였다. 셍라이가 초등학교를 졸업하고 장부를 맡은 후 셍라이는 장부 정리에 일분 이상을 할애한 적이 없었다. 한번 쓱 훑어보고 숫자를 쓰면 그것으로 끝이었다. 어머니인 찬나의 말에 따르면 그 장부는 단 한번도 틀려본 적이 없다고 했다. 수의 여왕 셍라이는 열여섯이 되던 지난해에 앙코르 주조공장에 취직을 했다. 근동의 마을에서까지 지원자가 몰려 경쟁률은 무려 십 대 일이나 되었다. 앙코르 주조공장에서도 셍라이의 영민함을 알아보았던지 그녀는 십 대 일의 경쟁을 뚫고 무난하게 여공이 되어 작업복을 지급받을 수 있었다. 싸루에 과일가게를 갖고 있는데다 셍라이까지 여공이 되어 월급을 받아 두 모녀가 살기에는 충분한 정도가 아니라 약간은 넘칠 만도 했는데 모녀는 똑같이 절약정신이 투철했다. 셍라이가 몰고 다니는 중국제 산양 오토바이는 솔직히 내다버려도 아깝지 않은 물건이었다. 아니, 실제로 내다버리려는 것을 셍라이가 가져다 쓰는 것이었다. 머리가 좋으니 그런 일도 가능했다. 셍라이는 오토바이를 연구했는데 일주일 만에 산양 오토바이가 시원찮은 기어 때문에 고장이 잦다는 것을 간파하고 미션을 교환한 결과 산양 오토바이는 그럭저럭 굴러다니게 되었다.

라차니의 친구들은 라차니와 셍라이가 전혀 어울리지 않는 쌍이라고 수군거렸다. 만부당한 말씀. 라차니는 그렇게 생각하지 않았다. 허우대와 용모가 뛰어난 대신 머리가 조금 달리는 라차니와 외모는 달리지만 머리가 비상한 셍라이. 따지고 보면 이만큼 잘 어울리고 서로의 단점을 훌륭하게 보완하는 쌍은 쉽게 찾을 수 없었다. 그런데도 오지랖 넓은 친구들은 쓸데없이 깐죽거렸다.

"너처럼 머리 나쁘고 셍라이처럼 못생긴 아들이나 딸을 만들면 어쩌려고 해?"

늘 제 잘난 맛에 사는 사라쓰의 말이었다. 그러나 그건 걱정할 일이 아니었다.

"머리 나쁘고 못생긴 아이가 나올 가능성은 절반의 절반이야. 그러니까 머리 좋고 잘생긴 아이가 나올 가능성도 절반의 절반이지. 그리고 절반은 머리가 나쁘더라도 잘생기거나 못생기더라도 머리가 좋은 아이니까 어느 쪽이건 세상 살아가는 데엔 문제가 없어. 머리도 나쁘고 못생긴 애들이 문제지, 안 그래?"

다른 사람이 아니라 셍라이 모친인 찬나의 주장이었다. 어쩌면 이렇게 엄마와 딸이 모전여전으로 똑똑할 수 있을까. 라차니는 뭐가 무슨 소리인지 정확하게는 이해할 수 없었지만 그 엄숙하고 똑똑한 분위기만으로도 감탄하지 않을 수 없었다. 이런 셍라이와 결혼하기로 작심한 라차니는 자신이 직접 싸루의 과일가게를 찾아가 찬나에게 허락을 받기로 했다. 물론 셍라이에게도 뜻이 있는지 확인한 다음이었다. 쭈뼛거리며 청을 넣은 라차니를 이리저리 꼼꼼히 훑어본 찬나는 다행스럽게 라차니가 싫지는 않은 모양이었으나 단서를 달았다.

"너 말이야, 셍라이와 결혼하고 싶으면 여기로 들어와 살아."

"어디요?"

라차니는 잽싸게 찬나의 의중을 간파하지 못하고 일순간 당황했다. 마침 그 자리에는 셍라이도 있었다. 그녀는 모친의 어깨 너머로 눈을 가로로 찢고 라차니를 노려보며 손가락으로 흙바닥 위에 판자를 깐 방바닥을 가리켰다. 그제야 라차니도 방바닥을 제 손가락으로 찍었다.

"여기요?"

"왜? 싫어? 그렇담 네 주제에 시내는 그만두고라도 어디 깜뽕사옴 근처에 변변한 깐텡이라도 장만할 수 있다는 거야? 설마 니네 식구들로 미어터지는 집에 셍라이를 데려가려는 건 아니겠지?"

라차니는 뒷머리만 긁적였다. 틀린 말이 아니었다. 모아놓은 돈은 커녕 주머니에 있는 오천 리엘이 전재산인 라차니가 신혼살림을 차릴 집을 얻을 수는 없었다. 그렇다고 해서 라차니까지 일곱 식구가 방 하나에 바글거리는 집에 셍라이를 데려오기도 난망했다.

"그러니 여기로 들어와. 정 뭣하면 때를 봐서 내가 나가 살 테니까 걱정하지 말고."

찬나는 딱 부러지게 라차니에게 일렀다. 다시 말해서 데릴사위는 찬나가 내건 결혼 조건이었다. 험한 세상에 모녀 둘이서 살려니 어려운 일이 한둘이 아닌 것은 사실이었다. 과일가게 수입도 있었고 셍라이가 받아오는 월급도 있었다. 절약하면서 살다보니 돈도 얼마간 모였다. 모은 돈은 양철 냄비에 담아 과일가게 안쪽에 들인 방의 판자

밑을 파고 묻었다. 찬나의 가장 큰 걱정은 언젠가 강도가 들이닥쳐 모녀를 해치고 돈을 빼앗아가는 것이었다. 그동안 싸루에 강도가 들어온 적이 몇번 있었기 때문에 찬나의 걱정도 기우는 아니었다.

"그리 알고, 싫음 말아."

찬나는 이렇게 비타협적으로 냉정하게 말을 맺고 가게로 나가버렸다. 데릴사위로 들어오려면 결혼을 하고, 싫으면 말라는 통보였다. 라차니는 어쩐 일인지 더 길어진 듯한 셍라이의 얼굴을 멀뚱하게 바라보았다. 그러나 볼 것도 없었다. 셍라이는 어미보다 한술 더 떴다.

"잘 들었지? 어머니 말대로 하지 않으려면 이젠 아는 체도 하지 마."

셍라이는 어서 가서 부모들과 상의하라고 라차니의 등을 밀어 가게에서 쫓아냈다. 집으로 가는 동안에 라차니는 곰곰이 생각해보았는데 아버지도 어머니도 거절할 것 같지는 않았다. 언젠가 셍라이 어머니가 죽으면 싸루의 과일가게도 라차니 부부가 물려받을 것이니 미리 가서 도와주자는 것이니까. 그런데,

"에라이, 덜떨어진 놈아."

집안 체면이 있지 데릴사위라니. 라차니 아버지는 대번에 옆에 있던 가래통을 집어던지며 노발대발이었다.

"사내자식이 어디 빌어먹을 데가 없어 여자 집에서 빌어먹는단 말이야. 네놈이 얼마나 못나게 보였으면 그런 소릴 듣고 다녀. 나가 죽어라 이놈아."

데릴사위라는 말이 나오자마자 라차니의 아버지는 가래 끓는 소리를 연신 뱉으며 손에 잡히는 대로 라차니에게 집어던졌다. 라차니의 아버지는 힘도 없는 노인이었고 집어던지는 물건도 성냥이거나 빈 상

자 아니면 베개 따위여서 라차니는 별 신경도 쓰지 않고 슬슬 피했는데 재수없이 돌로 만든 손바닥만한 불상에 이마를 정통으로 맞고는 비명도 못 지르고 뒤로 넘어졌다.

"에구, 이 양반이 미쳤나, 불상을…… 멀쩡한 애 잡겠수."

그제야 라차니의 어머니가 중간에 뛰어들어 길길이 날뛰는 남편의 팔을 잡았다. 눈물이 찔끔거리는 것은 관두고라도 조막만한 불상인데도 이마는 순식간에 갓난아이 주먹만한 크기로 부어올라 라차니는 정신이 다 없어졌다. 그런 라차니에게 어머니가 부창부수로 혀를 차며 말했다.

"에구, 이놈아. 그럴 것 없이 차라리 깐텡이라도 하나 사달라고 하면 되잖아. 돈도 많은 집인데."

"그런 소리 마슈. 그 집 어미가 어떤 사람인데 나한테 집을 사주겠수."

혼몽한 중에도 라차니는 제법 똑바른 소리를 했지만 어머니는 더욱 큰 소리로 호통을 쳤다.

"이 못난 놈아. 누가 너한테 사주래, 제 딸년한테 사주랬지."

그런가? 라차니는 계속 있어보아야 좋은 꼴 보기는 그른 일이라 생각하고 부어오른 이마를 감싸쥐고 집을 나왔다. 아버지나 어머니는 라차니가 데릴사위가 되는 꼴을 보고 싶어하지 않는 것이 확실했다. 해는 뉘엿뉘엿 지고 있어 라차니의 집이 있는 칼텍스 주유소 뒤편의 골목에도 해거름이 길게 깔렸다. 골목 어귀에서는 셍라이가 라차니를 기다리며 기웃거리고 있었다.

"쥐뿔도 없는 사람들이 고집은."

라차니의 말을 전해들은 셍라이는 어금니를 깨물고 라차니를 노려보았다.

"너, 나 좋아하니?"

"........."

셍라이의 느닷없는 질문에 라차니는 순간적으로 당황했다. 무슨 여자애가 사내에게 이처럼 당돌한 질문을 던질까. 라차니의 얼굴은 벌겋게 달아올랐다. 자고로 캄보디아에서 여자란 다소곳하고 부모의 말이나 남편의 말에 무조건적으로 순종하는 것이 미덕이었다. 그런 점에서 셍라이는 별종이었다.

"왜 대답을 못하니?"

셍라이는 선뜻 대답을 하지 않고 있는 라차니가 답답했다. 바지주머니에 양손을 꽂은 라차니는 발밑의 돌멩이만 굴렸다. 그러는 동안 셍라이는 잔뜩 토라져 싸루의 제 집으로 뛰어갔다.

그 이후로 찬나와 셍라이에게서는 서늘한 바람이 쌩쌩 불었다. 특히 셍라이는 라차니를 아예 사람으로 취급하지 않았다. 볼일이 없어도 하루에 두어 번은 마주치게 되어 있는 손바닥만한 시하눅빌에서 셍라이는 눈을 외로 꼬고 라차니를 외면했다.

"때려 치워. 쌔고 쌘 게 여자야."

사라쓰는 라차니에게 한심하다는 듯이 빈정거렸다. 틀린 말은 아니었다. 전쟁 동안에 워낙 사내들이 많이 죽어나갔기 때문에 캄보디아에는 남자보다 여자가 많았다. 한술 더 뜬 사라쓰는 라차니에게 바람까지 넣었다.

"게다가 넌 그 잘난 얼굴을 가지고 왜 셍라이처럼 못생긴 애한테 안절부절못해? 너라면 압사라(천사, 무희)처럼 예쁘게 빠진 애들이 줄을 설 텐데."

200

대꾸도 하지 않는 라차니에게 사라쓰는 해서는 안될 말까지 했다.

"그깟 과일가게 하나 가지고 너같이 잘난 놈을 데려다 부려먹으려고 하다니 말도 안되는 소리……"

잘난 척하는 놈들은 왜 이런 일로 늘 손해를 자청하는 것일까. 사라쓰는 말을 맺기도 전에 라차니가 날린 주먹으로 얼얼한 턱을 싸쥐고 휘청거리며 뒤로 물러섰다. 건성으로 날렸기 때문에 얼얼하고 말 정도였지 제대로 날렸으면 사라쓰는 며칠 동안 아무것도 씹을 수 없어 꼼짝없이 굶어야 했을 것이다. 라차니는 얼굴만 잘난 것이 아니라 허우대도 건장했고 주먹도 셌다.

"젠장."

라차니의 눈치를 보며 뒷걸음질을 치면서도 어이없다는 표정으로 턱주가리를 쓰다듬던 사라쓰는 라차니가 또다시 눈을 부라리자 땅바닥에 침을 뱉고는 뒤도 돌아보지 않고 냅다 도망을 쳤다.

라차니의 친구들은 대개 라차니가 싸루의 과일가게에 혹해 셍라이를 쫓아다니고 있다고 생각했는데 그것은 셍라이네 과일가게의 금전적 가치를 따지기 이전에 라차니네 남자들의 특질을 이해하지 못해서 빚어지는 오해였다.

라차니네 남자들은 천성이 낙관적이었다. 아버지만 하더라도 그 어렵고 혹독한 시절을 오로지 '낙관' 하나로 버텨온 크메르인이었다. 미군 폭격으로 농토의 태반이 거덜나고 쌀이 없어서 천지에 사람들이 죽어나갈 때에도 아버지는 걱정하지 않으셨다고 했다.

"기다리세. 폭탄이 떨어져도 땅은 없어지지 않고 그대로 있지 않은가. 좀 패었다뿐이지. 우기가 지나면 다 메워질 거야. 그때 가서 씨를 뿌리면 벼는 또 자라. 걱정 마세."

젊은 아버지는 이렇게 말하면서 이제 막 결혼한 어린 어머니를 다독거렸다고 했다. 라차니의 어머니에게는 그때부터 고생길이 환하게 열렸다. 민주캄푸치아 혁명군이 세상을 뒤집어버리자 모두들 협동농장에 들어가게 되었다.

"이제 폭탄도 떨어지지 않으니 무슨 걱정인가. 다들 저리 열심히 일하는데 곧 먹을 게 많아질 거야. 아직은 먹을 게 부족하니 우린 슬슬 일하고 조금씩 먹는 게 좋아. 열심히 일하다보면 그만큼 빨리 배가 고프고 많이 먹게 되니 안될 일이네."

목숨 보전한 것이 다행이라고 했다. 식량난으로 협동농장까지 만들어 공동취사까지 하는 판인데 눈에 띄게 게으름을 부려 앙카라로부터 주의를 받은 적이 헤아릴 수 없었다고 했다. 그 시절 이야기를 할 때마다 라차니 어머니는 그저 부처님 덕이라고 하면서 한숨을 푹 내쉬었다.

"그 사람들도 너무 어이가 없어서 배급만 줄이고 내버려두었으니 망정이지 하마터면 아버지만 다른 농장으로 끌려갈 뻔했단다. 그 무엇이냐, 재교육인지 뭔지를 해야 하는 농장이라나. 거기 갔으면 네 아버지는 분명히 황천으로 곧바로 가셨을 거다."

어머니는 덧붙이기를 그때 워낙 남들보다 덜 먹어서 아버지가 일찍 골골거리게 되었노라고 말했다.

라차니네 형제들은 이처럼 낙관적인 아버지의 특질을 유전자로 물려받아 매사에 낙관적이었다. 라차니의 형이 공무원이면서 뇌물에 눈을 밝히지 않는 이유도, 동생들이 관광객들에게 팔아야 할 껌이며 과자들을 먹어치우는 것도 모두 같은 이유에서였다. 어쨌든 라차니는 자신이 형제들 중에서 가장 덜 낙관적인 품성의 소유자라고 생각하고 있었지만 남들 눈에는 대동소이했다.

이런 라차니가 싸루의 조막만한 과일가게 때문에 셍라이와 결혼하려 한다고 짐작하는 사람들은 라차니를 몰라도 너무 몰랐다. 라차니는 천성적으로 셈이 약하고 물욕이 흐지부지한 인간이었다. 그저 하루 벌어 하루 먹으면 그로써 만족했고 골치 아프게 내일 먹을 것까지 걱정하는 타입이 못 되었다. 그러므로 셍라이네가 과일가게를 갖고 있지 않아도 라차니에게는 크게 달라질 것이 없었다.

라차니가 셍라이를 좋아하는 이유는 그녀의 총명함 때문이었다. 그것은 라차니가 가지고 있지 못한 것이면서 라차니가 가장 부러워하는 그 무엇이었다. 친구들은 몰랐지만 라차니는 초등학교 시절부터 은근히 셍라이를 점찍어놓고 있었다. 말이야 바른 말이지만 험한 세상 살아가는 데에 얼굴 예쁜 것이 어느 짝에 쓸모가 있단 말인가. 물론 셍라이와 더불어 싸루의 과일가게까지 따라온다면 마다할 일은 아니라고 라차니도 생각은 하고 있었다.

겉으로 드러내지는 않았지만 셍라이도 애가 타기는 마찬가지였다. 셍라이는 데릴사위를 고집하는 어머니의 속셈에 은근히 약이 올랐다. 어머니에게 집을 사주기를 바라는 것도 아니었다. 공장에서 받는 셍라이의 월급에 라차니가 게으름만 피우지 않는다면 적당한 곳에 세를 얻어 나가 살아도 그만이었다. 매사가 흐리멍덩하기만 한 라차니도 단단히 제 몫을 할 수 있도록 다잡을 자신도 충만했다. 집이야 그렇게 살다보면 언젠가는 장만할 수도 있었다. 그러나 셍라이의 어머니는 단호했다.

"나가 살아? 에미 혼자 싸루에 살다 도둑놈 총에 맞아 죽어도 좋단 말이지. 이런 매정한 년을 보았나. 당장 나가라 이년아. 에미 대신 그 덜떨어진 놈하고 붙어 얼마나 잘사나 한번 두고보자."

벼락같이 화를 낸 후 셍라이의 어머니는 널빤지 벽에 머리를 기대고 끅끅 소리를 내며 울었다. 공연히 말을 꺼냈다가 에미 눈에서 눈물까지 나게 한 셍라이는 자책감에 안절부절못하다 어머니를 부둥켜안고 그만 설움이 북받쳐 함께 울어버리고 말았다. 아버지가 지뢰로 돌아가신 후 칠년 동안을 셍라이만 바라보고 살아온 어머니에게 그런 매정한 얘기를 하다니. 결국 셍라이는 이러지도 저러지도 못하고 가슴앓이만 할 수밖에 없었다. 셍라이가 보기에 라차니 아버지도 요령부득으로 고집만 센 노인이라 라차니가 데릴사위로 들어가는 꼴을 죽기 전에는 봐줄 리가 없었다. 셍라이는 이러다 라차니가 제풀에 지쳐 자신을 포기하고 다른 여자를 찾아갈 것만 같아 마음이 조급했다. 하지만 이빨을 악물고 그런 내색을 비추지 않았다.

다시 또 올 텐데 잠깐 가는 것이 아쉬운지 건기는 마지막 기승을 부리고 있었다. 며칠에 한번쯤은 쏟아져야 마땅한 스콜도 벌써 보름째 감감무소식이었다. 산바람과 바닷바람에 거리 곳곳을 날리던 흙먼지는 집집마다 구석에 쌓여가고 여느 해보다 뜨거운 날씨에 시하눅빌 사람들도 혀를 빼물었다. 그러나 촐츠남(새해)이 다가오는 터라 셍라이 모녀는 라차니 일은 잠시 잊은 듯이 보였다. 주조공장은 공장대로 잔업과 야근에 바빴고 싸루의 과일가게는 과일가게대로 명절을 앞두고 늘어난 손님들로 바빴다. 원숭이 손이 아니라 도마뱀 발이라도 빌렸으면 할 정도로 바쁜 며칠이 계속되자 찬나는 저녁마다 온몸이 쑤시고 결려 자리보전을 해야 할 지경이었다.

"얘야, 그놈의 공장 며칠 쉬어라."

명절까지만이라도 딸년의 손을 빌릴 요량으로 출근하기 전 셍라이에게 슬며시 건넨 찬나의 말은 씨도 먹히지 않았다.

"공장 들어오겠다는 여자애들이 부두까지 줄을 서서 목을 빼고 있는데 쉰다는 말을 어떻게 해요? 그러다 공장에서 쫓겨나면 어머니가 책임이라도 질 거예요?"

셍라이는 실쭉하게 눈을 찢고 에미를 노려보고는 포르르 가게문을 나섰다. 틀린 말은 아니었어도 찬나는 감히 에미를 찢어진 눈으로 노려보는 셍라이에게 부아가 치밀었다. 라차니 때문이라고 짐작은 했지만 그래도 그렇지.

하나밖에 없는 자식도 대가리가 굵어지니 에미에게 눈을 부릅뜨는구나 하는 생각에 그만 마음이 착잡해진 찬나는 죽은 남편이 절로 아쉬웠다. 전쟁이 끝나고 우여곡절 끝에 싸루에 가게를 하나 얻어 그럭저럭 먹고살 만하니까 죽어버린 남편이었다. 그때를 생각하면 찬나는 지금도 가슴이 저릿했다. 싸루의 과일가게가 그럭저럭 장사가 되자 남편은 파인애플이며 바나나를 직접 경작하겠다며 시하눅빌 근처의 구릉에 있는 밭을 헐값으로 샀다. 설마 그 밭에서 곡괭이로 돌을 캐다 지뢰를 때릴 줄은 꿈에도 생각하지 못했다. 지뢰가 있을 곳이 아니었기 때문에 입방아 찧기 좋아하는 사람들은 누군가 구릉에 지뢰를 던져놓은 것이라고 수군댔다. 여하튼 밟기라도 했으면 발목이나 잘리고 말 일이었는데 곡괭이로 찍었기 때문에 남편은 파편을 머리에 맞고 자리에 쓰러져 오래 버티지 못했다. 그 모질고 험한 전쟁통에도 살아남았건만 그리도 허망하게 갈 줄이야 누가 알았을까. 그녀는 땅을 치고 통곡을 했다. 부부간에도 붙임성이 좋아 매사에 찬나를 위해주고 보듬어주던 남편이 세상을 뜨자 그 빈자리는 이만저만 크고 허전한 것이 아니었다. 우선은 모녀 단둘이 살다보니 도둑이 들어 모녀를 해하지나 않을까 하는 걱정이 가실 날이 없었고 손바닥만한 과일가게지만 아낙네 혼자 꾸려가기에는 녹록한 일이 아니었다. 밤이면 아이 몰래 젖가슴을 더듬던 남편의 깔깔한 손아귀를 떠올릴 때면 모닥불을 끼얹은 듯 얼굴이 홧홧 달아오르는 것도 잠깐, 이 험한 세상에 모녀 단둘을 두고 황천으로 간 남편에 대한 원망이 가슴에 사무쳤다.

셍라이가 아침 일찍 에미 가슴에 돌을 던지고 나가버리자 혼자 남은 그녀는 가게 안의 바나나 묶음들을 밖으로 내다 걸다 말고 한숨을 내뿜었다. 셍라이가 공장에 취직을 하지 않았을 때에는 알게모르게 일손을 덜어주는 맛에 버틸 수 있었는데 이제 그마저 여의치 않게 되자 딸년의 손도 무시할 것이 아니었다. 게다가 명절을 목전에 두고 손님들은 늘어나는데 가게를 비울 수가 없으니 쓸 만한 물건을 두고 팔기도 쉽지 않았다. 과일의 수요가 늘어나면 오토바이라도 끌고 주변의 산지(産地)들을 돌아다니며 물건을 구해도 시원치 않을 판인데 시장 구석에 처박혀 오지랖만 벌리고 있으니.

—라차니 이 녀석만 고분고분 말을 들어먹어도 좋으련만……

찬나도 자신의 요구가 무리한 것임을 모르지는 않았다. 라차니의 마음대로 되는 일이 아니라는 것도 알고 있었다. 그러나 아들 없이 달랑 셍라이 하나만 있는 모녀 살림에 흔쾌히 딸을 내줄 수도 없는 일이라 그녀도 마음을 독하게 먹을 밖에 도리가 없었다. 셍라이도 라차니에게 마음을 두고 있다는 것을 모르지는 않았지만 어찌 됐든 그녀는 데릴사위가 되겠다는 젊은 놈에게 셍라이를 내줄 생각이었다. 까짓 시하눅빌에 사내놈이 라차니밖에 없단 말인가. 찬나는 앞집에다 잠시 가게를 보아달라고 청한 다음 물에 축인 손바닥으로 머리를 쓸어 붙이고는 망고스틴 몇개를 싸들고 시장 입구의 오토바이 보관소로 향했다.

"좋은 놈으로요?"

찬나가 가져간 망고스틴을 까서 입에 넣던 싸루의 오토바이 보관소 주인 다마라는 그녀가 값비싼 망고스틴을 가져온 이유를 알고는 고개를 끄덕였다.

"라차니는 어쩌구요?"

셍라이와 라차니 사이에 오가던 혼담을 모를 리 없던 다마라는 라차니 얘기부터 물었다.

"우리 집 사정을 몰라서 그러세요. 그 집 노인네가 그렇게 고집을 피우니 어쩌겠어요. 게다가 정식으로 혼담이 온 것도 아니고요."

찬나는 이죽거리며 말했다. 그도 그렇기는 했다. 원래 혼담이란 중매꾼을 처녀의 집으로 보내어 생시(生時)를 적어 받아야 시작되는 것이고 처녀와 총각의 생시를 절에 가져가 스님에게 보이고 궁합이 맞아야 본격적으로 준비를 하는 것이 관습이었다. 그런데 라차니네 집에서는 셍라이네 집으로 중매꾼을 보낸 적이 없었다. 다마라는 시하눅빌에서 둘째가라면 서러운 중매꾼이었으므로 그것을 모를 리 없었다.

"글쎄, 요즘 젊은것들은 뭐가 그리 급한지 혼인 같은 중대사를 제멋대로 하려 든단 말이에요."

다마라는 먼저 중매꾼의 존재를 무시하는 젊은것들을 적당히 비난한 후 말머리를 본론으로 돌렸다.

"그런데 말이에요, 부모들이 두 눈 시퍼렇게 뜨고 살아 있는데 아들을 처녀 집으로 보낸다는 게 여간 어려운 일이 아니지요. 또 요즘 젊은것들 중에 그리 하겠다고 나서는 놈이 있을 것 같지도 않고요."

어려워요, 어려워요. 다마라는 연신 망고스틴을 까서 입에 넣으며 단물이 입 언저리에 흐르는 것도 모르고 고개를 흔들었다.

"사례는 톡톡히 할 테니 신경 써서 좋은 놈으로 알아봐주세요."

"신경은 써보겠지만 좋은 놈이 나올지 모르겠네요."

게눈 감추듯이 망고스틴 열 개를 한자리에서 해치운 다마라는 뭐가 아쉬운지 입맛을 쩝쩝 다셨다.

"올해는 가물기도 꽤 가물었는데 그놈 참 달다. 어디서 이렇게 좋은 놈을 가져다 파시나?"

다마라는 아무 생각 없이 잘 먹었다는 인사치레로 말한 것이었지만 찬나는 이유 없이 가슴이 뜨끔했다. 오늘 들어온 망고스틴은 남편이 지뢰를 밟고 죽은 구릉의 밭을 일구는 농부가 가져온 물건이었다. 그녀는 억지로 미소를 띄우며 다마라에게 두 손을 모아 삼피를 올리고는 오토바이 보관소를 나와 종종걸음으로 과일가게로 돌아갔다.

―좋은 놈이라……

찬나가 나간 후 다마라의 고개는 갸우뚱 모로 기울어졌다. 데릴사위를 얻으려면 가장 수월한 것은 부모 없는 고아를 택하는 것이고 그렇지 않으면 찢어지게 가난한 집에서 아들을 사오는 것이었다. 좋은 것은 부모가 살아 있는 집에 적당히 돈을 주고 신체 건장하고 정신 똑바로 박힌 사내아이를 데려오는 것이었는데 셍라이의 나이가 이제 열일곱이 되었으니 이미 늦은 일이었다. 아무리 찢어지게 가난한 집이라도 열아홉이나 스물이 넘도록 죽지 않고 장성한 아들을 무슨 이유로 넘긴단 말인가. 그러기에 남편이 지뢰로 황천에 갔을 때 서둘러야 했다. 그때쯤 열살 정도 먹은 사내아이를 데려왔으면 지금 걱정할 일이 없었을 것이다. 하긴 그것도 형편이 넉넉해야 할 수 있는 일이기는 했다. 다마라는 혀를 차며 고개를 흔들었다.

다마라가 중매꾼으로 이름을 날리게 된 것은 전쟁이 끝나고 싸루에 오토바이 보관소를 내면서였다. 시하눅빌의 어지간한 사람들이라면 모두 제 집처럼 드나드는 곳이 시장인 싸루이고 또 오토바이 보관소였던 까닭에 보관소를 연 지 한해 만에 다마라는 근동에 사는 사람들의 사정에 훤하게 되었다. 어느 집 자식이 혼기에 접어들었고 그 집 살림이나 형편은 어떠한지 가만히 앉아서 보관증만 끊어주고 있어도 한눈에 훤히 들어오게 되어 있었다. 대저 시하눅빌 근동에서 밥벌이로 오토바이를 끌고 다니는 모또택시 운전사들을 예외로 한다면 오토바이는 그 집의 신분과 경제력을 가감없이 대변하는 물건이었다. 예를 들어 중국제 오토바이를 끌고 다니면 그저 입에 풀칠이나 하는 정도이고 한국제를 끌면 형편이 좀 피는구나 하고 일제를 몰면 형편에 맞지 않게 좀 무리를 하는 것이거나 살림이 웬만큼 피고 있는 것이었다. 마음을 먹고 관심을 기울이면 오토바이의 외관이나 시동 걸리는 소리, 장식 따위를 살피는 것으로도 주인의 처지를 더욱 세밀하게 추측할 수 있었다. 이런 다마라가 자의반 타의반으로 중매에 나서게 된 것은 자연스러운 일이었다. 어찌 보면 중매란 것은 때때로 고달프기도 하고 신경 쓰이는 일이기도 했지만 천성이 싹싹하고 주의가 깊은 다마라는 중매일을 은근히 즐기는 편이었다.

묘한 것은 중매꾼 다마라가 마흔줄의 절반을 넘도록 독수공방을 면치 못하는 홀아비 신세라는 사실이었다. 전쟁중에 상처한 그는 자식도 없는데 어쩐 일인지 전쟁이 끝난 후 오토바이 보관소를 차리면서 먹고살 만해졌는데도 재혼을 하지 않았다. 사람들은 다마라가 전쟁중에 하체의 물건을 다쳐 그런 것이라고 수군대기도 했지만 그것이 사실인지는 아무도 알지 못했다. 다마라가 홀아비이기는 했지만 그렇다고 해서 중매꾼으로서 그의 명성이 훼손되지는 않았다. 스님이 제 머리를 스스로 깎지 못한다고 해서 공력을 의심할 수는 없는 법이니까.

찬나가 마침내 다마라에게 중매를 부탁했다는 소식은 돌고 돌아 라차니의 귀에도 들어갔다. 중매를 부탁했다는 것은 이미 찬나의 안중에 라차니가 없다는 것을 의미했다. 단박에 풀이 죽은 라차니는 그날부터 집에서 잔뜩 골이 난 표정으로 무언의 시위를 시작했다. 상대는 가래통만 집어던지는 아버지가 아니라 그래도 라차니의 속을 헤아려줄 듯한 어머니였다. 라차니는 어머니가 챙겨주는 밥에 손을 대지 않는 것으로 저항을 시작했다.

"안 먹고 뭐해?"

"생각 없수."

"그럼, 관둬라."

라차니의 어머니도 아버지와 오래 살다보니 닮게 된 것인지 라차니의 시위는 별 효과가 없었다. 저녁을 굶은 속이 허하다 못해 아리기까지 해 잠도 제대로 자지 못한 라차니만 손해였다. 라차니는 작전을 바꿔 읍소작전으로 나갔다.

"어머니, 어쩌란 말이오. 그냥 콱 죽어버렸으면 좋겠수?"

"네 맘대로 해라. 다 키운 자식 거저로 남에게 주느니 없는 셈 칠란다."

"정말이우?"

"정말이다, 이놈아. 아들이 다섯이나 있는데 너 하나 없다고 에미나 아버지가 외눈 하나 꿈쩍할 것 같으냐."

210

애간장이 타는 것은 라차니였을 뿐 어머니는 그 다음부터는 아예 도마뱀이 우는구나 하고 대꾸도 하지 않았다. 며칠을 소득 없이 몸만 상한 라차니는 급기야 셍라이와 시하눅빌을 뜨는 수밖에는 없다는 생각에 이르렀다. 그렇지만 손뼉도 마주쳐야 소리가 나는 법이었다. 싸루 뒤편으로 셍라이를 불러내 뜻을 밝힌 라차니에게 셍라이는 야멸스레 못을 박았다.

"못해."

"………"

"생각해봐. 내가 너랑 도망가면 우리 어머니는 어떻게 되겠니? 너네 집이야 네가 없어도 아들만 줄줄이 넷이나 되니까 상관없지만 나 하나밖에 없는 우리 어머니는 내가 없으면 어떻게 사시겠니."

셍라이의 이 말을 듣고 라차니도 더는 할말이 없었다. 말인즉슨 셍라이의 말에 한치의 어긋남도 없었다. 뭐라고 한마디 더했다가는 사람 취급 받기가 어려울 것 같았지만 라차니는 잔뜩 불만스러운 표정으로 셍라이의 진심을 다시 한번 떠보았다.

"그럼 너, 나랑 결혼하지 않아도 좋으냐?"

고개를 돌리고 입술을 자근거리던 셍라이는 바람소리가 쌩 나도록 고개를 돌려 라차니를 노려보았다.

"너야말로 이젠 나랑 결혼하고 싶지 않은 거니?"

셍라이를 만나러 싸루로 오기 전 야시장 노점에서 후다닥 국수 한 그릇을 게눈 감추듯이 해치우고 속이 텁텁해 배를 쓸고 있던 라차니는 셍라이의 예리한 눈초리에 가슴이 뜨끔했다. 안 그래도 오늘밤 셍라이에게 도망가자는 말을 해보고 거절당하면 이도저도 다 포기하려고 마음을 먹었던 라차니였다. 라차니는 묵묵히 회색빛 구름 사이로 무심하게 흘러가던 노란 반달로 눈길을 돌렸다.

"그렇구나."

그럴 줄 알았다는 듯이 가늘지만 가쁜 숨을 몰아쉬며 라차니를 노려보던 셍라이는 갑자기 두 손으로 얼굴을 쓸어안고 어깨를 들썩거리기 시작했다.

―어렵쇼?

당황한 라차니는 입을 헤벌리고 어쩔 줄을 몰랐다. 하늘이 두쪽이나도 셍라이가 눈물을 보일 줄은 감히 꿈에라도 생각지 못했던 라차니였다. 이런 세상에. 천하의 셍라이가 남정네 앞에서 어깨를 들썩이다니. 라차니의 벌어졌던 두툼한 입술은 저도 모르게 슬그머니 옆으로 찢어졌다. 망설이던 라차니는 은근슬쩍 셍라이의 어깨를 뒤에서 부둥켜안았다. 너도 여자는 여자구나. 순간 국수가 불고 있던 라차니의 텁텁한 속이 불의의 충격에 딱 얹혀버렸다. 셍라이가 뾰족하기 짝이 없는 팔꿈치로 라차니의 명치를 힘껏 내질렀기 때문이다.

"어디다 손을 대."

얼마나 힘껏 내질렸는지 눈앞에 은하수가 지나갈 정도였다. 명치에 힘을 준 라차니의 눈에 허리에 손을 얹고 입술을 잘근잘근 씹고 있는 셍라이의 얼굴이 은하수의 별인 양 들어왔다.

다마라는 사흘 만에 에까리치 해변의 레스토랑에서 웨이터로 일하는 스물한살짜리 총각의 이름을 들고 셍라이네 과일가게를 찾았다.

"생긴 것도 그럴듯하고 힘도 좋은 놈이에요. 마침 천애고아라 데릴사위라도 마다하지 않을 놈이지요. 제 오토바이도 한국제로 장만한 것으로 보아서는 재주가 없는 녀석은 아니지요."

다마라는 딱 적당한 총각을 찾았다고 분위기를 띄웠지만 찬나는 녹록하게 넘어가지 않았다.

"출신은 어디랍니까?"

"출신은 몬돌끼리(캄보디아 동북부 지방)라고 하던데요."

"그렇게 먼 타지에서 온 놈을 어떻게 믿고 들이나요?"

"생긴 것도 착하고요 평판도 좋아요."

"생긴 걸로 사람을 알 수가 있나요? 웬만하면 믿을 수 있는 놈으로 해주세요. 아무 때나 도망가도 속절없을 놈 말고요."

"……그럼 좀더 알아보지요."

다마라는 싫은 내색 없이 과일가게를 물러나왔다. 찬나도 찬나였지만 데데하게 굴지 않고 한마디에 물러난 다마라도 역시 중매꾼은 중매꾼이었다. 이런 경우에 얼치기 중매꾼은 억지로라도 성사시키려고 안달이 나거나 화를 내게 마련이었다.

마침 집에 점심을 먹으러 왔던 셍라이는 다마라와 찬나 사이에 오가는 말을 엿듣고는 대번에 찬나의 속셈을 눈치 챘다.

"무슨 일이에요?"

"넌 알 것 없다."

셍라이 앞에서 찬나는 아무 일도 없다는 듯이 딱 잡아뗐지만 뻔할 뻔자였다. 셍라이는 팩, 토라져 찬나가 차려놓은 점심에는 손도 대지 않고 과일가게를 나왔다. 필시 중매꾼인 다마라가 뻔질나게 들락거리다보면 어떤 놈이건 찬나의 맘에 드는 놈이 걸려도 걸릴 것이었다. 예상하지 못했던 일은 아니지만 셍라이도 어머니가 이렇게 빨리 서둘 줄은 몰랐다.

싸루를 나선 셍라이는 불같이 뙤약볕이 내리쬐는 싸루의 앞길을 바라보며 그만 머리가 아득해졌다. 중매도 관습이고 부모가 어린 딸에게 혼처를 정해주는 것도 관습이었다. 찬나가 다마라에게 중매를 부탁한 것은 탓할 일이 아니었다. 그러나 셍라이는 라차니를 두고 중매꾼이 물어온 인간과 결혼을 하고 싶은 생각은 눈곱만큼도 없었다. 하물며 데릴사위를 부탁했을 어머니였다. 시하눅빌 같은 좁은 바닥에서 혼기에 접어든 남자들은 모두 셍라이가 헤아릴 수 있었다. 셍라이가 아는 한 그중에서 데릴사위로 데려올 남자는 없었다. 그러니 십중팔구는 어디서 듣도 보도 못한 외지 남자를 신랑감이라고 들이밀 것이 뻔했다.

다마라의 보관소에서 산양 오토바이를 꺼내던 셍라이는 자신을 아래위로 훑어보는 다마라의 눈길이 예전과 다르다는 것을 느끼고는 등골이 오싹했다. 자신의 운명이 어쩌면 다마라의 손에 달려 있을지도 모른다고 생각하니 마치 뱀이 자신의 몸을 칭칭 휘어감고 있는 느낌이었다.

셍라이는 한낮의 불볕 같은 더위를 가르고 앙코르 주조공장으로 오토바이를 몰았다. 달리고 있을 때만큼은 바람이 땀을 좀 식혀주련만 얼굴에 달라붙는 뜨거운 바람은 얼굴을 달구기만 할 뿐 좀처럼 시원하지 않았다.

모하상끄란. 전설에 따르면 해가 바뀌어 크메르 사람들을 보살필 새로운 천상의 처녀가 내려오는 날이다. 완나붓과 렁싹에 앞서 삼일 동안 이어지는 촐츠남 명절의 첫날이었다.

먼 옛날, 다마발 팔라쿠마라는 이름의 현자가 있었다. 그는 세상에서 가장 똑똑한 사람이었다. 아무리 어려운 문제라도 다마발이라면 풀 수 있었다. 천상의 왕인 마하브라마는 세상으로 내려와 다마발에게 세 가지 문제를 냈다. 마하브라마가 다마발에게 약속하기를, 만약 세 가지 문제를 풀면 자신의 목을 잘라 머리를 내주지만 풀지 못하면 다마발의 목을 베어 머리를 가져가겠다고 했다. 그러고는 칠일의 말미를 주었다.

세 가지 문제는 행복에 관한 질문이었다.

첫째, 아침의 행복은 무엇인가?

둘째, 점심의 행복은 무엇인가?

셋째, 저녁의 행복은 무엇인가?

세 가지 질문을 받은 다마발은 답을 알 수 없었고 곧 자신의 어리석음에 깊이 절망하지 않을 수 없었다. 그는 아무도 모르게 죽기로 작정하고 숲으로 향했다. 어느날 숲속의 종려나무 아래에서 깊은 잠에 빠진 다마발은 나무 위에서 들리는 소리에 잠에서 깨어났다. 종려나무 위에서는 암수 독수리 두 마리가 행복에 대해 논쟁을 벌이고 있었다. 비로소 다마발은 마하브라마의 질문에 대한 해답을 깨닫게 되었다.

칠일째가 되던 날 마하브라마가 돌아와 그에게 다시 행복에 관한 세 가지 질문을 던졌다.

다마발은 대답했다.

아침에 사람은 얼굴을 닦음으로써 행복을 얻을 수 있습니다.

점심에는 뜨거워진 몸을 물에 담가 시원하게 함으로써 행복해지며,

저녁이 되면 잠자리에 들기 전에 발을 닦음으로써 행복해질 수 있습니다.

다마발의 답을 들은 마하브라마는 주저없이 자신의 목을 자르고는 천상의 처녀인 자신의 큰딸을 크게 외쳐 부른 후 자신의 머리를 금쟁

반에 담아 다마발에게 주라 이르고 모쪼록 자신의 머리를 들고 한시간 동안 시바 신의 거처인 메루 산(수미산)을 돌아줄 것을 부탁했다.

마하브라마의 머리가 땅에 떨어지면 온 땅이 불에 탈 것이고, 물에 떨어지면 모든 물이 말라버릴 것이므로 다마발은 마하브라마의 요청대로 메루 산을 돈 후에 그 머리를 천상의 절인 칸다말리 사원에 모셨다.

마하브라마에게는 한 주일의 칠일을 맡은 일곱 딸이 있었고 일주일의 요일은 모두 이 딸들의 이름을 붙여 불렀다. 일곱 명의 처녀는 한 해씩 번갈아가며 마하브라마의 머리를 금쟁반에 받쳐 들고 수미산을 돌고 있다.

마하브라마의 딸들은 크메르 민족의 안녕과 평화를 보살피기 위해 매년 차례를 바꾸어가며 세상에도 내려왔다. 모하상끄란은 그해에 순번이 돌아온 천상의 처녀가 지상으로 내려오는 날이었다. 집 안팎을 깨끗이하고 거리 곳곳에 물을 뿌리고 사람들에게도 물을 뿌리는 풍습은 이 천상의 처녀를 맞기 위한 것이었다.

모하상끄란의 아침이 밝았다. 고달픈 세월에도 새해라면 손꼽히는 명절인지라 풍습에 따라 사람들은 모두 물로 집 안팎을 깨끗하게 청소하고 천상의 처녀를 맞이할 준비에 바빴다. 아낙들은 전날 저녁부터 빛깔 곱고 침이 절로 도는 음식을 만드느라 바빴고 아이들은 만물을 깨끗하게 해야 하는 촐츠남의 풍습대로 물총이나 그릇에 물을 담아 거리로 나서 오가는 사람들에게 물을 뿌려대고 천방지축으로 거리의 흙바닥을 적시며 뛰어다녔다. 시하눅빌 거리 곳곳은 이처럼 새해 명절의 분위기가 흘러넘쳐 오랜만에 생기로 가득했다.

새해를 맞아 셍라이네처럼 가게를 집으로 삼아 지내지 않는 상인들은 모두 하나같이 문을 굳게 걸어 잠그고 전날 저녁에 썰물처럼 싸루를 빠져나갔다. 가게가 집인 사람들도 친척이 없는 셍라이네 같은 집을 빼고는 명절을 보내기 위해 친척들을 찾아나섰다. 싸루는 오랜만에 썰렁하기까지 한 정적에 잠겨 있었다. 사정이 이런데도 셍라이는 공장 친구들과 약속이 있다며 아침 일찍 끼니를 때우고는 밖으로 나갔다.

　—새해 아침부터 싸돌아다니기는.

　찬나는 요 며칠 이런저런 핑계로 집에 붙어 있지 않아 코빼기도 보기 어려운 셍라이가 모하상끄란에도 아침부터 집을 나서려 하자 한바탕 호통부터 칠 생각이 목구멍 끝을 간질였지만 애써 눌러 참았다. 보아하니 라차니 때문에 잔뜩 독이 오른 년을 공연히 건드려봐야 좋을 것이 없었다.

　찬나는 셍라이가 나간 과일가게 한편의 흙바닥이 군데군데 드러난 방에서 오랜만에 명절을 맞느라 탈진한 몸을 뉘었다. 다른 여편네들은 명절을 앞두고 음식을 하네 청소를 하네 녹초가 되었을 테지만 찬나는 가게는 고사하고 방구석의 찬장 하나에도 물 한방울 대지 못하고 오로지 과일가게 일 때문에 삭신이 쑤시는 것을 생각하니 자신의 팔자가 한심해졌다. 방안을 훑어보니 구석에는 흙먼지가 켜로 쌓였고 바닥의 판자 틈으로는 검은 흙이 밀고 올라와 더미를 이룬 것이 그야말로 가관이었다.

　모하상끄란에 이렇게 더러운 집안 꼬락서니라니, 천상의 처녀가 오다가도 도망갈 게 뻔했다. 심란한 마음에 널빤지 틈으로 새어든 햇살이 방안 이리저리 그어놓은 빗금을 물끄러미 바라보던 찬나는 벌떡 일어나 앉았다. 아무리 생각해도 어서 데릴사위 할 놈을 데려와 셍라이를 혼인시키는 게 상책이었다. 그리 되면 에미에게 주둥이를 내밀고 틈만 나면 밖으로만 싸돌아다니는 셍라이의 마음도 서둘러 다잡을 수 있고, 과일가게도 젊은 사내놈을 맞아 한결 든든해질 것이었다.

찬나는 새해랍시고 그냥 지나치면 섭섭할 것 같아 체면치레로 장만한 음식을 주섬주섬 접시에 담았다. 내친김에 팔다 남은 망고스틴 몇 개를 비닐봉지에 담은 그녀는 문을 열고 과일가게를 나섰다.

미로와 같은 길을 이리 돌고 저리 돌아 싸루를 나서는 길목에 접어들자 입구에는 눈부신 햇살이 안개처럼 밀려들었다. 굳게 닫혀 있던 오토바이 보관소 문을 두드리자 그때까지도 잠을 자고 있었는지 부스스한 얼굴의 다마라가 문을 열었다.

"어쩐 일이세요?"

"별것 아니지만 잡숴보시라고 가져왔어요."

찬나는 손에 들고 있던 접시를 다마라에게 내밀었다. 빠끔하게 열린 문틈으로 고개만 내밀고 있던 다마라는 기다려달라더니 잠시 후 문을 열었다. 보아하니 옷을 벗고 있었던 모양이라고 생각한 찬나는 자신도 모르게 얼굴이 붉어졌다. 다시 문을 연 다마라는 접시를 내민 찬나를 서둘러 안으로 들였다.

"오셨으니 잠시 들어오세요. 중국차라도 한잔 마시고 가세요."

"중국차요?"

원, 취미도 고상하지. 찬나는 잠시 주춤거리다 보관소 안으로 들어섰다. 안으로 들어서자 흙바닥에 오토바이 몇 대가 덩그러니 놓여 있는 게 싸루처럼 썰렁했다. 보관소 한편에 들인 방은 찬나도 아직 구경해본 적이 없었기 때문에 선뜻 들어서기가 꺼려졌다. 아무리 싸루에서 오랫동안 이웃으로 지내왔고 또 중매를 부탁했다고는 해도 혼자

사는 남정네의 방이었다. 찬나의 낌새를 눈치 챈 다마라는 허겁지겁
보관소 한편의 낡은 나무책상 앞에 의자를 끌어다놓고 앉기를 권했
다. 그녀는 다소곳이 의자에 앉아 문이 열린 방안을 슬쩍 들여다보았
다. 허름한 옷장 하나가 있는 방안 구석에는 그래도 텔레비전과 브이
티알, 그리고 냉장고가 단정하게 놓여 있었다. 방에서 주전자와 찻잔
을 들고 나온 다마라는 보관소 구석의 항아리에서 물을 떠다 휴대용
버너 위에 올려놓았다. 구석의 버너 앞에 쭈그리고 앉은 다마라가 달
그락거리며 차를 끓일 준비를 하는 동안 찬나는 다마라의 넓은 등판
이 솜씨 좋게 움직이는 것을 바라보고 있었다.

다마라는 끓인 물을 부은 찻주전자를 들어 제법 큼직한 잔에 따른
후 냉장고에서 꺼낸 얼음을 가득 넣어 내밀었다.

"잠시 뒤에 식으면 드셔보세요."

다마라의 말대로 뜨거운 찻물이 얼음에 식을 때까지 기다린 찬나는
잔에서 찬기가 오를 때쯤 한모금을 마셨다.

"어떠세요?"

다마라가 상체를 앞으로 기울여 코를 바짝 디밀고 물었다. 찬나는
저도 모르게 고개를 뒤로 젖혔다.

"좋……네요."

맛이야 그저 씁쓸하고 닝닝하기만 했다. 다마라는 그 말에 헤벌쭉
하게 입을 벌리고 웃음을 지었다.

"셍라이 어머니."

새해인사도 할 겸 홀아비 이웃에게 음식으로 생색도 내면서 셍라이
중매건을 다시 한번 단단히 다짐받을 요량으로 온 찬나에게 다마라가
은근한 표정을 지은 얼굴을 탁자 너머로 불쑥 내밀었다.

"에그."

느닷없이 다마라의 벗겨진 이마가 눈앞에 들이닥치자 찬나는 화들짝 놀라 손에 들었던 찻잔을 떨어뜨리고 말았다.

"앗, 이게 얼마짜리 잔인데."

탁자를 뒹군 찻잔이 물을 튀기며 흙바닥으로 떨어지자 이번엔 다마라가 놀랐다. 다행스럽게도 바닥이 흙이라 잔은 깨지지 않았다. 다마라는 가슴을 쓸어내리며 조심스럽게 잔을 들어 흙을 털고 이리저리 확인한 후 슬쩍 찬나의 얼굴을 흘기고는 흠흠 헛기침을 내뱉었다.

"다름이 아니고요."

다마라는 다시 얼굴에 어색한 웃음을 만들어 짓고는 좀전보다는 덜 은근하게 찬나에게 말했다.

"셍라이 어머니도 이번 기회에."

"………"

"좋은 사람 한번 만나보시지요."

"예?"

다마라의 말에 찬나는 입을 쩌억 벌렸다. 이게 무슨 원숭이 우짖는 소리란 말인가. 딸년의 중매를 부탁했더니 느닷없이 그 에미를 중매하려는 다마라의 어처구니없는 소행에 찬나는 그저 어이가 없을 뿐만 아니라 얼굴까지 붉어졌다. 새해 아침부터 이게 무슨 망발이람. 찬나는 두말없이 자리를 박차고 일어서서 다마라의 보관소 문을 거칠게 열고 과일가게로 돌아갔다.

뒤에 남은 다마라는 좀 멋쩍은 표정이기는 했지만 역시 노련한 중매꾼답게 당황하거나 실망하는 법 없이 오히려 슬쩍 미소를 띄우며 찬나가 두고 간 망고스틴 한알을 집어들어 껍질을 까기 시작했다.

얼굴을 붉히고 가게로 돌아온 찬나는 앉지도 않고 가게 안을 이리저리 돌아다녔다. 남편이 살아 있는 것도 아니고 사별한 후 다시 결혼하는 거야 캄보디아에선 별다른 흠이 아니었다. 찬나가 재혼을 한다고 해서 누가 욕을 할 사람이 있는 것도 아니었다. 그러나 찬나는 그런 생각을 꿈엔들 꾸어본 적이 없었다. 남편이 죽은 후 한동안은 죽은 남편의 얼굴이 밤마다 어른거려 다른 생각은 떠오르지도 않았고 셍라이가 제 몫을 할 만큼 클 때까지는 셍라이와 함께 먹고사느라 허덕이고, 또 셍라이가 하루하루 커가는 맛에 남자 생각은 언감생심이었다. 그리고 어지간하게 자리가 잡히고 셍라이도 혼기에 접어들 즈음에는 찬나의 나이도 마흔이었다. 마흔다섯까지 살기도 녹록치 않은 캄보디아에서 찬나의 나이는 적은 게 아니었다. 더욱이 그동안 사내가 제일 많이 죽어나간 것이 찬나의 남편 세대였다. 전쟁통에 마누라도 없는 변변한 사내가 남아 있을 리 없었다. 지분거리던 사내가 전혀 없지는 않았다. 싸루에 작은 가게라도 하나 있었으니 빈털터리 늙은 사내들이 추근거릴 만도 했다. 다마라가 말한 '좋은 사람'도 한뼘인들 다를까. 찬나는 고개를 설레설레 흔들었다.

다마라는 찬나에게 중매의 운을 띄웠지만 그렇다고 해서 셍라이의 중매를 젖혀두거나 소홀히하지는 않았다. 렁싹이 지나 해가 바뀌고도 다마라는 뻔질나게 과일가게를 드나들었다. 다마라는 보름 동안 찬나에게 두 명의 총각을 더 소개했다. 유감스럽게도 두 명 다 결국은 퇴짜였다. 공교롭게 다마라가 신랑감으로 들고 온 둘은 모두 찬나가 탐탁치 않아하는 먼 외지에서 흘러들어온 젊은이들이었다.

모하상끄란에 찬나에게 중매의 운을 띄웠던 다마라는 그 뒤로는 이렇다 할 말을 꺼내지 않았다. 찬나는 자신이 처음부터 질색을 하기도 했거니와 청을 넣은 상대방도 더는 말이 없기 때문이라고 짐작했다. 잘된 일로 생각했지만 찬나는 가슴 한편에 후덥지근한 바람이 지나간 기분이었다.

오늘도 다마라는 아침부터 서둘러 과일가게를 다녀갔다. 공장으로 출근하려 집을 나서다 다마라와 마주친 셍라이는 저녁에 공장에서 돌아오자마자 에미부터 찾았다.

"어머니, 도대체 무슨 소리야?"

셍라이는 내놓았던 과일을 가게 안으로 들이고 있던 에미에게 다짜고짜 눈을 흘겼다.

"무슨 소리라니? 너야말로 그게 무슨 소리냐?"

라차니 일로 잔뜩 골이 나 새해가 지나고는 에미에게 변변히 말조차 건네지 않던 셍라이였다. 뜬금없이 입을 실쭉거리며 턱을 바짝 세우고 대들 것처럼 나대는 셍라이에게 찬나는 요것이 또 무슨 일로 이러나 싶어 한발 뒤로 물러서 허리에 손을 얹고 셍라이를 바라보았다.

"나는 그만두고 어머니부터 먼저 시집을 간다면서?"

셍라이는 숨도 쉬지 않고 찬나처럼 허리에 손을 얹고 찬나를 노려보았다. 찬나는 말문이 턱 막혔다.

"내가 시집을 가? 어떤 들개 같은 놈이 그 따위 소리를 하던?"

찬나는 허리에 얹었던 손을 내리고는 그 자리에서 펄쩍 뛰었지만 셍라이는 눈 하나 깜짝하지 않고 입술을 자근거렸다.

"시치미를 떼면 내가 모를 줄 알아? 싸루 사람들은 죄다 알고 있는 걸 나만 감쪽같이 모르고 있었네."

"이 원숭이 같은 작자를."

찬나는 그 말을 듣자마자 팔을 걷어붙이고 과일가게를 뛰어나갔다. 이미 해는 넘어가 싸루의 길은 검은 어둠에 잠기고 있었다. 아침부터 찾아와 셍라이 중매랍시고 헤헤거리더니 고작 한다는 짓이 싸루에 돼먹지도 않은 소문이나 퍼뜨리고 있다니. 득달같이 뛰어간 오토바이 보관소의 판자문은 굳게 닫혀 있었다.

—이 인간이 어디 갔을까.

찬나가 닫힌 문 앞에서 분을 참지 못하고 다마라 이 작자를 어디서 찾을까 하며 서성일 때 오토바이 보관소 옆의 문방구 주인의 여편네인 다비가 그런 찬나를 보고 싱글싱글 웃었다. 그럼 이 여편네도? 요 며칠간 찬나만 보면 유독 실실 웃는 사람이 많아진 이유를 찬나는 그제야 알아차리고는 황소처럼 씩씩거리며 그 자리를 떠나 다마라를 찾아나섰다.

"아이구구."

다행스럽게도 다마라는 멀리 간 것이 아니라 싸루 앞의 식당에서 까오푼(국수)을 먹고 있다가 찬나의 억센 손에 이끌려 밖으로 끌려나왔다.

"아니, 왜 이러세요?"

입에 넣었던 국수가락을 흘리며 이게 웬 날벼락이냐는 듯이 눈을 휘둥그레 뜨고 식당 밖으로 끌려나온 다마라는 거친 숨을 몰아쉬는 찬나에게 잡힌 팔을 가까스로 빼냈다.

"도대체 왜 그런 소문을 퍼뜨려요?"

"소문이라뇨?"

금시초문이라는 듯이 다마라는 어리둥절한 표정으로 찬나의 성난 얼굴만 멀뚱하게 바라보다가 찬나의 입에서 두서없이 쏟아져나오는 소리를 듣고는 사태를 파악했다. 다마라는 그 자리에서 펄쩍 뛰며 손을 내저었다.

"사람 잡지 마세요. 내가 어디 가서 그런 소리를 한마디라도 했으면 이담에 도마뱀으로 태어날 놈입니다."

워낙 다마라가 거세게 발뺌을 했기 때문에 찬나는 주춤했지만 그렇다고 해서 기세를 누그러뜨리지는 않았다. 다마라가 아니면 그런 소문이 날 턱이 없지 않은가.

"혹, 그 사람이 직접 그랬다면 몰라도……"

까오푼을 먹다가 끌려나온 다마라는 입 주변의 국물을 혀로 핥으며 식당 안을 엿보기를 멈추지 않았다. 다 먹은 줄 알고 그릇을 치워버리면 무슨 낭패란 말인가.

다마라는 찬나에게 중매를 넣은 사내가 시하누빌에서 삼, 사십분쯤 떨어진 오짬나에서 농사를 짓고 있는 농부라고 했다. 에둘러 귀띔이 있었고 새해 전에 한번 다마라를 찾아왔었다고 했다.

"그래도 어쨌든 셍라이부터 먼저 성사를 시켜놓고 제대로 해볼 양으로 운만 띄워놓고는 뒤로 미루고 있었던 거예요."

다마라는 찬나의 오해가 심히 억울하다는 듯이 식당과 찬나를 번갈아 흘겨보며 입맛을 다셨다.

"여하튼 저는 그럴 생각이 쥐뿔만큼도 없으니까 그리 아시고 오짬나 농군인지 뭔지에게도 단단히 전하세요."

찬나는 다마라에게 단단히 못을 박았다.

"하지만……"

다마라는 찬나의 단호한 태도에도 불구하고 노련한 중매꾼답게 토를 달고 나서려 했지만 찬나는 거칠게 다마라의 말을 막았다. 오짬나

건 빌렝이건 스텅하우건, 농부건 군인이건 장사꾼이건 간에 찬나는 딸의 입에서 에미가 사내나 밝히고 있다는 투의 말을 들은 참이라 열이 오를 대로 올라 있었다.

"사람을 어떻게 보고 이러셔. 여자 둘이 산다고 함부로 보나."

이 말을 내뱉고 찬나는 너무 막 나갔다는 생각에 아차 싶었다. 누가 뭐래도 다마라는 시하눅빌 최고의 중매꾼이었고 찬나는 다마라에게 데릴사위라는 어려운 중매를 부탁한 처지가 아니었던가. 다마라는 놀라기도 하고 불쾌하기도 한 애매한 표정으로 고양이처럼 그르렁거리는 찬나 앞에서 입맛을 다셨다.

"여하튼 셍라이나 잘 부탁드려요."

찬나는 되도록 공손하게 삼피를 올리고는 도망치듯 가게로 돌아왔다.

"어딜 갔다 와?"

방으로 들어가 있던 셍라이가 의심에 가득 찬 얼굴을 내밀었다. 찬나는 그 얼굴에 또 부아가 치밀었지만 화를 꾹 눌렀다.

"알 것 없다."

찬바람이 부는 찬나의 기세 앞에 셍라이도 더는 추궁할 기색이 아니었다.

새해도 지나고 계절은 이제 슬슬 우기로 접어들고 있었다. 하루에 한두 번씩 스콜이 쏟아지는 날이 늘어나기 시작했고 길에는 눈에 띄게 웅덩이와 진창들이 늘어났다. 시하눅빌은 다른 지방보다 비가 더 많아 우기도 일찍 닥치는 편이었다. 그러나 아무리 장대 같은 비라도 오는 족족 바다로 흘러나갔기 때문에 시하눅빌 시내는 길이 파이고 진창이 늘어나는 것말고는 시내가 통째로 물에 잠기거나 하는 일은 없었다. 스콜도 쏟아질 때뿐이고 비가 그치면 다시 만물을 태우는 태양이 고개를 내밀었다.

일요일이었다. 아침에 한바탕 스콜이 쏟아진 후 새어들고 흘러든 비로 싸루의 미로 같은 길에는 마치 냇물처럼 물이 흐르거나 고여 있었다. 비는 그쳤지만 수증기가 딱히 빠져나갈 길이 마땅치 않은 싸루에는 바깥과 달리 후덥지근한 무더위가 생선과 나무 썩는 냄새와 함께 허공을 흘러다녔다. 일요일이면 아침만 먹고 무슨 핑계를 대서라도 가게를 빠져나가던 셍라이도 오늘은 별말이 없이 정오가 다 되도록 손님을 맞거나 장부를 뒤적이거나 하면서 오랜만에 찬나를 돕고 있었다.

"에그."

람부탄이 든 궤짝을 들고 가게의 좁은 문턱을 넘던 찬나는 이제 막 가게로 들어서던 손님과 부딪힐 뻔한 것을 용케 피하느라 비틀거렸다. 손님이 비틀거리던 찬나의 손에서 엉겁결에 람부탄 궤짝을 재빨리 받아들지 않았다면 물로 질척이는 바닥에 람부탄을 모두 쏟을 뻔했던 찬나는 손님의 얼굴을 올려다보았다.

"에그머니."

찬나는 소스라치게 놀라 람부탄 궤짝을 든 손님 앞에서 두어 걸음 물러섰다. 죽은 남편이 언젠가처럼 과일 궤짝을 들고 문턱 앞에 서 있었다. 찬나는 그만 가게 바닥에 털썩 주저앉았다.

"어이구, 왜 이러세요?"

문턱에 서 있던 사내는 굵고 거친 목소리로 가게 한편에 궤짝을 놓고 다급하게 찬나에게로 성큼성큼 걸어와 흙바닥에 자빠진 찬나의 손을 잡았다. 순간 찬나는 정신을 차렸다. 사내의 굵고 거친 목소리는 죽은 남편의 여리고 낮은 목소리와는 천양지차였다.

—그러면 그렇지.

찬나는 엉겁결에 사내가 내민 손을 잡고 일어서면서 코앞에 있는 사내의 얼굴을 자세히 볼 수 있었다. 세상에. 언뜻언뜻 이목구비에서는 차이가 있었지만 네모난 얼굴과 전체적으로 풍기는 인상이 영락없이 죽은 남편의 것, 그대로였다. 게다가 찬나보다 목 하나쯤 더 큰 키나 체격도 비슷했다. 겨우 다리를 후들거리며 일어선 찬나는 저도 모르게 다시 몇걸음 뒤로 물러섰다. 사내는 넘어졌던 찬나가 일어서자 가게 안을 이리저리 살피더니 망고스틴을 가리켰다. 찬나는 방에서 장부를 정리하고 있던 셍라이를 불러 손님에게 망고스틴을 주라고 이르고는 자신은 절반쯤 얼이 빠진 중에도 겨우 손으로 더듬어 방을 찾아 들어갔다. 방으로 들어간 찬나는 털썩 주저앉아 벽에 기댔다.

밖으로 뚫린 창문이 없어 생전 가야 널빤지 틈으로만 빛이 들어오는 어둑어둑한 방안에서 찬나는 놀란 가슴을 쓸었다. 등판이 땀으로 축축하게 젖어들었다.

"어쩜."

손님을 보냈는지 방안으로 고개를 들이민 셍라이가 작은 눈을 동그랗게 뜨고 에미를 불렀다.

"어렸을 적 아버지하고 너무 비슷하게 생겼어."

"그, 그렇구나."

찬나는 자신도 모르게 말을 더듬었다. 셍라이가 열살 때까지 남편이 살아 있었으니 셍라이 또한 애비의 얼굴을 잊지 않았을 터였다. 찬나는 꿈인지 생시인지 사정없이 허벅지를 꼬집었다. 찌릿한 통증이

오는 것이 생시였다. 죽은 남편이 살아 돌아왔을 리는 없고, 혹 절에서 스님들이 말하던 환생이었을까. 셍라이가 점심을 먹고 친구와 약속이 있다며 가게를 나간 후에도 찬나는 한참 동안 멍한 시선을 천장 구석에 박고 정신 나간 사람처럼 작은 플라스틱 의자에 앉아 있었다.

오후가 되자 중매꾼 다마라가 눈치도 없이 발걸음을 했다. 찬나는 다마라와 상대할 정신이 아니었지만 셍라이 중매일로 왔겠거니 하는 생각에 서둘러 정신을 수습하고 자리에서 일어나 머리를 쓰다듬으며 다마라를 가게 안으로 들였다. 다마라는 가게 안으로 들어서자 휘휘 눈에 익은 주위를 둘러보다 망고스틴을 가리키며 이상한 말을 늘어놓았다.

"오늘 망고스틴은 시큼하기만 하고 달지가 않네요."

"우리 망고스틴이요?"

"예, 망고스틴이요."

다마라는 고개를 끄덕였다.

"여기서 사왔다고 하던데요."

다마라는 점심 무렵에 가게에 들러 망고스틴을 샀던 바로 그 사내가 중매를 청했던 오짬나의 농부라 했다.

"어지간히 닮았죠? 저도 처음에는 깜짝 놀랐잖아요."

찬나는 다마라가 하는 소리가 아득하게만 느껴졌다.

찬나에게 중매를 넣은 오짬나의 농부인 마카라는 전쟁중에 아내를 잃은 사내였다. 자식은 넷이나 되지만 둘은 전쟁통에 죽고 둘만 남았는데 모두 스물이 넘어 하나는 깜뽓에 하나는 프놈펜에 가서 돈을 벌고 있다고 했다. 마카라 자신도 프놈펜에 살다 얼마 전에 고향인 오짬나로 내려온 것이라고 했다. 나이는 찬나보다 다섯 살이 많았다.

"일전에 왓끄롬에서 지나가다 보았는데 왠지 마음에 끌립디다. 그래 물어보니 싸루에서 과일가게를 하는데 남편도 죽고 없다고 해서 잘되었구나 하고 중매꾼을 찾아 중매를 부탁했소."

마카라는 며칠 뒤에 다시 찬나를 찾아왔다. 짧게 자른 머리를 긁적이던 마카라가 한 말은 그랬다. 죽은 남편의 환생이야. 찬나는 자꾸 그런 생각이 들었다. 우연히 지나치다 마음에 끌렸다는 말도 그렇고 자세히 뜯어보면 처음 보았을 때처럼 역시 남편과는 다른 구석이 많았지만 모아놓고 보면 영락없이 남편과 똑같은 모습이 되는 것이 찬나는 그렇게 신기할 수가 없었다. 처음 보는 사람인데도 오랫동안 살을 붙이고 살았던 것처럼 스스럼이 느껴지지 않았다. 모두 부처님의 뜻으로 생각되었다.

"우리가 살아봐야 얼마나 살겠소. 전쟁이 끝났다고는 하지만 험한 세월이 언제 끝날지도 알 수 없는 일이고, 모르긴 해도 우리 죽을 때까지 편하고 좋은 세상이 오지는 않을 것이오. 그저 남은 사람들끼리 서로 기대고 어려운 세상 헤쳐나갑시다. 그리고 젊은 애들은 아마 나중에 좋은 세상을 볼 것이오. 사람들이 모두 이 집 딸이 마음에 두고 있는 젊은이가 있다고 합디다. 함께 살도록 해주시오. 그보다 더 좋은 일이 어디 있겠소. 젊은 애들은 젊은 애들대로 우리는 우리대로 의지하며 삽시다."

왓끄롬에 직접 생시를 들고 가 스님에게 궁합을 보았는데 그리 좋을 수 없다며 스님이 써준 쪽지를 들고 찾아온 마카라는 그렇게 말하고는 슬쩍 찬나의 손을 더듬었다. 남편의 환생이니 생시가 맞을 밖에. 찬나는 속으로 그렇게 중얼거리며 마카라의 큼직한 손에서 전해오는 따뜻한 느낌을 가슴으로까지 품고 있었다.

  시하눅빌의 중매꾼 오토바이 보관소 다마라는 이렇게 새해가 오자마자 첫번째 중매를, 그것도 두 건이나 성사시켰다. 한 건은 물론 찬나와 마카라의 중매였고 다른 한 건은 셍라이와 라차니의 중매였다. 우기에 접어들긴 했지만 초입이고 질질 끌 이유도 없어 보름 뒤에 두 쌍의 신랑과 신부는 약소하게 혼인식을 치렀다. 신부들은 풍족한 살림이 아닌 탓에 조금 무리한다 싶었지만 금실로 치장한 화려한 크메르 전통 혼인복을 지어 입었다. 마카라와 라차니는 신식 양복을 입었는데 좀 헐렁했다. 싸루의 과일가게 앞은 애당초 적당한 장소가 아니었기에 오짬나의 마카라 집 앞에서 혼인식을 치를까 설왕설래했지만 싸루의 이웃들이 걸음하기가 불편했고 또 마카라는 오짬나가 고향이기는 했지만 아는 이들도 별로 없고 해서 다마라의 오토바이 보관소 앞을 빌리기로 했다. 다마라는 장사에 지장이 있다며 투덜거렸지만 선선히 입구 앞을 슬쩍 비껴 천막을 치도록 했다. 천막은 대여섯 명이 들어서면 그만일 정도로 비좁았지만 그럭저럭 사흘 동안의 잔치를 치를 만은 했다.
  혼인식을 치르기 전날 찬나와 셍라이는 싸루의 과일가게 안쪽의 물항아리 옆에서 모녀가 함께 몸을 씻었다. 찬나가 먼저 끄라마를 물에 적셔 셍라이의 몸을 깨끗하게 닦았고 셍라이도 찬나의 몸을 정성껏 구석구석 깨끗하게 닦았다. 찬나는 이제 어른이 되어 시집을 가는 셍라이의 손길을 온몸으로 느끼면서 한편으로는 조금 섭섭하기도 했지만 기쁘고 뿌듯한 행복감이 딸의 손길을 따라 온몸의 구석구석으로 퍼져가고 있는 것을 느꼈다. 찬나는 모하상끄란에 내려온 천상의 처녀가 어둑한 과일가게 어느 구석에서인가 모녀를 굽어보고 있으리라 생각했다.

시하눅빌 사람들은 모녀가 한번에 혼인식을 치르는 것은 보다가 처음이라며 말들이 많았지만 저마다 일 달러나 오천 리엘을 넣은 봉투를 내밀면서 두 쌍의 혼인을 진심으로 축하했다. 시하눅빌에서 가장 분주한 싸루 앞에서 열린 혼인 잔치는 초라하고 궁색하다면 궁색했지만 마치 시하눅빌 사람들 모두의 잔치인 양 사흘 동안 성황리에 치러졌다.

마카라는 오쨤나의 농사는 소작이니 아무 때나 싸루로 올 수 있다고 하여 잔치가 끝나는 대로 싸루의 과일가게로 들어오기로 했다. 셍라이와 라차니는 미또나의 깐텡에 세를 들어 나가 살기로 했다.

"어꾼.(고마워요.)"

잔치가 끝나고 미또나의 깐텡으로 가기 전 화장을 지우고 깨끗하고 편한 옷으로 갈아입은 셍라이는 보관소 안의 다마라에게 들러 두 손을 모아 머리 위로 삼빼를 올리면서 진심으로 감사했다. 다마라는 손을 저었다.

"부처님께 감사해라. 나도 네 부탁에 열심히 네 어머니 신랑감을 찾다가 마카라를 보고는 그만 깜짝 놀랐느니. 마카라에게 네 어머니를 보이러 왓끄롬까지 끌고 간 거야 나지만 마카라의 눈에 네 어머니가 마음에 든 거야 어디 내 재주겠느냐?"

다마라의 그 말은 단지 겸손만은 아니었지만 그래도 일이 이렇게 풀린 것은 모두 다마라 덕이었다.

"누군가 함께할 사람이 옆에 있으면 그것으로 된 거야. 내 나이쯤 되면 모두 그걸 알지. 그게 행복이지 뭐겠어."

홀아비 다마라는 고개를 끄덕이며 셍라이 앞에서 덕담인지 푸념인지 알 수 없는 소리를 중얼거렸다. 그러나 셍라이는 라차니가 옆에 있다고 해서 행복해질 수 있다고는 생각하지 않았다. 셍라이가 라차니를 사랑하는 것은 어김없는 사실이었지만 라차니가 셍라이의 행복을 약속할 수는 없었다.

미또나의 깐텡에서 치러진 셍라이와 라차니의 첫날밤만 보아도 그랬다. 라차니는 기왕에 찬나도 결혼을 하는데 그깟 깐텡 하나 장만해주지 않는다고 입이 잔뜩 부었다. 첫날밤부터 찢어진 입이라고 내뱉는 말 좀 보아. 셍라이는 눈을 세로로 찢고 호되게 핀잔을 주었다. 체면이 상한 라차니는 잔치에 쓰고 남은 툼나웃주(酒)로 나발을 불다가 혼수상태가 되어 신랑의 첫날밤 의무는 뒷전에 두고 곯아떨어졌다. 코를 골던 라차니가 이제나 깰까 저제나 깰까 지켜보던 셍라이는 긴긴 첫날밤을 꼬박 새우게 되었으니 웬수도 이런 웬수가 없었다. 그러니 셍라이와 라차니 부부가 행복을 찾으려면 앞으로 새털같이 많은 날들을 얼마나 열심히 노력해야 할지 아무도 알 수 없었다.

그러나 더없이 좋은 밤이었다. 아침부터 스콜이 서너 차례 쏟아진 후 더없이 맑아진 시하눅빌의 밤하늘에는 오랜만에 초롱초롱한 별들이 수도 없이 반짝이고 있었다.

보헤미안
랩소디

조르주

솜산이 4번 도로변의 고랑에서 이승을 하직하던 날 새벽, 프놈펜의
택시운전사 뚜옥이 모는 택시에 실려 시하눅빌로 내려온 새 대가리의
백인, 프랑스 니스 출신 조르주 르빠쁘(Georges Lepape)는 오츠띠알
해변의 씨싸이드 호텔 이층 객실에서 오후 세시쯤 눈을 떴다. 검은 커
튼이 창문을 막아 컴컴했기 때문에 조르주는 시간을 짐작할 수 없었
다. 에어컨이 있기는 했지만 전원 플러그를 꽂아놓지 않아 방안은 후
덥지근했다. 온몸이 땀으로 축축하게 젖어 있어 이제 막 잠에서 깨어
난 조르주는 아주 불쾌한 기분이었다. 근육이란 근육은 남김없이 강
한 태국식 마싸지를 받은 직후처럼 욱신거렸다. 게다가 오른쪽 눈두
덩은 심하게 부어올라 있었다. 부어오른 눈두덩의 눈은 깜빡거릴 때

마다 고통스럽게 아려왔다. 조르주는 한마디로 개 같은 기분에 사로잡혔다.

조르주는 동성애자였기 때문에 그의 눈두덩을 시퍼렇게 만든 애인도 남자였다. 클라우드 나인(프놈펜 벙깍 주변의 게스트하우스)에서 꿈같은 한달을 함께 보낸 미국인 숀이란 녀석은 정말 매력적인 남자였다. 보스턴에서 대학을 다니다 때려치우고 세계 여행중이라던 숀은 조르주보다 세살 연상이었다. 짧은 금발에 에메랄드빛 눈동자, 6피트에 가까운 훤칠한 키에 군살 없이 단단한 몸매는 보는 것만으로도 조르주의 가슴을 사정없이 방망이질 치게 했다. 조르주는 부어오른 눈두덩을 슬쩍 만져보았다. 마치 둥근 달걀껍질을 만지고 있는 느낌이었다. 자신의 얼굴이 얼마나 흉측할 것인지 상상을 하는 것만으로도 등줄기가 오싹해왔다. 숀이 옆에 없는 낯선 방에서 부어오른 눈을 만지고 있다는 사실을 깨닫자 조르주의 눈에서는 울컥 눈물이 치밀어올랐다. 실연의 아픔과 서러움으로 마음껏 흐느끼고 싶었지만 그는 이빨을 악물고 참아냈다.

―짐승 같은 자식.

조르주의 가늘고 흰 손가락이 마구 떨렸다. 다툼의 발단은 숀이 다른 남자를 사귀고 있는 것을 알면서였다. 조르주는 질투에 눈이 멀어 미친 사람처럼 굴었다. 손에 잡히는 것은 무엇이든 집어던졌다. 묵묵히 미친 듯이 날뛰는 조르주를 참아내던 숀은 마침내 조르주를 때리기 시작했다. 조르주를 때리는 동안 숀은 단 한마디도 입에 담지 않았다. 말없이 그저 때리는 일에만 열중했다. 그 일을 떠올리자 조르주의 가슴은 참을 수 없는 분노로 가득 차올랐다. 짐승 같은 자식.

울적한 기분의 조르주는 씨싸이드 호텔을 나와 하릴없이 오츠띠알 해변을 거닐었다. 걷기에는 늘 그렇듯이 강렬하고 따가운 햇볕이 모래알에 부딪혀 보석처럼 반짝이고 태국만에서 불어오는 훈풍이 코를 간질이는 아주 슬리피(sleepy)한 오후였다. 야자나무 사이에 걸어놓은 빨간색과 노란색의 나일론 실로 짠 해먹에 배를 깐 새까만 얼굴의 아이들은 모두 더위에 지쳐 혀를 빼물고 활처럼 휘어져 졸고 있었다. 관광객이 없는 평일의 오츠띠알 해변은 늘 이렇게 한적했다. 조르주는 오랜만에 접하는 평화로움과 한적함에 마음의 위안을 느꼈다. 거리마다 넘쳐나는 인간들과 움직이는 기계란 기계들이 함께 토해내는 거대한 소음으로 가득 찬 프놈펜은 지금 이 사랑스럽고 조용하고 아름다우며 평화로운 아열대 해변의 도시에 비한다면 지옥이었다. 손이란 녀석은 지금 음식과 생선 썩은 냄새가 천지를 진동하는 병깍의 클라우드 나인의 부교에 묶인 해먹에 매달려 그것도 로맨스럽시고 어떤 쓰레기 같은 녀석과 돼먹지도 않은 사탕발림이나 해대며 흔들리고 있겠지.

─빌어먹을 자식.

멋대로 해보라지. 조르주는 코웃음을 쳤다. 마음이 한결 가라앉자 문득 맹렬한 허기가 느껴졌다. 주위를 둘러보았지만 딱히 음식점이라고 할 만한 곳은 눈에 띄지 않았다. 그는 호텔에서 주워온 영문으로 된 작은 관광홍보용 리플렛을 뒤적이다 오츠띠알 해변에서 좀 떨어져 있기는 했지만 설명이 근사한 에까리치 해변의 한 레스토랑으로 가서 요기를 하기로 했다. 조르주는 모또를 찾아 두리번거렸다.

리플렛의 설명대로는 아니었지만 레스토랑은 조르주의 마음에 들었다. 흔한 야자나무나 종려나무가 아니라 아열대 소나무들에 둘러싸인 레스토랑은 작은 섬 하나를 마주하고 있었다. 조르주는 싸구려 플라스틱 식탁들과 의자들이 놓여 있는 소나무 그늘 아래에 자리를 잡았다. 두 개의 탁자 건너에는 맥주를 마시고 있던 금발의 백인 남자 한명이 자리를 잡고 있었을 뿐 더는 손님이 없었다. 금발의 백인 남자는 화교학교에서 수업을 마친 후 심심하기도 해 꼬뽀(뱀섬)에나 가볼까 하고 보트를 기다리고 있던 릭이었다.

"빠흘레 부 프랑쎄?(프랑스말 할 줄 알아?)"

턱을 세운 조르주가 말을 걸었다.

"위, 주 빠흘르 프랑쎄.(그래 한다.)"

릭은 대체로 시하눅빌에 흘러들어와 하루이틀이면 없어져버리곤 하는 서양인 여행객들은 피하는 편이었지만 이번만큼은 상대가 프랑스말을 했기 때문에 약간의 관심을 보였다. 고교 시절 릭의 첫사랑은 영어보다는 프랑스어가 능숙한 몬트리올 출신이었다. 그녀의 환심을 사기 위해 릭은 학교 공부는 제쳐두고 죽어라고 프랑스어를 공부했다. 때문에 프랑스령 인도차이나 연방이 케케묵은 옛날이야기가 되어버린 이곳에서 백인으로서 프랑스어를 유창하게 구사할 수 있는 자는 아마도 릭이 유일했다.

릭이 손처럼 금발이었고 조르주가 프랑스말을 했으므로 둘은 쉽게 친밀해졌다. 릭은 보트가 오자 조르주에게 꼬뽀에 갈 것을 제안했다. 조르주가 기쁘게 릭의 제안에 응한 것은 물론이었다. 육지에서 일 킬로미터 떨어져 있는 꼬뽀는 손바닥만한 모래밭을 빼고는 바위와 숲이 울창한 작은 섬이었다. 이름처럼 뱀이 많았기 때문에 릭과 조르주는 모래밭에 수건을 깔아놓고 늦은 일광욕을 즐겼다.

일광욕이 지루해진 조르주는 바지를 입은 채로 물에 들어갔다. 꼬뽀 주변은 곧바로 물이 깊어진다는 사실을 몰랐던 조르주는 갑자기 깊어진 물에 빠져 허우적거렸다. 잽싸게 물에 뛰어든 릭이 조르주를 구했다. 물을 먹은 조르주에게 다가간 릭이 뒤에서 목을 잡고 섬으로 헤엄을 쳤지만 워낙 허우적거리는 바람에 도무지 앞으로 나갈 수가 없었다. 릭은 팔꿈치로 조르주의 머리를 세 차례나 갈겨야 했다. 모래밭으로 조르주를 끌고 나온 릭은 눈물과 콧물이 범벅된 조르주의 얼굴을 보고 섬이 떠나갈 듯 웃음을 터뜨렸다. 보트가 둘을 데리러 올 때까지 릭과 조르주는 아주 유쾌한 시간을 보냈다. 둘은 에까리치 해변으로 돌아와 와인을 곁들인 근사한 저녁식사를 같이 했다. 릭은 조금 망설이기는 했지만 훈센비치의 깐텡으로 조르주를 초대했다. 질좋은 대마가 있다는 말과 함께. 물론 대마가 없었어도 조르주는 흔쾌히 응할 자세가 되어 있었다.

캐나다인 릭의 깐텡에서 조르주는 젖혀놓은 창문으로 세차게 불어오는 바닷바람을 만끽하면서 릭과 함께 대마를 피웠다. 함께 근사한 오후와 저녁을 보냈던만큼 둘은 많은 이야기를 나누었다. 조르주는 자신이 동성애자인 것을 말했다. 릭은 따뜻하지만 단호한 어조로 자신의 입장을 설명했다.

"조르주, 분명히 말해둘게. 난 동성연애를 반대하는 것은 아니지만 내 자신이 자연의 섭리에 반할 생각은 없어."

"위, 주 꽁프랑(그래 알겠어.)"

조르주는 릭의 입장을 받아들이고 동성연애에 대해 끔직한 태도를 취하지 않는 것에 대해 감사했다. 만약 릭이 동성연애에 대해 달갑지 않은 태도를 취했다면 조르주는 주저없이 릭의 깐텡을 떠났을 테지만 그리 되지는 않았다. 사실 그날 밤 릭의 깐텡에서 조르주는 금발의 릭을 향해 일어나는 미묘한 감정의 변화를 조금 느끼기는 했다. 그러나 그 감정은 손에 대해서 일었던 것처럼 해일이 밀어닥치듯 거센 힘으로 다가오는 것은 아니었기 때문에 조르주는 쉽게 억제할 수 있었다.

릭과 조르주는 깐텡 밑으로 자리를 옮겨 모기향을 피웠다. 세찬 바닷바람 때문에 모기향을 피워두었음에도 불구하고 둘은 쉬지 않고 모기에 뜯겼다.

"말라리아 걱정은 하지 않아도 될까?"

모기에 물린 팔뚝을 어루만지면서 조르주가 걱정스럽게 물었다.

"전혀. 여긴 숲이 아니니까."

사실은 릭도 바닷가의 모기가 말라리아를 전염시키지 않는다는 말은 누구에게도 들은 적이 없지만 조르주를 안심시키기 위해 자못 확신에 찬 어조로 말했다. 드문드문 구름이 낮게 깔린 밤하늘에는 약간의 별들이 반짝였고 바람에 실려온 파도소리는 기분 좋게 찰싹거렸다. 둘은 대마가 가져다주는 평온함과 서로 누군가 옆에 있다는 만족감에 젖어 행복했다.

다음날 오후 릭은 조르주에게 시하눅빌의 이곳저곳과 주변을 구경시켜주었다. 조르주는 시하눅빌이 마음에 드는 눈치였다. 이틀 후 조르주는 씨싸이드 호텔에서 나와 훈센비치의 깐텡으로 옮겼다. 깐텡에는 조르주가 묵을 독립된 방은 없었지만 릭은 널빤지로 깐텡의 한구석을 막고 싸루에서 사온 싸구려 스펀지 매트리스를 깔아주었다. 릭의 깐텡에 묵게 된 조르주는 일주일에 십 달러를 릭에게 주려고 했지만 한달에 육십 달러를 주고 얻은 깐텡이었으므로 릭은 오 달러만 내면 된다고 말했다. 물론 조르주는 선선히 오 달러를 선불했다. 릭은 조르주가 곧 시하눅빌을 떠날 것이라고 생각했다. 떠돌이 여행자들에게 시하눅빌은 이틀이면 더이상 할일이 없는 작고 별볼일 없는 도시였으며 고작해야 해로를 통해 태국으로 가는 길목에 불과했다. 해변조차 그렇게 매력적이지 못했다. 태국만의 물은 언제나 탁했고 모래밭의 모래는 그저 평범했다. 해안선은 드라마틱하지도 않았고 그렇다고 길이로 사람을 압도하지도 않았다. 해변도 산도 숲도 시하눅빌을 둘러싼 자연은 그저 아기자기할 뿐이었다. 주말이면 또 내국인 관광객들로 들끓었다. 시하눅빌은 캄보디아에서 거의 유일하게 해수욕장이 있는 곳이었다.

릭의 생각과 달리 조르주는 3주일이 지났지만 여전히 시하눅빌에 머무르고 있었다. 솔직히 릭은 약간의 부담을 느꼈다. 조르주의 천성적인 여성스러움은 숨길 수 없는 것이어서 릭을 대하는 품이 마치 여자가 남자친구를 대하는 것과 같았다. 물론 릭이 경계를 분명히했기 때문에 조르주가 릭을 연인처럼 대하는 일은 없었다. 좋은 점도 있었다. 조르주가 릭의 깐텡에 온 후부터 집은 마치 영화를 찍기 위해 마련된 세트처럼 깔끔해졌다. 물건들은 언제나 있어야 할 위치에 늘 놓여 있었다. 나무바닥은 거울처럼 빛을 내기까지 했다. 삭막하다 못해 황폐했던 방안은 조르주가 쏘카 해변에서 사온 조개껍질들로 품위있게 장식되었다. 화교학교에서 돌아와 방안의 조개껍질들을 본 릭은 미간을 찌푸리고 점잖게 조르주를 타일렀다.

"공연한 짓을 했군."

"공연한 짓이라니?"

"이곳 사람들은 조개를 먹지 않아. 외국인이나 타지인들에게 껍질을 팔기 위해서만 조개를 잡지. 이걸 사는 사람이 있으면 머잖아 이 조개들은 바다에서 씨가 마르게 된단 말이야."

조르주는 자신의 생각이 그것에까지 미치지 못했음을 알고는 얼굴을 붉혔다. 릭은 그런 조르주를 너그럽게 용서했다. 조개껍질은 곧 릭의 깐뗑에서 자취를 감추었다. 그 자리를 대신한 것은 음악 씨디들이었다. 조르주는 싸루 앞의 '씨디월드'를 뒤져 방콕에서 흘러들어온 복제 음악 씨디들을 사왔다. 예를 들자면 네드 앤 맨슨의 「프리 투 스모크 마리화나」 앨범이나 술리만 로지의 「다이만 노바 스모크 타피」 따위와 같은 씨디였다. 앨범의 음악들은 대마를 피우며 듣기에 아주 좋았다. 오래 전 고향을 떠난 후 처음 느끼는 안락함이 릭의 거칠어진 심성을 부드럽게 어루만져주었다.

릭

타고난 보헤미안을 자처했던 릭(Rick)이 어딘가 정착하기로 마음을 먹은 것은 고향인 토론토를 떠난 지 오년이 되던 해 어느날 저녁 프놈펜에서였다. 릭은 그때 창문도 없는 방의 손바닥만한 화장실의 더러운 변기에 앉아 용변을 보며 대마를 빨고 있었다. 대마는 최악의 질이어서 마치 건초를 피우는 것처럼 목만 아팠다. 화장실 안에는 금 간 거울이 세면대 앞에 붙어 있었다. 변기에 앉으면 바로 왼손을 뻗어 거울을 만질 수 있었다. 릭은 그 거울 속에서 어느새 서른이 되어버린 자신을 발견했다. 더부룩하게 구레나룻과 턱을 덮은 수염, 검게 그을리고 주름까지 잡힌 얼굴은 토론토를 떠날 때의 그 싱싱했던 스물다섯의 얼굴이 아니었다. 릭은 자신의 인생에서 한창 좋았던 시절이 바야흐로 클라이맥스를 지나고 있음을 알아챘다. 세계는 넓고도 넓은만큼 아직도 릭이 발을 딛지 못한 곳이 널려 있었지만 미지의 세계도 더

이상 이전처럼 릭을 강렬하게 유혹하지는 못했다.

운 좋게 릭은 게스트하우스의 레스토랑에서 릭보다 먼저 비슷한 처지에 놓였던 경험자인 영국인에게 그의 노하우를 전수받을 수 있었다. 토론토 대학의 학위증을 위조해 그 무렵 프놈펜에 우후죽순으로 생겨나기 시작했던 사립학교의 영어강사로 취직을 했고 그렇게 눌러앉을 수 있었다. 그후 확실히 안정된 생활을 영위할 수 있었다. 월 오백 달러의 수입이었지만 프놈펜에서 생활하기에는 충분했다. 한 주에 한두 번씩 뚤꼭에서 욕정을 풀고 럭키 슈퍼마켓에서 수입품 통조림이나 술을 살 수도 있었다. 밤에는 '하트 오브 다크니스'나 외신기자 클럽에서 술을 먹거나 나이트클럽인 '마티니'에서 인생을 즐겼다. 비슷한 처지의 인간들은 프놈펜에 먼지처럼 많았기 때문에 친구들도 많이 사귀었다. 릭은 프놈펜의 생활에 만족했다. 그 빌어먹을 영자신문의 기사 때문에 릭의 학위증이 가짜라는 게 밝혀지기 전까지는 모든 일이 잘 풀려나갔다. 한데 할일 없던 어느 기자놈이 신문에 프놈펜의 영어강사들 중 대부분이 가짜 학위증을 가지고 있다는 기사를 써갈겼다. 때맞춰 릭의 학교 교장은 릭을 불러 릭이 학교에 제출했던 학위증이 가짜라고 통보했다. 교장이 토론토 대학에 문의했을 거라고는 생각하지 않았지만 사실은 사실이었기 때문에 릭은 교장 앞에서 아무런 변명도 늘어놓지 않았다. 약점을 잡은 것을 안 교장은 릭에게 월 이백 달러를 제안했다. 릭은 그 제안을 받아들이지 않았다. 교장의 교활함에도 화가 났지만 이백 달러로는 아무리 프놈펜이라도 정말 빠듯하게 살아갈 수밖에 없었다. 몇달 동안 수입 없이 빈둥거리다 릭은 시하눅빌로 내려왔다.

지금 릭은 화교학교에서 한 달에 삼백 달러를 받고 있었다. 프놈펜에 비해 돈 쓸 일이 훨씬 줄어들었기 때문에 릭은 남은 돈을 쓰기 위해 일주일에 한번쯤은 프놈펜에 올라갔다. 시하눅빌 생활에 별다른 불만이 있는 것은 아니었다. 다만 밤이면 심심하고 고독했다. 화교학교의 중국인 교장은 매음굴에 출입하는 영어선생을 원하지 않았기 때문에 릭에게 품터메이나 베트남 유곽촌과 중국인 유곽 또는 그와 조금이라도 비슷한 곳에 출입하면 즉시 해고라고 일찌감치 경고한 바 있었다. 손바닥만한 시하눅빌에서는 비밀이란 없었기 때문에 릭은 매음굴 근처에도 갈 수 없었다. 욕정을 푸는 횟수가 급격하게 준 것이 문제였을까. 길고 긴 시하눅빌의 밤을 훈센비치의 깐텡에서 창문의 나무덮개를 젖히고 대마를 피우는 것만이 릭의 유일한 낙이자 나이트 라이프가 되었다. 릭에게 그것은 나이트 라이프가 아니라 시트(Shit) 라이프였다. 릭은 크메르 여자와 결혼하는 것도 진지하게 고려해보았지만, 유감스럽게도 시하눅빌에서 릭 같은 서양인에게 딸을 줄 부모는 없었다. 하긴 프놈펜이라고 해서 특별히 다른 것은 아니었다. 프놈펜의 릭의 친구들 중에는 여자를 데리고 사는 놈들이 있었지만 십중팔구는 창녀였다. 시하눅빌에서 창녀를 데리고 사는 영어선생을 받아줄 학교는 없었다. 그리하여 프놈펜에 올라가는 날을 빼고 릭은 밤마다 외로웠다. 깐텡의 창문으로 스며드는 파도소리에 섞여 슬그머니 가슴 한구석을 에이듯 파고들어오는 외로움의 정체를 릭은 이해하지 못했다. 아시아와 남미에서 보냈던 그 수많은 밤들의 대부분을 혼자 지내지 않았던가. 그렇게 살아오는 동안 외로움은 무시로 찾아왔다. 그러나 눈시울은 붉어져도 마음은 늘 넉넉하고 푸근한 외로움이었다. 시하눅빌에서처럼 명치끝이 저릿하고 깊이를 알 수 없는 수렁으로 빠져들어가는 것만 같은 외로움을 전에는 겪어보지 못했다.

조르주가 등장한 후 밤이면 스멀스멀 피어오르던 외로움은 조금씩 희미해졌다. 릭은 그런 자신이 조금은 두려워졌다. 성에 대한 정체성이 흔들리는 것은 아닌지 걱정스러웠다. 릭은 수많은 동성애자들을 만나왔고 그들에 대해 별다른 편견을 가지지 않았지만 자신이 그들처럼 되기를 원하지는 않았다. 조르주가 릭의 깐텡에 온 후 첫 주말에 프놈펜의 매음굴인 뚤꼭에서 릭은 긴장으로 온몸이 굳을 지경이었다. 자신이 보통의 남자처럼 일을 치러내지 못할 것이라는 막연한 불안감으로 입 안의 침이 말라들어갔다. 그러나 평소와 달리 약간의 임포텐츠를 경험하긴 했지만 별문제 없이 일을 치른 후 릭은 안심할 수 있었다.

쌤과 토니

토요일 아침, 릭은 아침부터 서둘러 프놈펜행 버스에 올랐다. 릭은 주말이면 어김없이 프놈펜에 올라갔다. 그런 릭을 에까리치의 터미널에서 약간은 불만스럽게 배웅하고 돌아선 조르주는 하루를 어떻게 보낼지 막연했다. 혼자 해변에 나가 수영을 하거나 하릴없이 해먹에 매달려 한나절을 보낼 수도 있었지만 벌써 그렇게 지낸 주말이 네번째였기 때문에 조르주는 조금은 달리 보내고 싶었다. 하지만 신통한 생각이 떠오르지 않았다. 조르주는 '쌤과 토니의 까페'에 들러 맥주나 한 병 마시면서 고민해보기로 하고 발걸음을 옮겼다.

캘리포니아 출신의 미국인 쌤(Sam)과, 역시 미국인인 유타 출신의 토니(Tony)가 서로 죽이 맞아 에까리치 로(路) 뒷길의 모퉁이에 사십 평방미터 남짓의 이층 벽돌건물을 월세로 얻어 까페를 연 것은 릭이 시하눅빌에 오기 육개월 전이었다. 둘은 일층에는 까페를 꾸몄고 이층에는 두 개의 방을 만들어 살았다. 서로 각 방을 쓰고 있다는 것과 둘 중의 누가 특별히 낫다고 할 것도 없이 품터메이의 매음굴에 들락거리는 것으로 보아 둘의 관계는 그저 돈독한 사내들의 관계 이상은 아니었다.

쌤과 토니는 누가 보아도 부조화의 극치였다. 왜소한 체구에 날씬한 쌤은 깔끔한 성격에 누구에게나 싹싹한 태도를 보였다. 토니는 백팔십 센티미터가 넘는 큼직한 체구에 온몸이 갈색 털로 뒤덮인데다 몸단장은 물론 위생에도 별 신경을 쓰지 않는 둔감한 타입이었다. 둘의 공통점은 나이가 같고 미국인이라는 것밖에는 없었다. 그런 쌤과 토니가 어떻게 만나서 시하눅빌까지 흘러들어와 까페를 열었는지 분명히 아는 사람은 없었다. 다만 둘이 처음 만난 곳은 말레이시아의 삐낭이고 그 뒤로는 줄곧 함께 여행을 다녔다는 정도가 알려진 사실이었다.

쌤과 토니의 까페는 그럭저럭 수지가 맞았다. 프놈펜과 시엠립이 고작이었던 배낭여행객들이 시하눅빌을 찾는 일이 늘어났다. 해변에서 노닥거리는 일말고는 특별히 할일이 없는 시하눅빌에서 그들은 해가 지면 시내에 있는 '쌤과 토니'의 까페에서 시간을 죽였다. 처음에는 맥주를 파는 것이 고작이었던 까페가 지금은 스테이크와 파스타, 그리고 카레까지 팔았다. 시하눅빌에는 인도인들이 없었기 때문에 쌤과 토니가 카레를 판다고 해서 시비를 걸 사람은 아무도 없었다. 소문에 쌤과 토니는 좀더 큰 장소를 물색중이라고도 했다.

"너희들은 여기 눌러앉아 부자가 되기로 작심한 모양이지?"

언젠가 맥주를 지나치게 마신 릭이 비아냥거리는 말투로 쌤에게 말한 적이 있었다. 쌤은 그런 릭에게 불쾌한 표정도 짓지 않고 어깨를 으쓱거리며 이렇게 말했다.

"세상에, 그걸 어떻게 알았지? 그럼 그것도 알아? 내가 요즘 캄보디아 국적을 얻으려고 크메르말을 배우고 있다는 것?"

쌤은 낄낄거리며 릭의 어깨를 두드렸다. 쌤을 눈앞에 두고 릭은 조르주에게 불어로 말했다.

"들었지. 녀석이 크메르어를 배우고 있다는군. 왜 그런 줄 알아?"

"왜 그러는데?"

"바로 이것 때문이지."

릭은 대답 대신 절반쯤 남은 앙코르 비어의 병꼭지를 입에 대고 들어 남김없이 비운 후 병을 흔들었다.

까페 한구석에 앉아 있던 앙코르 비어의 판촉사원인 씨나가 릭에게 다가와 서툰 영어로 맥주 한병을 더 권했다. 릭은 일 달러짜리 지폐 두 장을 꺼내 탁자 위에 던졌다. 씨나가 그 돈을 집어들고 카운터의 토니에게로 걸어갔다. 짙은 푸른색 미니스커트 위로 고스란히 드러난 엉덩이 선이 육감적으로 흔들렸다. 릭의 손가락이 그녀의 엉덩이를 가리켰다.

쌤과 토니의 까페가 제법 맥주를 팔아대자 맥주회사들에서는 여자 판촉사원을 파견했다. 그녀들이 하는 일은 술집이나 까페 또는 나이트클럽에 파견되어 수단과 방법을 가리지 않고 자기 회사의 맥주를 파는 것이었다. 저녁부터 새벽까지 하는 일이었고 남자들과 부대끼는 일이었기 때문에 힘들고 대접받지 못하는 직업이었지만 그래도 항상 많은 여자들이 몰려 그 일을 하려 했다. 여자들이 돈을 벌 수 있는 일이라고 해야 싸루에서 장사를 거들거나 상점의 점원이 되는 것밖에는 없었기 때문에 능력껏 매상을 올리면 남자들보다 더 많은 돈을 벌 수 있는 판촉사원은 젊은 크메르 여자들에게 나름대로 인기가 좋은 직업이었다. 으레 그런 것처럼 쌤과 토니의 까페에서는 타이거 비어와 앙코르 비어의 판촉사원이 경쟁을 벌였다. 최후의 승리자는 앙코르 비어의 판촉사원인 씨나였다. 그 뒤로 몇몇 맥주회사의 시하눅빌 대리점에서 쌤과 토니의 까페를 들락거렸지만 사정은 달라지지 않았다. 석달이 지나자 까페에서는 오직 씨나만을 볼 수 있었다. 왜냐하면 쌤이 더이상 다른 맥주를 주문하지 않았기 때문이다. 사실 까페에서 오직 한 종류의 맥주만을 주문할 수 있다는 것은 손님으로서는 부당한 대우를 받는 것이었다. 캄보디아에서도 까페를 찾은 손님들은 원하는 대로 최소한 몇가지 맥주 중 하나를 마실 권리가 있었다. 예를 들어 그들은 타이거나 싼미구엘 또는 하이네켄을, 경우에 따라서는 싱아를 주문할 권리가 있었지만 쌤과 토니의 까페에서는 오로지 앙코르 비어만을 선택할 수 있었다. 심심치 않게 불만이 쏟아져나오자 쌤은 까페의 벽에 이런 문구를 적은 쪽지를 붙여놓았다.

"죄송합니다. '쌤과 토니'의 까페에서는 오직 앙코르 비어만을 써비스합니다. 그 이유는 앙코르 비어만이 캄보디아 최고의 맥주이기 때문입니다."

까페를 찾은 손님들은 모두 이 말이 얼마나 웃기는 말인지 알고 있었다. 그것은 토니가 붙여놓은 쪽지 아래의 낙서로도 알 수 있었다.

"쌤, 정말 고마워. 캄보디아 최고의 불싯(Bull Shit)을 마실 수 있는 기회를 주어서."

쌤은 자신의 맥주에 대한 정책이 얼마나 완고하고 강력한 것인지를 과시하기 위해서 일부러 이 낙서를 지우지 않았다. 사실 쌤과 토니의 까페를 찾는 손님들도 앙코르 비어에 대해서 큰 불만은 없었다. 앙코르 비어의 맛이 그렇게 나쁘지 않은 것도 이유였지만 까페가 앙코르 비어를 매우 싼 가격에 써비스했기 때문이다. 쌤과 토니의 까페보다 앙코르 비어가 싼 까페나 술집이 적어도 캄보디아에서는 존재하지 않았다. 쌤과 토니의 까페가 이처럼 기이한 맥주 정책을 고수하고 있는 이유에 대해서 뜨내기들은 호기심이나 관심을 보이지 않았지만 릭을 포함하여 시하눅빌 사람들은 모두 그 이유를 알고 있었다. 그건 쌤이 앙코르 비어의 판촉사원인 씨나에게 넋이 나가 있었기 때문이다.

늦은 아침 조르주가 들어선 '쌤과 토니'의 까페는 한산했다. 쌤은 없었고 토니만이 벽에 붙은 케이블 텔레비전에 눈을 박고 있다가 막 들어선 조르주에게 손을 들어 아는 척을 했다.

"봉주르, 조르주."

앙코르 비어 한 병을 들고 온 거대한 체구의 토니가 조르주의 맞은 편에 털썩 소리를 내며 앉았다. 사방으로 뻗친 머리털에 구레나룻에서 턱까지 잔뜩 뒤엉켜 제멋대로 자란 갈색 털, 양 팔을 수북이 덮은 털들은 흡사 셔츠를 입혀놓은 원숭이와 다름없었다. 게다가 음식물의 찌꺼기와 국물, 과자 부스러기 따위로 지저분하게 배배 꼬여 있는 입 주변의 털들하고는. 이런 남자를 좋아할 여자가 과연 지구상에 존재할까? 조르주는 탁자에 등을 잔뜩 붙이고 사람 말을 곧잘 하는 고릴라와 다름없는 토니로부터 가능하면 멀리 떨어지기 위해 다리에 힘을 주었다. 게슴츠레한 붉은 눈과 땟국이 말라붙어 검버섯과 매한가지로 보이는 얼굴, 그리고 입을 벌리거나 몸을 움직일 때마다 피어오르는 형언할 수 없이 지독한 악취. 이런 녀석을 해가 떠 있을 때 보는 것은 죽음보다 더한 고역이라고 조르주는 고개를 흔들었다. 그런 조르주의 심정은 아랑곳하지 않고 토니는 때가 잔뜩 낀 손가락으로 탁자를 두드리며 제딴에는 한껏 부드러운 표정을 짓고 조르주에게 말을 걸었다.

"이봐, 나도 니스에 간 적이 있어."

"그래?"

시하눅빌에 머물고 있는 한 여간해서 비밀은 없었으므로 토니가 자신의 고향을 알고 있다고 해서 놀랄 필요는 없었다. 그렇지만 조르주는 토니와 마주하고 있으니 오츠띠알 해변이나 가보는 게 좋겠다고 마음을 먹고 건성으로 대답하고는 재빨리 맥주병을 들어 급하게 입에 털어넣었다.

"아름다운 곳이더군. 사실 난 시하눅빌에 올 때 이곳이 혹시 니스와 같지 않을까 기대를 했었어."

"이곳이?"

"그래. 캄보디아는 프랑스의 식민지였고 여긴 니스처럼 해변과 구릉이 있잖아. 난 자네 조상들이 이곳을 니스처럼 꾸며놓지나 않았을까 기대를 했었지."

토니는 한손으로 턱을 괴고 마치 오래 전에 보았던 니스를 떠올리려는 것처럼 붉은 눈을 슬며시 감고는 다른 한손으로 머리털을 매만졌다. 삐걱이며 돌아가고 있는 천장의 실링팬에서 불어오는 바람이 토니의 더러운 갈색 머리털을 눈에 보이지 않게 흔들었다. 토니는 마치 머리털을 고르고 있는 원숭이처럼 우스꽝스러웠다.

"아프리카로 돌아가고 싶은 우리 안의 원숭이 같아……"

조르주는 자신도 모르게 한숨을 내쉬며 중얼거렸다. 프랑스어로 내뱉었기 때문에 토니는 알아듣지 못했다. 토니는 슬며시 눈을 뜨고 게

습츠레한 붉은 눈으로 조르주를 바라보며 말했다.

"음, 니스에서는 사람들이 모두 너처럼 소리를 냈었지. 노래를 흥얼거리는 것처럼 말이야. 한데 여기서는 사람들이 그런 소리 대신에 톱니바퀴에 나무토막이 걸린 소리들을 낸단 말이야. 알 수 없어. 왜 지구의 저편과 이편에서 사람들은 그처럼 다른 소리를 내는 것이며 어떤 소리는 달콤하게 들리고 다른 소리는 신경을 곤두서게 하는 것일까."

이 남자는 영락없이 학술원의 연단에 등장한 빨간 피터처럼 중얼거리고 있군. 조르주는 자리에서 일어서며 이번만큼은 영어로 말했다.

"소리가 그렇게 다르게 들리는 이유는 말야, 네가 아시아인이 아니라서 그래."

"그런가?"

토니는 턱을 괸 손을 빼지 않은 채 자리에서 일어선 조르주를 바라보았다. 조르주가 까페의 유리문을 열 때 등뒤에서 토니의 그릉그릉한 목소리가 들려왔다.

"헤이 조르주. 난 월요일에 시하눅빌을 떠나. 돌아오지 않을 거야."

그 말을 듣고 조르주는 잠시 망설이다 아직도 탁자 위에 턱을 괴고 있는 토니를 향해 몸을 돌렸다. 시하눅빌에 온 것이 불과 한달 남짓이었고 그동안 토니와는 아무런 친밀감도 느끼지 못했지만 그래도 토니와 조르주처럼 오랫동안 떠돌아다니는 사람들에게 작별인사는 늘 만남보다 중요한 것으로 여겨지는 법이었다.

"테이크 케어(몸조심해), 토니."

토니를 포옹할 생각이 없었던 조르주는 문 앞에 그대로 서서 최대한 애정을 담은 눈길을 토니에게 보내며 짧게 말했다. 토니 또한 붉은 눈을 깜빡이며 고개를 끄덕였다. 토니가 시하눅빌을 떠나 어디로 갈 것인지 조르주는 묻지 않았고 토니 또한 말하지 않았다.

까페를 나와 지나가는 모또를 집어타고 조르주는 오츠띠알 해변의 초입에서 내려 포장된 해변도로를 따라 천천히 걷다가 마침 오토바이를 타고 오던 쌤을 만났다. 쌤의 뒤에는 씨나가 타고 있었다. 뒤뚱거리며 오토바이를 멈춘 쌤이 조르주에게 손을 흔들어 아는 척을 하며 말을 건넸다.

"릭은 또 프놈펜에 갔어?"

조르주는 무심하게 고개를 끄덕였다.

"빌어먹을 자식. 널 내버려두고?"

쌤의 작위적인 측은한 눈길이 조르주의 얼굴을 훑었다. 조르주는 미간을 찌푸렸다.

"이봐, 릭은 언제라도 혼자 프놈펜에 올라갈 수 있어. 릭과 난 그저 방을 함께 쓰고 있는 친구일 뿐이야."

조르주의 양철을 긁는 것 같은 목소리에 쌤도 약간은 기분이 상했는지 퉁명하게 대꾸했다.

"물론이지. 하지만 주말이면 재미를 보러 프놈펜에 올라갈 양이면 너도 함께 데리고 가야 친구잖아? 녀석이 여자가 필요하다면 너도 남자가 필요할 테니까 말야."

쌤의 빈정거리는 말투에 조르주는 모욕감을 느꼈고 화가 치밀어올랐지만 눌러 참았다.

"남의 일에 쓸데없이 신경 쓸 시간이 있으면 네 잘난 까페의 간판이나 어떻게 바꿀지 고민하는 게 어때?"

"간판? 간판을 왜?"

잠시 머뭇거린 쌤은 어깨를 으쓱거리며 되물었다. 조르주는 대꾸 없이 오토바이를 지나쳐 가던 길을 걸어가며 생각했다. 토니란 친구, 그저 훌쩍 떠날 모양이군. 해변도로의 아스팔트는 서서히 달아오르기 시작하고 있었다. 야자나무 사이로 불어온 바닷바람이 아스팔트 위의 뜨거운 공기를 이리저리 휘저었다. 조르주는 도로를 벗어나 소나무 숲을 가로질러 해변을 향해 천천히 걸었다. 눈이 부시도록 흰 백사장과 푸른 바다 그리고 뭉게구름이 이제 막 피어오르기 시작한 아지랑이 너머로 펼쳐졌다. 오전이어서인지 해변은 붐비지 않았다. 그는 해변에 나란히 늘어선 원색의 비치파라솔 하나를 찾아 그 밑으로 기어들어가 누웠다. 파라솔의 천이 가리고 있었지만 천을 뚫고 들어온 태양은 밝은 적청황의 색으로 눈부시게 일렁이며 조르주의 눈을 찔렀다. 문득 프놈펜의 숀이 못 견디게 그리워졌다. 숀의 외도와 손찌검에 미친 듯이 화를 내고 꼭두새벽에 프놈펜을 떠나 시하눅빌로 내려왔을 때에는 숀이 자신을 찾아올 거라는 기대가 마음 한구석에 남아 있었다. 행선지야 원한다면 택시를 불러준 크메르인에게 물어보면 쉽게 알 수 있었다. 시하눅빌을 떠나지 않았던 이유도 절반쯤은 그런 기대에 있었다. 조르주는 눈을 감았다. 숀은 자신을 사랑한 적이 있었던 것일까. 그렇다고 생각한 적도 있었지만 지금은 자신이 없었다. 숀에게 자신은 그저 스쳐지나가는 얼빠진 녀석 중의 하나였을지도 모를 일이다. 남자란 그러기 일쑤인 족속들이니까. 빌어먹을. 난 왜 이 모양일까. 자신에게 남자로서의 정체성을 발견하는 대신 여성이 되고 싶은 열망에 사로잡힌 사춘기 시절에 고향을 떠난 이후 적잖은 시간이 흘렀지만 얻은 것은 아무것도 없다는 상실감이 조르주의 가슴을 새삼 아프게 했다. 무엇을 찾아서 그토록 오랜 시간을 떠돌아다녔던 것인지도 조르주는 알 수 없었다. 목표가 있었던 것은 아니었지만 그래도 이 세상 어디에선가 근사한 무엇인가를 발견할 수 있을 것이란 희망을 버린 적은 단 한번도 없었다. 그것이 무엇이든지. 가슴을 터질 듯 부풀어오르게 하고 머리를 뜨겁게 할 수 있는 그 무엇. 조르주는 몸을 돌려 모래 속에 얼굴을 파묻었다. 입술과 코로 깔깔한 모래들이 흘러들어와 숨을 쉬기가 곤란했다.

끌로드

베트남인 어머니와 프랑스인 아버지 사이에서 태어난 혼혈 프랑스인인 끌로드(Claude)는 쏘카 해변과 에까리치 해변 사이의 언덕에 아주 훌륭한 이층 목조건물을 갖고 있었다. 해변을 따라 야트막한 구릉이 이어지는 한가운데에 자리잡은 끌로드의 집은 일층에는 건자재와 목공연장들 그리고 목재들이 무질서하게 널려 있는 큼직한 홀이 있었고 이층에는 레스토랑과 끌로드와 베트남인 부인과 그의 세살짜리 아들이 살고 있는 작은 보금자리가 마련되어 있었다. 끌로드의 이층집은 철재와 석재 그리고 유리나 플라스틱의 사용이 극단적으로 절제되어 있었다. 자세히 둘러보면 경첩과 문고리 그리고 나무에 박은 못을 제외하고는 모두 나무로 만들어진 자재를 사용하고 있었다. 심지어 이층의 창문은 모두 통나무로 짜여 있었다. 엄청난 무게의 이 창문은 위로 열어젖히도록 되어 있었는데 사람의 힘으로는 들어올릴 수 없는 무게였다. 때문에 끌로드는 창문을 모두 하나의 굵은 삼줄로 연결하고 그 줄을 다시 도르래에 연결하여 창문을 올리고 내렸다. 빛이 새어들어오지 못하는 통나무 창문을 모두 내리면 이층은 삽시간에 어둠에 싸여 마치 외부로부터 완벽하게 고립된 요새와 같은 느낌을 주었다. 사람들은 강도나 도둑의 침입을 막기 위해서라고 생각했지만 정작 끌로드의 생각은 알 수 없었다. 침입자를 막기 위해서라면 쇠막대를 용접한 철제 창문이 더 값싸고 효율적이었다. 끌로드는 이 집을 지금의 모습으로 짓기까지 목공을 포함하여 모든 일을 혼자서 해왔다. 때문에 통나무 창문을 도르래로 매달아 올리고 내리는 구조를 생각하고 만들어내는 것은 철제 창문을 매다는 것보다 열 배는 어렵고 힘들며 오랜 시간이 필요한 일이었다. 게다가 도르래를 이용하기는 했어도 창문을 올리는 일은 매우 힘이 들었다. 그러나 이른 아침이면 어김없이 끌로드는 집안의 누구보다 일찍 일어나 이층의 사방을 뛰어다니며 모든 창문을 열어놓았다. 창문이 모두 열리면 밝은 햇살은 사방에서 흘러들어와 구석에서 흘러다니는 먼지까지 보석처럼 반짝이게 하고 바람은 방향에 따라 이곳에서 흘러들어와 저곳으로 새어나가면서 잰걸음으로 쉬지 않고 신선하고 맑은 공기를 순환시켰다. 밤 동안 숨을 참았던 끌로드의 집이 크게 숨을 쉬는 때이기도 했다.

오츠띠알 해변의 파라솔 아래에서 정오가 지날 때까지 모래 속에 얼굴을 파묻고 있던 조르주는 정오 무렵 끌로드의 레스토랑을 찾았다. 평화협정이 체결된 후 얼마 지나지 않아 캄보디아로 돌아와 정착한 끌로드는 여러 면에서 다감하고 성실한 사십대 중반의 사내였다. 기실 그가 태어나고 어린 시절을 보낸 곳은 프놈펜이었다. 1975년 크메르루주가 프놈펜을 함락하기 전에 작은 무역상을 경영하던 끌로드의 아버지는 가족들을 데리고 프랑스로 돌아갔다. 끌로드가 캄보디아

로 돌아온 이유는 분명하지 않았다. 끌로드 자신은 이 질문에 대해서
만큼은 늘 사람 좋은 미소로 대신할 뿐 별다른 말이 없었다.

"프랑스에서 무슨 끔찍한 일을 저지르지 않았을까? 말하자면 살인
같은 종류 말이야."

릭은 그렇게 말한 적이 있었지만 그저 무성의하게 내뱉은 말이었
다. 끌로드의 부드러운 표정과 조금은 수줍은 듯 느껴지는 미소 속에
서 살인이나 끔찍한 범죄의 냄새를 맡는다는 것은 상상조차 하기 어
려웠다. 캄보디아로 돌아온 후 몇년 동안 프놈펜에 머물던 끌로드는
시하눅빌에 내려와 땅을 사고 직접 나무로 만든 집을 지었다. 지금 이
해변가 언덕의 집은 끌로드가 이년에 걸쳐 지은 집이었고 사실 아직
도 미완성 상태였다. 예를 들어 일층에는 기둥과 벽 외에는 아무것도
만들어지지 않았고 심지어 창문조차 뚫려 있지 않았다. 끌로드는 자
신의 이층집 주변에 열 채의 작은 목조 방갈로도 지을 계획이었다. 그
중 하나는 이미 완성이 되어 끌로드네 집으로 들어가는 언덕길 왼쪽
에 선을 보였다. 에스키모의 얼음집처럼 반원의 지붕과 벽을 가진 우
스꽝스러운 방갈로였다. 두 사람이 비좁게 누울 수 있을 정도의 크기
인 방갈로는 손바닥만한 창문 하나를 바다 쪽으로 내고 있었는데 무
슨 용도로 사용할 수 있는지 아무도 이해하지 못하는 불가해한 구조
물이었다. 아마도 끌로드는 이런 따위의 방갈로를 열 채쯤 지어 게스
트하우스 같은 종류의 사업을 해보려고 했던 것으로 보였다. 그러나
끌로드의 땅은 해변을 굽어보고 있기는 했지만 사람들이 모이는 쏘카
나 에까리치 해변에서는 꽤 멀리 떨어져 있고 외진 곳이었기 때문에
게스트하우스를 차리기에는 좋은 위치가 아니었다. 주변 경관은 훌륭
했지만 방갈로는 땅바닥에서 고작 일 미터를 조금 넘는 높이였고 둘

이 누우면 비좁게 느껴질 내부에는 이십 센티미터 높이의 나무침상이 바닥과 다름없이 놓여 있었다. 게다가 창문은 어른 손바닥만한 크기로 뚫려 있어 방갈로의 나무 벽을 뚫는 투시력을 지니지 않는 한 경관이 갖는 이점은 아무짝에도 쓸모가 없었다. 말하자면 끌로드의 방갈로는 외떨어진 묘지의 무덤과 다를 바 없었다. 사람들은 끌로드가 선을 보인 첫번째 방갈로에 대해서 혹평을 아끼지 않았지만 끌로드는 자신의 작품에 대해 의연한 태도를 취했다.

"누구나 넓고 트인 방에 큼직한 침대가 놓여 있기를 바라는 건 아니야. 우리 인간의 고향이 어디라고 생각하지? 우린 모두 어디에서 왔지? 바로 어머니의 자궁이야. 인간이라면 누구나 처음 열달은 비좁기 짝이 없는 그곳에서 지내야 하거든. 사람들은 모두 본능적으로 그곳을 그리워한다더군. 난 할 수만 있었다면 이 방갈로 안에 양수를 대신할 물을 가득 채웠을 거야."

끌로드는 자신의 방갈로가 모태를 형상화한 것이라고 주장했다. 물론 끌로드가 그렇게 주장한다면 그런 것이었지만 설령 방갈로가 바벨탑을 모델로 했다고 해도 달라질 것은 없었다. 아무도 그 방갈로를 이용하지는 않을 거니까.

한편 끌로드의 레스토랑은 기막힌 전망에도 불구하고 사람들의 발걸음이 그리 잦지는 않았다. 그건 끌로드의 레스토랑이 조금 외진 곳에 위치했기 때문만은 아니었다. 주방에서 요리를 맡고 있는 끌로드의 아내는 세상 어느 곳에서도 구경할 수 없는 스파게티와 스테이크, 오믈렛 등을 제공함으로써 손님들을 경악하게 만들었다. 그녀가 잘할 수 있는 음식은 베트남 국수뿐이었다. 유감스럽게도 끌로드의 근사한 언덕 위의 레스토랑에 와서 베트남 국수를 찾는 손님은 없었다. 그러나 끌로드도, 끌로드의 아내도 그리고 당연하지만 끌로드의 세살짜리 아이도 그것을 안타깝게 생각하지 않았으며 하물며 개선하려는 노력은 전혀 기울이지 않았다.

"정말 맛있는 스파게티죠?"

끌로드는 손님 앞에서 능청맞게도 그런 질문을 던지기도 했다. 세상에서 가장 시큼하고 텁텁하며 짜고 맵기까지 한 스파게티를 이제 막 입에 처넣은 손님으로서는 그저 어이없다는 표정을 지을 뿐이었다. 끌로드를 모르는 사람들은 아마 그가 제대로 된 스파게티를 맛본 적이 없다고 생각했겠지만 프랑스에서 젊은 시절을 보낸 그가 훌륭한 이태리 스파게티를 맛본 적이 없을 리는 없었다. 하긴 끌로드 자신도 집에 머물 때에는 삼시세끼를 베트남 국수로만 때웠다.

끌로드의 수입은 레스토랑이 아니라 관광객들을 시하눅빌 주변의 섬에 데려다주거나 스쿠버다이빙이나 낚시를 주선해주는 따위에서 얻어졌다. 끌로드는 훌륭한 스쿠버다이빙 강사이며 바다낚시꾼이기도 했다. 형편이 넉넉하지 못한 까닭에(수입의 대부분을 집이나 방갈로를 짓는 데에 사용하기 때문이기도 했지만) 배가 없는 끌로드는 부두의 어선을 빌려 손님들을 실어 날랐다. 끌로드의 아일랜드 투어와 스쿠버다이빙이나 낚시 투어에는 모든 식사가 제공되었는데 다행스럽게도 끌로드의 아내는 따라가는 경우가 없었고 아이를 봐주는 크메르 처녀인 누온이 따라왔다. 그녀의 음식 솜씨도 신통치 않기로는 마찬가지였지만 그래도 끌로드의 아내보다는 나았다. 끌로드는 투어를 떠나기 전에 자신의 레스토랑에서 식사를 대접하곤 했는데 덕분에 섬에서 누온의 음식 솜씨를 불평하는 손님은 지금까지 단 한명도 나타나지 않았다.

조르주도 끌로드가 아일랜드 투어를 써비스하고 있다는 것을 알고 있었기 때문에 릭이 돌아오기 전에 근처의 섬에나 다녀올까 하고 끌로드를 찾은 것이었다.

"오늘은 섬에 가겠다는 손님이 없는데."

식당 구석에 걸어놓은 해먹에서 아이와 함께 장난을 치고 있던 끌로드는 조르주가 섬에 가고 싶다고 말하자 멋쩍게 웃으면서 고개를 흔들었다. 아일랜드 투어는 최소한 세 명 이상이 되어야 했다. 물론 세 명분의 비용을 치를 생각이라면 끌로드도 따라 나서겠지만 조르주로서는 그렇게까지 할 생각은 없었다. 끌로드는 안고 있던 아이를 아내에게 맡기고 맥주 한 병과 두 개의 잔을 들고 조르주가 앉아 있던 창가의 탁자로 다가왔다. 바람은 해변에서보다 세차게 불었고 굽어보이는 언덕에 무성한 갈대들이 바람에 흔들리며 이리저리 스치는 소리가 조르주의 귀에까지 들려왔다. 끌로드가 두 개의 잔에 맥주를 따르고 그중 하나를 내밀었다. 잔의 맥주를 한번에 모두 들이켠 끌로드가 입을 축이며 조르주에게 물었다.

"어떤 섬에 가고 싶은데?"

"그저, 아무 섬이나."

특별히 알고 있는 섬도 없었지만 어느 섬을 가더라도 별로 달라질 게 있을 것 같지는 않았다.

"그럼, 마린 게스트하우스에 가보지. 오전에 낚싯대를 빌려달라는 전화를 하면서 꼬롱으로 간다고 하더군. 손님은 한 명인데 세 명 몫의 값을 지불했다더군. 자네가 간다면 마다하지는 않을 거야."

끌로드는 친절하게 지도까지 가져와 꼬롱의 위치를 알려주고 한시간 반이면 갈 수 있기 때문에 원한다면 당일에 돌아올 수 있다는 것과 스노클링이나 낚시를 즐기면서 한가롭게 쉬기에는 좋은 섬이라는 것을 알려주었다. 시간은 이미 정오를 지나 한시에 가까웠다.

"만약 게스트하우스에서 떠났으면 부두로 가보게. 배를 구해야 되니까 늦지는 않았을 거야."

끌로드가 친절하게 섬에 갈 수 있는 방법을 알려주었지만 조르주는 잠시 망설였다.

브릿저

부두 앞 언덕의 마린 게스트하우스의 주인 브릿저(Bridger)는 도합 네 번의 이혼 경력을 자랑하는 미해병 출신의 퇴역군인으로 이미 오십대 초반에 들어선 사내였다. 해병 스타일의 짧은 머리털에 나이에 걸맞지 않은 단단한 몸집을 자랑하는 브릿저는 '한번 해병은 영원한 해병'이라는 신조 외에는 자신의 인생에 있어서 그 어떤 신조도 무의미하게 여기는 유형의 사내였다. 시하눅빌 부두 앞의 언덕에 게스트하우스를 차리고 이름을 '마린'이라고 지은 것도 어쩌면 당연한 일이었다. 그의 네번째 부인은 브릿저가 퇴역한 후 고향인 텍사스로 돌아간 지 얼마 되지 않아 이혼을 요구했다. 아마도 그녀는 브릿저와 여생을 보내기를 원치 않았던 모양이다. 브릿저는 그녀의 요구를 남자답게 받아들인 후 위자료며 등등을 처리하고 남은 자산을 달러로 바꾸어 멀고 먼 시하눅빌로 흘러들어왔다. 자신의 말에 따르면 그는 시하눅빌로 돌아온 것이었다.

"일천구백칠십오년에 말이야. 마야게즈 호라고 미군 수송선이 크메르루주에게 나포된 일이 있었어. 그때 공군과 해병이 구출작전을 펼쳤지. 타일랜드 유타포 기지에서 공군 애들이 나이트 헬리콥터를 띄웠는데 칠 함대 해병들이 탔단 말이야. 난 자원을 했지. 어딜 쳤느냐면 배가 나포되었던 꼬땅이라는 섬이었어. 시하눅빌에서 이십 킬로미터 정도 떨어진 섬이지. 스물세 명이 꼬땅 섬 전투에서 전사했지. 적을 너무 얕봤던 거야. 베트콩 애들도 아니고 크메르루주 자식들이 그렇게 세게 나올 줄은 몰랐단 말이지. 그 작전에서 난 포로가 되어 여기 시하눅빌로 오게 되었지. 내가 해병이 된 이후 적에게 포로가 되었던 적은 그 전에도 그 후에도 없었어."

군인으로 살아오면서 유일하게 포로가 되었던 곳이라는 이유가 쉰이 넘은 노해병인 브릿저를 시하눅빌에까지 오게 했다고 믿기란 쉽지 않았다. 그러나 그보다 더 설득력 있는 이유를 찾아내기도 마땅치 않았고 설령 숨겨진 무슨 사연이 있다고 해도 그걸 밝히기 위해 동분서주할 인간은 적어도 시하눅빌에는 없었다. 해병으로서의 자기확신이 뚜렷한 브릿저는 시하눅빌에 몇 되지도 않는 자신과 동일한 백인들을 대부분 경멸했다. 그의 주장에 따르면 시하눅빌에는 제대로 된 백인들이 없으며 모두 제 나라에 대한 책임을 회피하고 도망친 파렴치한 떠돌이들이었다. 단 한명의 예외적인 백인이 있다면 물론 브릿저 자신이었다. 시하눅빌에 체류중인 떠돌이들의 대부분은 이런 따위의 세계관을 고수하는 인간 앞에서는 신속하게 식욕을 잃는 타입이었기 때문에 브릿저와 거리를 두고 지냈고 이 점에 대해서 브릿저는 조금도 아쉬워하지 않았다.

브릿저에 대한 평가는 그랬지만 조르주는 끌로드의 레스토랑을 나와 마린 게스트하우스로 향했다. 마린 게스트하우스에 도착했을 때 조르주는 브릿저를 찾기 위해 입구의 식당을 기웃거리다 예기치도 않게 털북숭이 토니를 먼저 만났다. 지저분하고 더럽기는 '쌤과 토니의 까페'에서 보았던 오전과 마찬가지였다.

"웬일이야?"

이제 막 식당 입구에 고개를 내민 조르주를 발견한 토니는 의아한 듯 작고 붉은 눈을 깜빡이며 물었다. 의아하기는 조르주도 마찬가지였다. 그곳은 마린 게스트하우스였던 것이다. 조르주는 선뜻 내키지는 않았지만 토니에게 자신이 마린 게스트하우스를 찾은 이유를 간단히 설명했다.

"그래? 뭐, 혼자보다는 둘이 낫겠지."

토니는 고개를 끄덕이며 특별히 싫어하거나 좋아하는 기색 없이 특유의 그릉거리는 목소리로 중얼거렸다. 꼬롱에 가기 위해 세 명분의 비용을 지불했다는 손님은 다름 아닌 토니였다. 난처한 것은 조르주였다. 꼬롱으로 가는 손님이 누구라도 상관없다고 생각했지만 막상 그가 토니라는 것을 알게 되자 인근의 섬에서 반나절이나 하룻밤을 지내는 것도 좋겠다는 생각이 수증기처럼 허공으로 흩어졌다. 그런 까닭에 조르주가 완곡하게 자신은 빠지겠다는 말을 궁리하고 있을 때 브릿저가 나타났다. 브릿저를 본 토니는 조르주의 내심은 아랑곳하지 않고 브릿저에게 꼬롱에 갈 손님이 하나 더 늘었다고 알려주었다. 조르주의 사정을 가늠하지 않기는 브릿저도 마찬가지였다.

"문제될 것 없지. 꼬롱에 가려면 토니에게 사십 달러를 주게. 이 친구가 이미 세 명분을 내게 지불했으니까."

브릿저는 대수롭지 않게 조르주에게 이르고는 입구에 놓여 있던 푸른색의 아이스박스를 들고 나갔다. 브릿저가 남긴 말에 토니는 고개를 저었다.

"돈을 줄 생각이라면 그만둬. 어차피 지불한 돈이니까."

사십 달러면 적은 돈이 아니었으므로 토니는 선심을 쓴 셈이었지만 조르주는 여전히 내키지 않았다.

"음, 난 꼭 가겠다는 것은 아니었고, 내 말은 말야……"

조르주가 토니의 기분이 상하지 않도록 적당한 핑계를 궁리하기 시작했을 때 마당에 세워둔 낡은 사륜 지프에 짐을 실은 브릿저가 다시 들어와 맞은편 식탁의 의자에 앉았다.

"준비는 모두 끝났네. 조금 늦었으니 이제 출발하도록 하지."

힐끔 손목시계를 본 브릿저는 그렇게 말했지만 정작 자신은 별로 서두르는 기색이 아니었다. 대신 브릿저는 조르주를 찬찬히 훑었다.

"자넬 어디서 본 적이 있는데?"

브릿저가 조르주에게 상반신을 내밀고 말했다. 물론 그것은 조르주도 마찬가지였다. 마린 게스트하우스를 찾은 적은 없지만 브릿저와 시내에서 몇번 마주친 적이 있었다. 토니가 거들었다.

"브릿저, 이쪽은 조르주라고 해요. 프랑스 니스에서 왔지요."

토니의 소개에도 불구하고 브릿저는 별 반응을 보이지 않았다. 대신 그는 날카롭고 뾰족한 턱을 쓰다듬으면서 입을 비죽거리다 마침내 기억해냈다는 듯 미간을 찌푸리며 고개를 흔들었다.

"젠장, 그렇군. 화교학교 선생이라는 릭이란 놈과 붙어산다는 프랑스년(Bitch)이로군."

브릿저는 조르주에게 내밀었던 상체를 거두면서 잔뜩 불쾌함을 실은 목소리로 거만하게 내뱉었다. 토니와 조르주는 자신들의 귀를 의심했다. '년'이라니. 토니의 붉은 눈은 깜빡이는 속도가 빨라졌고 조르주의 입은 자신도 모르게 벙긋 벌어졌다. 토니와 조르주가 어리둥절해 있는 동안 재빠르게 의자에서 일어선 브릿저는 허리에 손을 얹고 발을 한번 구른 후에 토니를 향해 갈라진 목소리를 토해냈다.

"토니라고 했지? 잘 들어. 난 불알을 달고도 계집애 행세를 하는 이 게이년하고는 아무데도 가고 싶지 않아. 네가 원한다면 백이십 달러를 돌려주지. 하지만 꼬롱에 가고 싶으면 이 쓰레기 같은 년은 잊어버려."

브릿저가 말을 끝내기도 전에 조르주의 얼굴은 심한 모욕감으로 붉게 물들었다. 맹세컨대 조르주는 평생 이처럼 거칠고 모욕적인 말을 면전에서 들어본 적이 없었다. 조르주는 자리를 박차고 일어나 이 거만하고 야만적인 인간의 뺨을 올려붙이고 싶었지만 너무도 광포한 브릿저의 언사에 충격을 받은 까닭에 그만 다리에 힘이 풀려 그럴 수가 없었다. 조르주는 얼이 빠진 얼굴로 망연자실해 토니를 바라보았다. 토니 역시 당황한 것은 마찬가지였다.

"헤이, 브릿저…… 그런 말을 하면 안되지."

예기치 못한 브릿저의 태도에 놀란 토니가 더듬거리며 사태를 수습하려 했지만 브릿저의 투박한 목소리가 토니의 말을 간단하게 잘랐다.

"닥쳐, 히피 자식아. 섬에 가고 싶으면 바깥에 있는 짚에 올라타고, 원하지 않는다면 백이십 달러를 가지고 저 게이년하고 당장 여기서 꺼져."

토니가 일어나서 브릿저의 목덜미를 잡으려고 덤벼든 것은 바로 그때였다. 그로서도 더이상 이런 모욕을 참기 어려웠다. 백팔십 센티미터가 넘는 키와 둔중한 몸집의 토니가 벌떡 일어나 브릿저에게 달려들었다. 그러나 허리에 손을 얹고 부동자세로 버티고 있던 브릿저가 마치 홍콩 영화에서처럼 간단하게 몸을 피하는 바람에 토니는 비틀거리며 보기 좋게 바닥에 넘어졌다. 그뿐만 아니라 바닥에 나동그라진 토니에게 브릿저는 조르주로서는 한번도 보지 못했던 이상한 동작을 취하고 발을 이용해 명치 부근을 차고 손을 이용해 목덜미를 눌렀다. 동작의 간단함에 비해 목을 눌린 토니는 브릿저가 이미 손을 뗐음에도 불구하고 기묘한 비명을 지르며 잠시 바닥을 기더니 그후에도 한참이나 고통스러운 신음을 흘리며 쓰러져 있었다.

"둘 다 꺼져버려."

식당 한편으로 물러서 팔짱을 끼고 벌레처럼 바닥에서 꿈틀거리는 토니를 무표정한 얼굴로 내려다보던 브릿저가 주머니를 뒤져 오십 달러짜리 두 장과 이십 달러짜리 한 장을 내던지고는 이 말만 남기고 식당 밖으로 나가버렸다. 브릿저가 나가고도 꽤 시간이 흘러서야 정신을 조금 차린 조르주는 바닥에 흩어진 돈을 집어 토니의 바지주머니에 찔러주고 여전히 숨도 제대로 쉬지 못하는 토니를 부축해 마린 게스트하우스를 나왔다. 마당에 세워두었던 지프는 보이지 않았고 브릿저도 보이지 않았다. 조르주는 토니와 함께 한참 동안을 우두커니 서 있었다. 이글거리는 태양이 머리 위로 쏟아졌다. 삽시간에 눈앞에서 벌어진 일에 대해 아직 실감하기 어려웠던 조르주는 뜨거운 열기가 정수리를 달구자 마치 꿈을 꾸고 있는 기분이었다.

"시하눅빌에서의 마지막을 근사하게 섬에서 보내려고 했을 뿐인데 이런 일이 벌어지다니. 믿을 수가 없군."

허리를 굽히고 배를 쥐고 있던 토니가 정신을 차렸는지 중얼거렸다. 안색은 창백했고 이마에는 땀이 흥건히 배어 있었다. 그래, 토니는 시하눅빌을 떠난다고 했지. 다시는 돌아오지 않는다고 했지. 조르주는 방금 전에 일어났던 모든 일을 실감하면서 자신도 모르게 몸을 떨었다. 조르주는 가능하면 빨리 마린 게스트하우스를 벗어나고 싶어 뛰다시피 걸음을 옮기다 여전히 허리를 굽히고 있는 토니를 돌아보고 걸음을 멈췄다. 한낮의 태양 아래 잔뜩 허리를 웅크리고 있는 토니는 상처 입은 곰처럼 보였다. 조르주는 토니에게로 돌아가 어깨에 손을 얹었다.

"미안해."

조르주가 떨리는 목소리로 토니에게 말했다. 토니는 허리를 펴고 깊은 숨을 들이쉬고 토해내기를 몇번이고 계속하더니 이마의 땀을 훔 치고는 조르주를 돌아보았다.

"네가 미안할 건 없지. 저런 미친놈을 찾아온 내가 제정신이 아니었 던 모양이야. 이런, 너도 얼굴이 말이 아니군. 몹시 놀란 모양이야."

토니의 갈색 털로 뒤덮인 얼굴이 근심스러운 표정으로 바뀌었다. 그 말을 듣자 조르주는 그만 왈칵 울음이 터질 뻔한 것을 억지로 참느 라 표정이 우스꽝스럽게 변했다.

조르주와 토니는 언덕을 내려와 에까리치 로를 따라 걸었다. 햇살 은 여전히 뜨거웠고 길에는 가끔 붉은 흙먼지를 피우며 지나가는 오 토바이 외에는 텅 비어 있다시피 했다. 둘은 한참 동안 묵묵히 걷기만 했다. 입을 먼저 뗀 것은 조르주였다.

"네가 떠난다는 걸 쌤은 모르고 있지?"

바지주머니에 손을 꽂은 채 걷고 있던 토니가 대수롭지 않다는 듯 이 고개를 끄덕였다.

"어디로 가려고 해?"

조르주가 고개를 숙인 토니의 얼굴을 살피면서 조심스럽게 물었다.

묵묵히 걸음을 옮기던 토니가 얼굴을 들고 말했다.

"바람이 어느 쪽에서 불어오건 어디로 불건, 그게 뭐 중요해."

"바람?"

"그래, 쌤은 이제 그렇게 생각하지 않지만 난 그렇지 않아. 내겐 어떤 것도 중요하지 않아. 아무것도 정말 중요한 건 없어. 정말 없어. 바람이 어느 쪽에서 불어오든, 어디로 불든 말이야. 난 그저 바람이 되고 싶을 뿐이야. 한동안 그걸 잊어버리고 있었어."

"그 말, 귀에 익어. 퀸의 노래 구절이었지?"

"그래. 이제 다시 깨달았달까? 하지만 말이 중요하진 않아."

"물론이야."

터미널 앞에 도착할 때까지 둘은 더 말을 나누지 않았다. 버스 두 대가 그늘 한점 없는 땡볕 아래 서 있었다. 토니가 물었다.

"이제 어디로 갈 거야?"

조르주는 잠시 망설이다 대답했다.

"글쎄."

막연히 고개를 끄덕이는 토니를 향해 조르주는 손을 내밀었다. 토니의 굵고 더러운 손이 다가와 조르주의 손을 잡고 가볍게 흔들었다. 흔들리는 손을 멈추려는 듯 조르주는 토니를 가볍게 포옹했다. 토니는 남은 한손을 뻗어 조르주의 어깨를 안아 포옹한 후 돌아섰다. 달구어진 버스에서 비릿한 쇳냄새가 열기와 함께 풍겼다. 조르주는 한동안 그 옆에 꼼짝도 하지 않고 그대로 서 있었다.

경계를 넘어서는 은유적 글쓰기

고영직

　유재현의 『시하눅빌 스토리』는 상상지리 공간으로서의 아시아라는 문제틀을 소설적으로 전경화한 연작소설집이다. 작가는 아시아라는 역사적 실체를 기술하려고 하지 않으며, 추상적인 차원에서 아시아라는 이념을 옹호하려고도 하지 않는다. '아시아'라는 화두를 부여잡은 작가는 캄보디아라는 특정한 시공간에 사는 인간 삶의 파편적 실상에 근거하여 우리네 삶 자체에 대한 파노라마적 성찰로 나아가고자 한다.

　작가 스스로 「작가의 말」에서 밝혔듯이, 『시하눅빌 스토리』에 수록된 소설은 「솜산과 뚜이안」을 제외하고는 모두 미발표작이다. 6편의 소설은 외형상 독립된 자기완결 구조를 지향하고 있지만, 이야기 서술자의 발화(發話)지점에 따라 작품간에 교섭하는 양상을 띤다.

「솜산과 뚜이안」「대마는 자란다」「그래도 대마는 자란다」와 같은 작품이 비슷한 계열을 형성하고 있다면, 「조선민주주의인민공화국에서 온 사나이」「시하눅빌 러브 어페어」「보헤미안 랩소디」가 또 하나의 작품군으로 묶일 수 있다.

전자는 민족문제와 계급갈등 같은 근대적 과제가 해결되지 못한 비서구 국가에서 파생될 수 있는 온갖 어두운 풍속도를 그려낸 작품들이다. 살인, 마약, 도박, 매춘 알선, 관료주의 등 그 양상은 자못 어둡고 참혹하다. 작가는 식민주의 시절에 형성되고 강화된 이념적 분단과 식민지라는 조건이 여전히 해소되지 못하고, 오히려 견고한 심층구조의 차원으로까지 내면화된 사회의 어두운 단면들을 날카롭게 포착하는 예외적 재능을 발휘한다. 그런 반면에, 후자 계열의 작품들은 희망과 연대의 가능성을 캄보디아 내부자 및 국외자의 시선을 통해 '정서적으로' 환기하고 있다. 이들은 작품마다 강조점의 차이는 있지만, 우리 안의 이른바 '잠재된 오리엔탈리즘'을 성찰할 수 있는 독특한 소설적 사유의 세계로 안내한다.

그렇지만 이 연작소설집에 수록된 작품들은 이야기의 단절적 변주, 즉 '연속적 단절' 쪽에 기울어져 있다. 예외적인 경우도 더러 있겠지만, 한 편의 소설에서조차 중심적 작중화자는 등장하지 않는 듯하다. 작가는 이런 소설적 장치를 통해서 주인공과 사건에 대해 마치 임상보고서를 기술하는 듯한 객관적 통어 효과를 유발한다. 실제로 「솜산과 뚜이안」에서 '솜산'과 '뚜이안'의 모든 행위는 작품 너머에 있는 전지적 화자의 객관적 통제에 의해서만 철저히 관찰되는 형국이다. 이것은 또한 「대마는 자란다」와 「보헤미안 랩소디」에서 드러나듯 모자이크적 플롯 구성이 전경화하는 대목과도 무관하지 않다고 볼 수 있을 터이다.

　「솜산과 뚜이안」은 '나'의 생존을 위해서라면 '너'의 생명을 죽이는 일조차 당연시하는 극단적 물신주의에 포획된 황량한 세상의 질서와 지배관념에 대한 냉정한 묘파를 일관되게 보여주는 작품이다. 솜산, 뚜이안, 잔톤, 포네리 등 작품 속 등장인물들은 오로지 눈앞의 금전적 이익에 취해 사기와 협잡 그리고 살인공모 행위마저 예사롭게 행한다. 이 작품을 비롯해 「대마는 자란다」와 「그래도 대마는 자란다」를 지배하는 핵심 모티프는 반전에 반전을 거듭하는 '배신의 드라마'이다. 이들 세 작품은 '천사백 달러'라는 돈의 행방을 따라 전개되는 온갖 사건의 추이를 보아야만 그 본질을 한눈에 꿰뚫어볼 수 있다. 그렇지만 예측 불허의 이 배신의 드라마에서 어떠한 인물도 최후의 행운을 누리지는 못하며, 대체로 죽음의 운명에서 비껴가지 못한다.

　「솜산과 뚜이안」에서 뚜이안이 그러했던 것처럼, 솜산 역시 후속 작품(「대마는 자란다」)에서 곧바로 그 행운의 대열에서 탈락했음을 확인하게 된다. 결혼까지 언약했던 솜산과 뚜이안의 죽음이란 결국엔 서로가 서로를 죽이는 무서운 참극의 결과라는 점에서 아연해지지 않을 수 없다. '사람이 사람으로 제대로 보이는 세상'(문익환)이란 이 작품 속 어디에서도 찾아볼 수 없다. 솜산과 뚜이안, 이 두 사람은 왜 고작 천 달러의 돈 때문에 서로가 서로를 죽이는 악무한의 만행을 저질러야 했던 것일까. 그것은 솜산과 뚜이안을 비롯한 작중인물들의 고난에 찬 삶의 역정에서 신체와 영혼에 무의식적으로 각인된 맹목적 생존논리에서 비롯하였다. 그 고난이란 민주캄푸치아 시절 전후의 내전 및 베트남과의 민족갈등과 같은 인위적 요소에 기인한 바 크다고 할

270

것이다. 더욱이 세계시장경제의 종속구조로 강제 편입된 탈식민지적 질서는 그 파괴 정도가 매우 심각한 형국이다. 그래서 이 작품을 보노라면 한줌의 '성찰적 내면성'이 자랄 수 있는 터전조차 깡그리 사라져버린 것은 아닌가 하는 의문도 제기되는 것이다.

예컨대 솜산의 아버지가 5천 달러에 판 집값이 2년 사이에 물경 10만 달러를 호가하게 되었다는 사실은 시사하는 바가 적잖다. 이런 '느닷없는' 상황에서 16년간 난민수용소와 감옥에서 내전 기간을 보내야 했던 솜산 같은 청년이 내일의 희망 따위를 꿈꿀 권리란 이미 박탈되었는지도 모른다. 이 '솜산들'이 할 수 있는 일은 해외 위장취업 아니면 도박과 대마초 사업에서 '대박'을 터뜨리는 꿈꾸기일 터이다. 그것은 차라리 악무한의 망상일 것이리라.

  시체가 쥐고 있는 물건은 그 색깔만으로도 의심할 바 없이 달러 지폐였다. 뚜옥은 시체 앞에서 무릎을 꿇고 숨을 돌렸다. 마음은 조급했지만 뚜옥은 선뜻 시체에 손을 대지 못했다. 잠시 망설이던 뚜옥은 어금니를 악물고 이미 굳어진 시체의 손아귀에서 지폐를 빼내기 시작했다. (…) 그 순간 꿈적도 하지 않던 솜산의 손가락이 우두둑 소리를 내며 벌어졌다. 서둘러 그 손에서 지폐를 꺼내 쥔 뚜옥은 후들대는 무릎을 짚고 일어서 차를 향해 뛰었다. 언뜻 눈에 들어온 지폐는 무이로이〔100〕, 백 달러짜리였다. (67면)

여기에서 보듯이 솜산과 뚜이안의 비극적 죽음은 또다른 소설적 반전을 위한 매개로 기능하고 있다. 세 작품에 걸쳐 이 과정을 묘사하는 작가는 좀처럼 냉정한 관찰자의 위치에서 벗어나지 않으려 한다. 솜산과 뚜이안의 죽음 이후 사건 추이를 그린 「대마는 자란다」와 「그래도 대마는 자란다」의 건조한 문체와 연쇄적 사건 처리는 언뜻 저 동물의 세계를 연상시킨다. 이러한 상황에서라면 죽음이 모욕당하는 것은 당연하다. 시체 처리에 나선 경찰의 태도는 물론 금전 손실 복구에 나선 산정오락성(山頂娛樂城) 측의 행위는 그 좋은 실례가 된다. "왕래가 빈번한 국도변이라 혹여 높으신 어른의 눈살을 찌푸리게 할 수도 있기 때문에 오래 둘 수는 없었던 것이다." (68면)

「대마는 자란다」는 마약상 삐의 행동반경에 따라 작품 무대가 옮아가면서 전개되는 형식을 취한다. 솜산과 뚜이안의 죽음은 잔톤과 뚜옥 같은 자들에게 행운을 안겨주는 듯하지만, 그것은 찰나적인 것에 불과하다. 솜산을 저격 살해한 후 일제 혼다 오토바이를 혼자 챙긴 잔톤은 마약밀매상 삐에 의해 죽임을 당하는가 하면, 뚜옥 또한 도둑이 제 발 저린 격으로 천사백 달러의 행운을 삐에게 고스란히 바치고야 마는 식이다.

이 작품에서 인상적인 대목은 혁명군 출신으로 마약상이 된 삐의 인생유전이다. 십년의 내전과 파행적 자본주의화의 물결에 떠밀린 전쟁 고아가 자신의 정체성을 훼손당한 채, 오직 생존논리의 권화(權化)가 되는 과정을 묘파한 대목은 리얼리티에 관한 이 작가의 득의의 성취가 아닐 수 없다. 이제 거대한 대마회사 사장에의 꿈을 부풀리고 있는 삐에게 "돈맛"은 세상의 그 어떤 것과도 바꿀 수 없는 존재이유가 된다. 그런 점에서 "망가지긴 했어도 땅이 어디로 가겠느냐"(74면)라는 삐 아버지 세대의 소박한 농민적 심성은 차라리 낭만적 환상에 불과하다고 해야 할 것이다.

그럼, 삐의 행운은? 「그래도 대마는 자란다」에 이르면 삐의 경우 또한 자기 파멸의 서막이었음이 당장 판명난다. 옛 혁명군 동료 비세쓰를 찾아 길을 나섰던 삐는 복병처럼 나타나는 국가주의적 관료 통제 장치에 의해 자신의 꿈이 무참히 박탈당하는 상황에 처하게 된다. 예컨대 프놈펜 모니레쓰 로(路)에 진입하는 순간, 신호위반으로 벌금 십 달러——실제 벌금은 일 달러이다——를 지불해야 했는가 하면, 경찰서에 구금된 동료 비세쓰를 구해내고 치료해주기 위해 우연히 얻어낸 천사백 달러 대부분을 토해놓는다. 한번 덮친 삐의 불운은 그것으로 그치지 않는다. 자신의 전 재산을 올인해 투자한 마약밀매 사업이 군대를 동원한 훈센 정부의 소각령에 의해 한순간에 잿더미가 됨으로써 결국 거덜나는 신세가 된다.

'공업화, 현대화'의 과제는 캄보디아를 비롯한 아시아저개발 국가들의 숙제라고 볼 수 있을 터이다. 군대와 경찰력에 의존한 권위적 군사정부에 의해 추진되는 근대적 과제의 해결이란 우리네 경험이 말해주듯 반드시 이상적인 결과를 가져오지 않는다. 마약재배 소각령이란 결국 미국의 원조를 더 얻어내기 위한 지배세력의 자기기만적 방책이지 않았던가. 그래서 삐의 불운이 국가권력의 느닷없는 개입에 의한 우연한 불행으로 비치는 것도 결코 무리는 아닐 것이다.

「솜산과 뚜이안」에서 처음 뿌려진 인간의 도저한 탐욕성은 「그래도 대마는 자란다」에 이르면 군사정부의 관료주의와 같은 더욱 '거대한 천적' 관계로 강제 포섭되는 형국을 띤다. 그리고 이러한 악무한의 먹이사슬 관계는 공동체에 대한 개인의 귀속성 따위로 해결될 수 있는 일말의 가능성을 아예 봉쇄한다. "소총 한자루와 수류탄 하나"를 거머쥔 삐의 길 앞에는 "산보다 거대한 전쟁터"가 기다리고 있겠지만, 그러한 길이 캄보디아 또는 저개발 아시아의 현실을 타개할 대안적 모색이 될 수 없음은 자명한 일이다.

「조선민주주의인민공화국에서 온 사나이」는 이번 소설집에서 한 결절점을 이루는 작품이다. 김일성 수령이 파견한 인민군을 작중인물로 설정했다는 점은 독자의 비상한 흥미를 유발한다.

작중인물 리의 독특한 위치는 그 발화지점에서 확인된다. 북한에서의 파견교육 당시 캄보디아의 입헌군주제에 대한 자신의 의문——"왕이란 무엇인가? 인민을 노예로 하는 봉건주의의 정수가 아닌가."(156면)——을 제기한다든가, 캄보디아식 자본주의화 노선에 대한 문제를 예각적으로 보여준다는 점에서 자못 흥미롭다. 특히 후자의 문제의식은 '보파'라는 캄보디아 여성과 매개됨으로써 리의 내면 갈등이 가위 정신적 격투를 방불케 하는 구체성을 얻는 계기를 마련한다. 자신의 연인이던 보파가 야당이 주최한 정치집회에서 수상측이 사주한 테러리스트에 의해 폭사당하지 않았던가.

"캄보쟈 인민의 적이면 조선 인민의 적입니다."
"간나 새끼. 에미나이 때문에 돌지 않았음."(166면)

이 소설이 문제적인 것은 이념에 대한 회의가 자본주의의 위력에 대한 굴복으로 곧장 귀결되지 않는다는 점이다. 견책성 휴가를 받은 리가 통일도장을 차리는 순간, 자본주의의 환멸과 유혹에 시달린다. 리는 끝내 클럽의 차력사 노릇을 마다하고, 대중사업을 위해 시장에서의 시범공연을 선택하는데 그 이유는 캄보디아식 정치이념과 경제체제에 대한 근본적 회의 때문이다. "명분도 도덕도 없이 오직 돈만을 위해 벌어지는 아귀다툼"(167면)이라는 리의 비판에서 드러나듯 이 세상은 지옥과 다를 바 없다. 특히 클럽 주인의 살인청부 유혹 장면은 혼란의 한 극점에 달한 자본주의의 타락상을 암시한다. 작품 말미에 리가 뛰어든 "어두운 바다"란 전지구적 자본주의체제의 혼탁한 세계를 상징하는 묵시록적인 메타포가 아닐 수 없다.

이번 소설집에서 「시하눅빌 러브 어페어」는 가장 온기가 감도는 작품이다. 지뢰 사고로 남편을 잃은 찬나와 그녀의 딸 셍라이가 모녀 합동 결혼식을 올리기까지의 과정을 따뜻한 필치로 그린 이 작품은 언뜻 가난 속에서도 인정을 잃지 않았던 1960년대 한국 소설을 보는 듯한 착각마저 자아내게 한다. 비록 "돈맛"에 취해 사기와 협잡마저 서슴지 않고 저지르지만, 그 가운데서도 평화와 행복이 넘치는 '좋은 세상'을 갈망하는 캄보디아인들의 소박한 꿈이 아로새겨져 있다. 비로소 이 작품에 이르러서야 '사람이 사람으로 제대로 보이는 세상'의 가능성이 가까스로 열리고 있다면 지나친 말일까. 셍라이와 라차니 같은 젊은 세대는 물론 찬나와 마카라 그리고 중매꾼 다라마와 같은 장년 세대 또한 오랜 전쟁 속에서도 인간적 미덕을 훼손당하지 않은 인물들이다. 찬나의 구애를 얻어낸 40대 농부 마카라의 말은 비록 소박하지만 퍽 감동적이다. 작가는 아마도 바로 이 진술을 얻어내기 위해 우회적 글쓰기를 시도했던 것은 아닌지 모르겠다.

그저 남은 사람들끼리 서로 기대고 어려운 세상 헤쳐나갑시다. 그리고 젊은 애들은 아마 나중에 좋은 세상을 볼 것이오. (…) 젊은 애들은 젊은 애들대로 우리는 우리대로 의지하며 삽시다. (229면)

유재현의 첫 소설집 『시하눅빌 스토리』는 한국 소설의 외부(성)를 들여다봄으로써 내부(성)를 성찰하고자 하는 작가의 야심적 열망으로 가득 찬 작품집이다. 작가는 특파원적 시각도 관광객의 관점도 철저히 배격한 채, 한반도와 캄보디아 사이에 놓여 있는 경계를 넘어서는 은유적 글쓰기 전략을 구사한다. 20세기 후반 이후의 캄보디아를 무대로 하고 있지만, 단 한명의 한국인도 등장하지 않는다는 점은 작가의 의도된 연출의 의미를 잘 요약해준다.(북한군 리(李)는 예외적 존재이다.)

　　작가는 20세기 후반 캄보디아라는 의도된 시공간을 설정함으로써 서구적 근대의 충격에 의한 세계사적 소외과정이 '여전히' 해결되지 못하고 관철되고 있는 (동남)아시아라는 시공간의 징후적 문제성을 표상하고자 한다. 즉 캄보디아라는 한국 문화의 외부(성)를 성찰함으로써 '문화적 경계선'을 넘어서는 의사소통을 시도하고 있는 셈이다. "경계선을 넘어가는 것은, 특별한 행위라기보다는 일상적인 행위이다"(J. J. 클라크 『동양은 어떻게 서양을 계몽했는가』, 장세룡 옮김, 우물이 있는 집 2004, 269면에서 재인용)라는 철학자 로버트 앨린슨의 지적은 이 연작소설이 씌어진 의도를 이해할 수 있는 실마리를 제공한다.

　　그럼에도 더 높은 작품적 성취도를 위해서는 '왜 캄보디아이고, 아시아인가?'라는 문제틀에 대한 좀더 설득력 있는 인식으로 심화·확장될 필요가 있다. 다시 말해 '아시아'라는 화두가 밀도를 더하려면 아시아의 이념에 대한 소설적 모색이 더 풍요롭게 논의될 때 비로소 미래가 열릴 수 있으리라는 점이다. 가령 캄보디아 땅을 떠도는 서방 세계의 국외자들을 다루고 있는 「보헤미안 랩소디」는 '왜 아시아인가?'

라는 점에서 소설적 육체성의 언어를 보여주는 데는 다소간 미흡하지 않았는가 싶다. 조르주, 릭, 쌤과 토니, 끌로드, 브릿저 등의 다양한 인물군이 연속적으로 등장하고는 있지만, 캄보디아 혹은 아시아적 가치라는 타자성에 관한 밀도 있는 성찰로까지 육박하지는 못하지 않았는가 하는 의문을 제기할 수 있을 것이다. 예컨대 "소리가 그렇게 다르게 들리는 이유는 말야, 네가 아시아인이 아니어서 그래"(251면)라는 진술의 경우, 서구어와 비서구어의 소통이라는 문제를 제기하고 있음에도 외삽되어 처리된 측면이 강하다.

둘째, 「조선민주주의인민공화국에서 온 사나이」에서 처음 시도된 바 있지만, 중심적 작중화자 없는 전지적 서술자의 발화 문제는 자칫 '내면성의 약화'라는 약점으로 이어질 수 있다는 지적도 제기될 수 있을 터이다. 「솜산과 뚜이안」 같은 계열의 작품들에서 이런 문제점이 다소간 감지되는 듯싶다. 객관적 묘사에 거의 전적으로 의존하는 서술방식이 주는 소설적 힘 또한 적지 않다. 하지만 '피와 살'이 감도는 생생한 인물의 핍진한 내면 묘사가 가미된다면 소설적 감동은 배가될 터이다.

高永直 / 문학평론가

작가의 말

　이 책에 실은 여섯 개의 연작 중 「솜산과 뚜이안」만이 『창작과비평』 2000년 겨울호에 발표되었을 뿐 나머지는 모두 최근에 씌어진 것들이다. 연작의 첫번째에 해당하는 「솜산과 뚜이안」에 대해서는 당연히 예상되는 지적(?)들이 있었다. 무엇보다 한국인이 등장하지 않는 소설을 우리 소설의 범주에 포함시킬 수 있을지에 대한 의문부호였다. 나 역시 그런 종류의 물음에 대해서는 그리 뾰족한 답을 가지고 있지는 않았다. 「솜산과 뚜이안」은 분방한 환경에서 충동적으로 써내려갔던 초고를 캄보디아에서 돌아온 후 다시 다듬었던 것이다. 분방하다는 것은 이 소설의 무대가 되는 캄보디아의 시하눅빌에 머물렀던 6개월 남짓의 시간을 에워싼 분위기를 말하는 것이고, 충동적이라는 것은 92년 등단한 이후 일년 뒤부터 소설이란 것을 쓰지 않았던 (또는 못했던) 내 자신의 가슴속 어디엔가 잠복하고 있었던 욕망의 분출을 지칭

하는 것이다.

다시 또 몇년의 시간이 흐르는 동안 나는 가끔씩 「솜산과 뚜이안」에 '시하눅빌 스토리 1'이라는 단서를 달아놓은 것을 떠올렸고 그때마다 약간의 부채의식을 느꼈다. 그러나 나를 가로막았던 것은 분주한 일상과 함께 '왜?'라는 단순한 의문부호였다. 말하자면 모국어에 내포된 당위성으로서의 민족적 주체성을 담보할 수 없는 소설을 왜 써야 하는지, 또 쓸 수 있는지에 대해서 확신을 가질 수 없었다. 그것은 마땅히 품을 수밖에 없는 회의였을 것이다.

그 안개 속을 이리저리 헤매던 어느 새벽 연작의 마지막 편을 끝낸 후 내 앞에 확연히 모습을 드러낸 것은 '아시아'였다. 그 아시아 너머에 한반도가 보였다. 그 새벽 나의 심장이 천천히 그러나 둔중하게 고동치기 시작했던 것을 기억한다. 그것은 십년 동안 잠들었던 소설쓰기에 대한 나의 엔진이 시나브로 시동하는 소리였다.

눈을 들어 앞을 본다. 희부옇게 여명이 번지고 있는 지평선 아래 길이 있다. 나는 그 길을 따라 '서'쪽으로 갈 것이다.

시하눅빌의 벗들에게 지면을 빌려 안부 전한다.
I would like to thank all my friends in Kampong Saom for encouraging me to wirte these stories.

2004년 5월

유재현

시하눅빌 스토리

초판 발행/2004년 5월 20일

지은이/유재현
펴낸이/고세현
편집/김정혜 문경미 안병률 김현숙
미술·조판/이선희 정효진 신혜원 한충현
펴낸곳/(주)창비
등록/1986년 8월 5일 제85호
주소/우편번호 413-832 경기도 파주시 교하읍 문발리 파주출판도시 42블록 5
전화/031-955-3333
팩시밀리/영업 031-955-3399 · 편집 031-955-3400
홈페이지/www.changbi.com
전자우편/literat@changbi.com

ⓒ 유재현 2004
ISBN 89-364-3678-3 03810